SCIENCE-FICTION

Collection dirigée par Jacques Goimard

MICHAEL MOORCOCK

LE NAVIRE DES GLACES

OPTA

Titre original :
THE ICE SCHOONER

ISBN 2-266-03877-X

A Keith Roberts, maître timonier.

1

KONRAD ARFLANE

QUAND Konrad Arflane se retrouva sans navire des glaces sous son commandement, il quitta la cité-crevasse de Brershill et partit sur ses skis vers le grand plateau glaciaire ; il s'en alla avec l'intention de décider s'il devait vivre ou mourir.

Pour ne s'autoriser aucun compromis, il emmena une petite quantité de vivres et d'équipement, calculant que, s'il ne s'était pas décidé dans les huit jours, de toute façon il mourrait de faim et de froid.

Il se rendait compte qu'il avait de bonnes raisons d'agir ainsi. Bien qu'il n'eût que trente-cinq ans et qu'il fût l'un des plus célèbres patrons de tout le plateau, il n'avait que peu de chances d'obtenir un nouveau poste de capitaine à Brershill et il se refusait à envisager de servir un autre maître en tant que premier ou second officier, même s'il lui était possible de trouver une telle place. Moins de quinze ans auparavant, Brershill comportait une flotte de plus de cinquante navires. Elle n'en possédait plus maintenant que vingt-trois. Et, bien qu'il ne fût pas morbide, Konrad avait décidé qu'il n'y avait qu'une seule alternative à un commandement dans une cité étrangère : la mort.

Alors, il partit vers le Sud et traversa le plateau. Il n'y aurait que peu de navires dans cette direction, et bien peu le dérangeraient.

Arflane était un homme grand et fort, avec une barbe rousse et fournie que le givre faisait maintenant étinceler. Il était vêtu de la fourrure noire du phoque et de la fourrure blanche de l'ours. Il portait un épais capuchon de peau d'ours pour préserver sa tête de la morsure du vent froid ; pour protéger ses yeux de la réverbération du soleil sur la neige, il portait une visière de tissu léger tendu sur un cadre d'os de phoque. A la hanche, dans un fourreau de peau de phoque, il avait un court poignard et il tenait dans chaque main un harpon de huit pieds de long qui lui servaient d'armes autant que de bâtons de skis. Ses skis étaient de longues bandes coupées dans les os de la grande baleine de terre. Ils lui permettaient d'atteindre une bonne vitesse et il se trouva bientôt au-delà des routes normales de navigation.

De même que ses ancêtres lointains étaient des hommes de la mer, Arflane était un homme de la glace. Il avait les mêmes habitudes solitaires, la même assurance, la même expression lointaine dans les yeux. La seule grande différence entre Arflane et ses ancêtres était qu'ils avaient dû parfois s'éloigner de la mer, tandis que lui ne quittait jamais vraiment la glace ; car, à cette époque, la glace recouvrait le monde entier. Arflane le savait : elle correspondait à tout point de la carte, sous une forme ou une autre ; des falaises de glace, des plaines de glace, des vallées de glace et même, bien qu'il en eût seulement entendu parler, des cités entières de glace. Une glace qui changeait constamment de teinte, selon les variations de couleur du ciel ; glace bleu pâle, mauve, outremer, glace pourpre, jaune ou vert émeraude. En été, les crevasses, les glaciers et les grottes devenaient encore plus merveilleux avec les teintes riches, profondes et scintillantes qu'ils reflétaient ; tandis qu'en hiver, les sinistres montagnes et plateaux de glace possédaient une grandeur irrésistible, silhouettes érigées, blanches, grises, noires sous les cieux funèbres chargés de neige. En toute saison, il n'y avait aucun paysage qui ne fût de glace dans ses variétés ou ses couleurs, et Arflane était pleinement conscient que jamais cela ne changerait. La glace serait là pour l'éternité.

Le grand plateau glaciaire, la région qu'Arflane connaissait le mieux, occupait et recouvrait entièrement la partie du monde jadis connue sous le nom de Matto Grosso. Les vallées et les montagnes originelles avaient depuis longtemps été englouties par les glaces, et le plateau actuel, qui faisait plusieurs centaines de milles de diamètre, montait en pente douce vers les plus hauts sommets pour rejoindre sur la périphérie une glace plus grossière. Arflane connaissait le plateau mieux que quiconque, car il avait navigué pour la première fois avec son père avant son deuxième anniversaire et il avait commandé une goélette à voiles d'étai avant d'atteindre vingt et un ans. Son père s'appelait Konrad Arflane, comme chacun des représentants mâles de la lignée, depuis des centaines d'années, qui tous avaient été commandants. Quelques générations auparavant, des membres de la famille Arflane avaient effectivement possédé des vaisseaux.

Les navires des glaces — qui étaient pour la plupart des vaisseaux de commerce ou de pêche — étaient des bateaux à voiles, montés sur des patins semblables à des skis gigantesques qui leur permettaient de traverser la glace à grande vitesse. Vieux de plusieurs siècles, les navires étaient le principal moyen de communication, de subsistance et de commerce pour les habitants des Huit Cités du plateau. Ces installations situées dans des crevasses au-dessous du niveau de la glace, possédaient toutes des bateaux à voiles et leur pouvoir dépendait de l'importance et de la qualité de leur flotte.

La ville natale d'Arflane, Brershill, avait été jadis la cité la plus puissante de toutes mais, à présent, sa flotte diminuait rapidement et on comptait plus de capitaines que de bateaux ; car Friesgalt, de tout temps la rivale la plus redoutable du Brershill, était maintenant devenue la première ville du plateau et imposait les conditions de commerce, monopolisant les terrains de chasse et rachetant, comme cela s'était récemment produit pour la barque-goélette d'Arflane, les navires des hommes des autres cités qui étaient incapables de la concurrencer.

Cela faisait six jours que Konrad Arflane avait quitté Brershill et il n'avait toujours pas pris de décision concernant son sort, quand il vit un objet sombre s'approcher lentement de lui sur la plaine blanche et glacée. Il arrêta sa course en skis et regarda fixement devant lui, essayant de distinguer la nature de l'objet. Rien ne lui permettait d'en évaluer la taille. Ce pouvait être n'importe quoi, depuis une baleine de terre blessée qui se traînait sur ses immenses nageoires musclées, jusqu'à un chien sauvage qui aurait perdu son chemin en s'éloignant des étangs chauds où il gardait les phoques.

L'expression habituelle d'Arflane était distante et insouciante, mais il y avait en cet instant une lueur de curiosité dans ses yeux tandis qu'il observait la lente progression de l'objet. Il se demanda ce qu'il devait faire.

Les cieux tourmentés et immenses, gris, lourds de neige, roulaient au-dessus de sa tête, occultant le soleil. Relevant sa visière, Arflane fixa du regard l'objet qui se déplaçait, se demandant s'il devait s'en approcher ou l'ignorer. Il n'était pas venu sur la glace pour chasser, mais si cette chose était une baleine et s'il pouvait l'achever en y laissant sa marque, il deviendrait relativement riche ; dès lors, il lui serait beaucoup plus facile de décider de son avenir.

Fronçant les sourcils, il planta ses harpons dans la glace et se propulsa en avant sur ses skis. Ses muscles bougeaient sous sa veste de fourrure et le sac brinquebalait dans son dos tandis qu'il glissait rapidement vers la chose. Ses mouvements étaient retenus, presque nerveux. Il était penché sur ses skis et glissait avec aisance sur la glace.

Pendant un instant, le soleil rouge apparut au travers des couches de nuages froids et la glace étincela d'un bout à l'autre de l'horizon comme un lit de diamants. Arflane vit alors qu'il avait devant lui un homme gisant sur la glace. Puis, le soleil fut de nouveau obscurci et Arflane éprouva une vague rancune. Une baleine, ou même un phoque, aurait pu être tué et servir à quelque chose, mais un homme ne servait à rien. Ce qui l'ennuyait encore plus, c'est qu'il avait délibérément choisi cette route pour éviter tout contact avec les hommes ou les navires.

Tout en traversant la glace silencieuse en direction du corps, il songea à l'abandonner là. La morale des pays de glace ne l'obligeait nullement à l'aider, et il n'aurait aucune crise de conscience s'il le laissait mourir. Pour quelque raison, pourtant, et bien qu'il fût taciturne par nature, Arflane continuait encore d'approcher. Il était difficile d'attiser sa curiosité mais, quand cela était, il devait la satisfaire. Il était très rare de trouver des hommes dans cette région.

Quand il fut assez près pour distinguer les détails de la silhouette sur la glace, il s'arrêta progressivement et regarda.

Il ne subsistait certainement que très peu de vie dans cet homme. Le visage, les mains et les pieds, exposés à l'air libre, étaient violets de froid et couverts de boursouflures. Du sang avait gelé sur la tête et les bras. Une jambe était complètement hors d'usage, qu'elle fût cassée ou bien engourdie. D'insuffisants lambeaux de riches fourrures étaient maintenus au corps par des bandes de boyau et de cuir ; la tête était nue et la chevelure grise étincelait de givre. C'était un vieillard, mais le corps, bien qu'affaibli, était grand et les épaules larges. L'homme continuait à ramper avec une extraordinaire ténacité animale. Les yeux, rouges et à demi aveugles, regardaient fixement, droit devant eux ; la tête massive et décharnée, dont les lèvres bleuies étaient gelées en un rictus, roulait tandis que la silhouette se déplaçait sur les épaules et sur le ventre sur la plaine glacée. L'homme n'avait pas remarqué Arflane.

Pendant un instant, Arflane contempla la silhouette d'un air morose, son visage puissant et brun marqué de rides profondes. Puis, il se détourna pour s'éloigner. Il avait un obscur sentiment d'admiration pour le vieillard agonisant. Il pensait qu'il ne serait pas bien de se mêler d'une affaire aussi personnelle. Il équilibra ses harpons, prêt à se propulser sur la glace dans la direction d'où il était venu mais, entendant un bruit derrière lui, il se retourna et vit que le vieillard s'était effondré et gisait maintenant, immobile sur la glace blanche. Il mourrait avant peu.

Instinctivement, Arflane fit demi-tour et avança sur ses skis jusqu'à ce qu'il fût capable de s'accroupir à côté du corps. Posant un harpon et s'appuyant sur l'autre, il saisit une des épaules du vieillard dans sa main gantée. L'étreinte fut douce, presque une caresse. « Vous êtes un vieil homme têtu, » murmura-t-il.

La tête massive remua, de sorte qu'Arflane pouvait maintenant voir le visage gelé sous la chevelure emmêlée et givrée. Les yeux s'ouvrirent lentement, pleins d'une folie intérieure. Les lèvres bleues et gonflées se séparèrent et un son guttural sortit de la gorge. Pendant un instant, Arflane contempla les yeux fous d'un air méditatif, puis il défit son sac volumineux et l'ouvrit pour en sortir une gourde d'eau-de-vie. Il enleva maladroitement le bouchon et appliqua le col sur la bouche boursouflée et tordue, versant un peu de liquide entre les lèvres. Le vieillard avala, toussa et hoqueta, puis dit d'une voix faible : « Il me semble que je brûle, et pourtant c'est impossible. Avant de partir, Monsieur, dites-moi si la route est encore longue jusqu'à Friesgalt... »

Les yeux se fermèrent et la tête retomba. Arflane observa le vieillard d'un air indécis. Il pouvait dire, d'après ce qu'il lui restait de vêtements et d'après son accent, que le mourant était un aristocrate friesgaltien. Comment un tel personnage avait-il pu se retrouver seul et sans serviteurs sur la glace ? Une fois de plus, Arflane songea à le laisser mourir. Il n'avait rien à gagner à tenter de sauver cet homme qui était aussi bon mort que vif. Il n'éprouvait que haine et mépris envers les grands seigneurs de Friesgalt, dont les puissants navires des glaces sillonnaient maintenant les plaines gelées. Comparée aux hommes des autres cités, la noblesse friesgaltienne était nonchalante et sans dieu. Elle se moquait ouvertement de la doctrine de la Glace-Mère ; elle poussait ses maisons aux excès ; elle se montrait souvent dépensière, refusait que ses femmes fassent le plus petit travail manuel et accordait même à certaines d'entre elles l'égalité avec les hommes.

Arflane soupira, puis fronça de nouveau les sourcils, se penchant sur le vieil aristocrate et le jaugeant. Il pesait d'un côté ses préjugés personnels, son propre instinct de conservation, et de l'autre son admiration involontaire pour la ténacité et le courage de cet homme. S'il était le survivant d'un naufrage, il était clair qu'il avait rampé pendant plusieurs milles pour arriver jusqu'ici. Un naufrage était la seule explication plausible à sa présence sur la glace. Arflane prit sa décision. Il sortit de son paquetage un sac de couchage doublé de fourrure, le déroula et l'étendit sur le sol. Marchant maladroitement sur ses skis, il s'avança jusqu'aux pieds de l'homme, les mit dans l'ouverture du sac et s'escrima à y faire entrer le reste du corps jusqu'à ce qu'il parvînt à serrer fermement le haut du sac autour de la tête, ne lui laissant qu'une petite ouverture pour respirer. Puis, il changea de position son paquetage pour que les courroies le fassent tomber en avant sur sa poitrine, et hissa le sac de couchage sur son dos jusqu'à ce que le visage emmitouflé soit à la hauteur de ses propres épaules carrées. D'un petit sac accroché à sa ceinture il tira deux longueurs de cuir et ligota le vieillard emmailloté dans la fourrure pour qu'il reste en place. Puis, avec difficulté, même pour quelqu'un de sa force, il s'appuya sur ses harpons et se mit en route pour le long voyage à skis vers Friesgalt.

Le vent se levait derrière lui. En altitude, il avait lacéré les nuages en banderoles grises et tourbillonnantes, découvrant le soleil qui projetait des taches d'ombre sur la glace. Celle-ci semblait vivante, comme une marée qui se lève, noire à l'ombre, rouge au soleil, étincelante comme une eau vive. Le plateau paraissait se déployer à l'infini, sans la moindre saillie, sans horizon. Seuls les nuages qui, très loin, semblaient rejoindre la glace, pouvaient constituer un point de repère. Le soleil se couchait, et il ne lui restait environ que deux heures pour voyager, car il était peu recommandé de circuler la nuit. Il se dirigeait vers l'Ouest, vers Friesgalt, poursuivant le grand globe rouge qui sombrait. Une neige légère et des particules de glace ténues voletaient au-dessus du plateau, poussées, tout comme lui, par le vent froid. Les bras robustes d'Arflane manœuvraient les grands harpons, tandis qu'il se penchait en avant, en partie à cause de la vitesse et en partie à cause du poids qu'il avait sur le dos, les jambes à peine écartées sur les solides skis en os de baleine.

Il continua d'avancer jusqu'à ce que le crépuscule se fût changé en ténèbres et que la lune et les étoiles devinssent visibles par intermittences au travers des nuages plus denses. Puis, il ralentit sa marche et s'arrêta. Le vent s'atténuait, maintenant réduit à un soupir lointain ; lorsqu'il fut complètement tombé, Arflane sortit le corps du sac, retira le paquetage de sa poitrine et planta sa tente, enfonçant à l'oblique les piquets d'os dans la glace.

Quand la tente fut prête, il y fit rentrer le vieillard et mit en marche son chauffage individuel ; c'était un bien précieux, mais il s'en défiait presque autant que d'une vie. Le chauffage fonctionnait grâce à de petites batteries solaires et Arflane, comme tout un chacun, ne comprenait pas comment cela marchait. Même les explications des livres anciens n'avaient pas de sens pour lui. Les batteries étaient censées marcher éternellement, mais il devenait difficile d'en trouver de bonne qualité.

Il prépara un brouet pour eux deux et, grâce à une nouvelle rasade d'eau-de-vie, il revigora le vieillard, relâchant les cordes à l'ouverture du sac.

La lune brillait au travers de la toile de tente et donnait à Arflane suffisamment de lumière pour qu'il puisse travailler. Le Friesgaltien toussa et gémit. Arflane le sentit frissonner.

— « Voulez-vous du brouet ? » lui demanda-t-il.

— « Un peu, si vous pouvez vous en passer. » La voix fatiguée, mais qui gardait encore l'écho d'une force passée, avait un accent de perplexité.

Arflane mit un gobelet de brouet chaud devant les lèvres gercées. Le Friesgaltien l'avala et gémit. « C'est assez pour l'instant, je vous remercie. » Arflane replaça le gobelet sur le chauffage et resta accroupi en silence pendant un moment. Ce fut le Friesgaltien qui parla le premier.

« A combien sommes-nous de Friesgalt ? »

— « Pas loin. Peut-être dix heures à ski. Nous pourrions partir pendant que la lune est levée, mais je ne suis pas les routes indiquées. Je ne me risquerai pas à voyager avant l'aube. »

— « Bien sûr. Je pensais que c'était plus près, mais... » le vieillard toussa de nouveau, doucement, puis émit un faible gémissement. « On se trompe facilement sur les distances. J'ai eu de la chance. Vous m'avez sauvé. Je vous en suis reconnaissant. D'après votre accent, je peux dire que vous êtes de Brershill. Pourquoi ?... »

— « Je ne sais pas ! » dit brusquement Arflane.

Il y eut un silence et Arflane se prépara à s'allonger sur le tapis de sol. Le vieillard avait son sac de couchage mais il ne ferait pas trop froid si, contrairement à ses habitudes, il laissait marcher le chauffage individuel. La faible voix se fit entendre à nouveau. « Il n'est pas banal de voir un homme voyager seul dans les étendues glaciaires non répertoriées, même en été. »

— « C'est vrai, » répondit Arflane.

Après un arrêt, le Friesgaltien dit d'une voix enrouée et visiblement fatiguée : « Je suis le Seigneur Pyotr Rorsefne. La plupart des hommes m'auraient laissé mourir sur la glace — même ceux de ma propre cité. »

Arflane grommela d'un ton impatient.

« Vous êtes généreux, » ajouta le principal Amiral de Friesgalt avant de s'endormir enfin.

— « Ou peut-être complètement idiot, » dit Arflane en remuant la tête. Il se recoucha sur le tapis de sol, les mains derrière la tête. Pendant un instant, il plissa les lèvres et fronça légèrement les sourcils. Puis il sourit, d'une manière quelque peu ironique. Le sourire disparut quand il s'endormit, lui aussi.

2

LA FEMME D'ULSENN

KONRAD aperçut Friesgalt à peine plus de huit heures après le lever du jour. Comme chacune des Huit Cités, elle s'étendait sous la surface de la glace, dans les parois d'une immense crevasse naturelle profonde de près d'un mille. Ses pièces et ses allées principales étaient creusées dans le roc qui commençait plusieurs centaines de pieds au-dessous, bien que bon nombre de ses entrepôts et de ses pièces supérieures fussent taillés dans la glace même. Depuis la surface, on ne pouvait pas voir grand-chose de Friesgalt ; la seule chose que l'on pouvait remarquer facilement était la muraille de blocs de glace qui entourait la crevasse et protégeait l'entrée de la cité contre les éléments et les ennemis humains.

Cependant, c'étaient les rangées de mâts des hauts navires qui indiquaient vraiment l'emplacement de la cité. Il semblait, à première vue, qu'une forêt poussait hors de la glace, une forêt dont chaque arbre était symétrique, chaque branche droite et horizontale ; une forêt touffue, calme, menaçante même, qui défiait la nature et ressemblait au rêve de paysage idéalement dessiné d'un ancien géomètre.

Quand il fut assez près pour distinguer plus de détails, Arflane vit que cinquante ou soixante navires des glaces de bonne taille étaient ancrés dans la glace par des amarres attachées à des pieux d'os que l'on avait enfoncés dans la surface solide. Les coques en fibre de verre patinée étaient rayées par des siècles d'usage et la plupart des accessoires n'étaient pas des pièces d'origine mais des copies faites dans des matériaux naturels. Les bittes d'amarrage avaient été taillées dans de l'ivoire de morse, les bouts-dehors façonnés dans de l'os de baleine, et le capelage était un mélange de nylon précieux, de boyaux et de lanières de peaux de phoque. Bon nombre de patins étaient, eux aussi, faits d'os de baleine, de même que les espars qui les reliaient aux coques.

Les voiles, tout comme les coques, étaient faites en tissu synthétique d'origine. Il y avait dans chaque cité de grandes réserves de toile à voile en nylon ; en fait, leur économie même reposait principalement sur les quantités de tissus entreposées dans les magasins des diverses cités. Tous les navires, sauf un qui se préparait à partir, avaient leurs voiles ferlées de près.

Les docks de Friesgalt, qui contenaient vingt navires en longueur et trois en largeur, étaient impressionnants. On n'y trouvait aucun navire récent. Il n'y avait aucun moyen, dans le monde d'Arflane, d'en construire de nouveaux. Mais, si tous les navires étaient usés par les ans, ils n'en paraissaient pas moins robustes et puissants, doté chacun d'une ligne personnelle, due en partie aux nombreux ornements dont les avaient dotés des générations de patrons et d'hommes d'équipage, et aussi aux gréements favoris des différents capitaines ou propriétaires.

Les vergues des mâts, le capelage, les ponts et la glace à l'entour étaient noirs de marins au travail, vêtus de fourrures, dont le souffle se condensait au contact de l'air froid, tandis qu'ils chargeaient et déchargeaient les vaisseaux, accomplissaient des réparations et mettaient de l'ordre dans leurs canots. Des tas de peaux dénudées, des tonneaux et des caisses se trouvaient près des navires. Les grues de levage surplombaient les flancs des vaisseaux pour remonter les marchandises jusqu'à la hauteur du pont, puis se balançaient au-dessus des entrées des panneaux avant de laisser tomber les ballots et les tonneaux entre les mains des hommes dont le travail consistait à s'occuper de l'arrimage. D'autres cargaisons étaient empilées sur des traîneaux tirés par des chiens ou par des hommes jusqu'à la cité.

Sous le ciel bas d'où tombait une neige légère, des chiens aboyaient, des hommes criaient, et l'odeur indéfinissable des navires se mêlait aux senteurs plus reconnaissables de l'huile, des peaux et de la viande de baleine.

A quelque distance de là, une baleinière embarquait son équipage. Les chasseurs de baleine se tenaient d'habitude à l'écart des autres marins, dédaignant leur compagnie, et les équipages des navires commerciaux ne s'en plaignaient pas : car les baleiniers, que ce fût ceux de la Glace du Nord ou ceux de la Glace du Sud, avaient des distractions pour le moins bruyantes. C'étaient presque tous des hommes de grande taille, qui se carraient en marchant avec leurs harpons de dix pieds de long sur les épaules, sans se préoccuper de l'endroit où ils les balançaient. Ils portaient la barbe épaisse et fournie ; leurs cheveux aussi étaient épais et beaucoup plus longs que la normale. De même que leurs barbes, ils étaient souvent tressés et maintenus en place avec de la graisse de baleine, d'une manière étrange et barbare. Ils avaient de riches fourrures, celles-là mêmes que portaient normalement les aristocrates, car les baleiniers pouvaient se procurer tout ce qui leur plaisait si leurs affaires marchaient bien ; mais ces fourrures étaient tachées et ils ne les revêtaient qu'occasionnellement. Pendant presque toute sa carrière, Arflane avait été patron d'une baleinière et il éprouvait de la sympathie pour ces marins à la voix rude, venus de la Glace du Nord, qui, maintenant, regagnaient leurs bâtiments.

A côté des quelques baleinières, qui étaient principalement des barques trois-mâts ou des barques-goélettes, il y avait toutes sortes de bateaux et de navires sur la glace grasse. Des petits yachts et des ketchs utilisés pour le travail à l'intérieur des docks, des bricks, des brigantins, des goélettes à deux mâts et à deux huniers, des canots et des sloops. La plupart des navires de commerce étaient de lourds trois-mâts carrés, mais il y avait une petite quantité de deux-mâts bricks et de deux-mâts goélettes. Leurs couleurs étaient, pour la plupart, des bruns, des noirs et des verts tristes, défraîchis par le vent.

Les bateaux de chasse des baleiniers étaient invariablement noirs de coque, couleur donnée par le sang de générations de baleines de terre massacrées.

Arflane pouvait à présent distinguer les noms des bâtiments les plus proches. Il reconnut la plupart d'entre eux sans avoir besoin de lire les caractères gravés sur leurs flancs. Le plus proche était un lourd trois-mâts, la *Baleine de terre*; il venait de la cité de Djobhabn, la plus septentrionale des Huit Cités, et il présentait une grande ressemblance avec l'ancien mammifère marin qui, bien des siècles auparavant, avait quitté les océans quand la glace les avait recouverts progressivement, pour regagner la terre qu'il avait jadis quittée en faveur de la mer. La *Baleine de terre* était lourd et puissant, avec une large proue qui s'amincissait progressivement en allant vers l'arrière. Ses patins étaient courts, et sa lourde masse était tout près de la glace.

Un deux-mâts brick, le *Heurfrast,* du nom du fils mythique de la Glace-Mère, non loin de là déchargeait une cargaison de peaux de phoques et d'ours; il rentrait de toute évidence d'une expédition fructueuse. Un autre deux-mâts — un brigantin — emportait des cuves d'huile de baleine, se préparant, selon Arflane, pour une expédition commerciale dans les autres cités; c'était le *Bon Vent,* baptisé ainsi dans l'espoir que ce nom porte chance au navire. Arflane savait que l'on ne pouvait pas s'y fier et que, ô ironie, il était sujet à se déventer par gros temps; il avait eu plusieurs propriétaires. Il y avait là d'autres deux-mâts bricks, des goélettes, des deux-mâts et trois-mâts goélettes, ainsi que des barques, et Arflane connaissait chaque navire par son nom; il pouvait voir la barque-goélette *Katarina Ulsenn,* ainsi que ses sœurs, la *Nastasya Ulsenn* et la *Ingrid Ulsenn,* appartenant toutes aux Ulsenn, la puissante famille de Friesgalt, et du nom des mères de la famille Ulsenn. Il y avait le trois-mâts carré de Brershill, le *Sauteur,* et un autre trois-mâts de Brershill, la svelte barque de chasse *Flaire-l'Ours.* Deux bricks de commerce, petits mais volumineux, venaient de Chaddersgalt, qui était la cité la plus proche de Brershill, et d'autres navires provenaient de Djobhabn, d'Abersgalt, de Fyorsgep et de Keltshill, qui composaient les Huit Cités.

Les baleinières se tenaient éloignées des autres navires. C'étaient des vaisseaux à l'aspect usé, empreints de fierté et de méfiance. Les baleinières étaient traditionnellement baptisées de noms paradoxaux, et Arflane en reconnut qui s'appelaient la *Tendre Fillette,* le *Bien-Aimé,* la *Souriante,* la *Caresse,* le *Joli-Cœur,* la *Gentillesse,* et d'autres noms du même genre, tandis que d'autres s'appelaient la *Bonne Fortune,* le *Confiant,* la *Bonne Lance,* etc.

Sur un côté, eux aussi, mais à l'autre bout de la rangée des baleinières, se tenaient les clippers des glaces, dont les mâts se dressaient bien au-dessus de ceux des navires environnants, et dont l'aspect tout entier montrait une arrogance cruelle. Ils étaient les rois du plateau, rapides, fins et majestueux, et ils pouvaient, au plus fort de leurs moyens, avancer deux fois plus vite que n'importe quel autre navire. A côté de leurs coques, portées par de souples patins, tout semblait minuscule et, de leurs ponts, on pouvait voir en bas la poupe de n'importe quel autre vaisseau.

Le plus grand et le plus gracieux de tous ces clippers à quatre mâts était l'*Esprit des Glaces,* premier navire de la flotte friesgaltienne, dont les voiles étaient soigneusement ferlées et dont chaque pouce brillait du poli de l'os, de la fibre de verre, de l'or tendre, de l'argent, du cuivre. Il aurait surpris son ancien architecte s'il avait pu le voir maintenant : car il portait des ornements.

Son avant, son beaupré et son gaillard d'avant étaient décorés d'immenses crânes allongés de baleines de terre. Leurs bouches, semblables à des becs, se hérissaient de dents agressives, souriant avec dédain aux autres navires, et témoignant du savoir-faire, du courage et de la puissance de la famille d'armateurs des Rorsefne. Bien qu'on le considérât comme une goélette, l'*Esprit des Glaces* était en fait un quatre-mâts carré, selon la vieille terminologie de la mer. A l'origine, tous les grands clippers étaient des goélettes à voiles auriques, mais ce gréement était devenu peu pratique quelque temps après que l'on eut vraiment compris ce qu'était la navigation sur glace, et le gréement carré lui fut substitué ; pourtant, le vieux nom de goélette était resté. Le pavillon des Rorsefne flottait au-dessus des cacatois ; c'étaient quatre larges panneaux. Peint en noir, en blanc, en or et en rouge par quelque artiste à moitié barbare, l'emblème des Rorsefne représentait les mains blanches symboliques de la Glace-Mère, ornées d'un ours et d'une baleine, symboles du courage et de la vitalité, et tenant un navire des glaces. Un pavillon majestueux, pensait Arflane, soulevant sur son dos son fardeau à demi mort et s'approchant sur ses skis du grand rassemblement de navires.

Tandis qu'il s'approchait des vaisseaux, la goélette qu'il avait vue se préparer au départ largua ses amarres et ses immenses voiles se gonflèrent quand le vent y souffla. Seules la grand-voile et deux misaines avaient été déferlées, ce qui était suffisant pour faire sortir lentement le navire jusqu'à ce qu'il fût loin des autres.

Il prit le vent et glissa gracieusement vers lui sur ses grands patins. Puis, s'arrêtant, il salua avec gaieté le navire qui le dépassait. C'était *La Fille des neiges,* venu de Brershill. Les patins grinçaient sur la glace tendre quand le timonier tournait la barre et faisait route entre les quelques irrégularités causées par le passage répété des bateaux. Un ou deux marins le reconnurent et lui firent signe en retour, grimpés dans les haubans, mais la plupart d'entre eux étaient occupés par les voiles. Arflane entendit, dans l'air clair et glacial, la voix du patron qui criait ses ordres dans un mégaphone. Puis le bâtiment le dépassa, donnant un peu plus de voile et prenant de la vitesse.

Arflane sentit son cœur se serrer quand il se retourna et vit le navire glisser sur la glace en direction de l'Est. C'était un bon bâtiment, qu'il aurait aimé pouvoir commander. Le vent s'engouffra plus fort dans la voilure et *La Fille des neiges* fit un bond en avant, comme un animal. Surpris par cette subite pointe de vitesse, les milans des neiges noirs et blancs qui les dominaient de leur vol circulaire poussèrent des cris sauvages et s'élevèrent encore, avant de replonger vers le principal rassemblement de navires. Là, ils tournoyèrent au-dessus d'eux ou se perchèrent au sommet des mâts dans l'espoir de happer quelques morceaux de viande de baleine ou de lard de phoque sur les carcasses que l'on était en train de décharger.

Arflane enfonça profondément ses harpons dans la glace et propulsa en avant ses skis surchargés, glissant maintenant entre les lignes et les coques des navires, évitant les marins curieux qui le regardaient sans cesser leur travail, et se dirigeant vers la haute muraille de glace qui protégeait la cité-crevasse de Friesgalt.

A la porte principale, à peine assez large pour laisser passer un traîneau, se tenait un garde, une flèche encochée à son arc d'ivoire. C'était un jeune homme blond, dont la capuche de fourrure était rejetée derrière la tête, et dont le visage à l'expression anxieuse fit penser à Arflane que le garçon venait récemment d'être affecté à la garde de cette porte.

— « Vous n'êtes pas de Friesgalt et, visiblement, vous n'êtes pas un marchand venu sur un bateau, » dit le jeune homme. « Que voulez-vous ? »

— « Je porte sur mon dos votre Seigneur Rorsefne, » répondit Arflane. « Où vais-je l'amener ? »

— « Le Seigneur Rorsefne ! » Le garde fit un pas en avant, abaissant son arc, et rabattit la tête du sac de couchage pour arriver à distinguer la tête du fardeau d'Arflane. « N'y en a-t-il point d'autres ? Est-il mort ? »

— « Presque. »

— « Ils sont partis il y a plusieurs mois — pour une expédition secrète. Où l'avez-vous trouvé ? »

— « A environ une journée à l'est d'ici. » Arflane défit les courroies et entreprit de déposer le vieillard sur la glace. « Je vais le laisser avec vous. »

Le jeune homme parut hésiter, puis il dit : « Non — restez jusqu'à ce que la relève arrive. Elle ne va pas tarder maintenant. Il va falloir lui dire tout ce que vous savez. Ils pourraient manifester l'intention d'envoyer une expédition de secours. »

— « Je ne veux pas les aider, » dit Arflane impatiemment.

— « Restez, s'il vous plaît — rien que pour leur dire exactement comment vous l'avez trouvé. Ça sera plus facile pour moi. »

Arflane haussa les épaules. « Il n'y a rien à dire. » Il se pencha et se mit à tirer le corps dans la porte. « Mais j'attendrai, si vous le voulez bien, jusqu'à ce que l'on me rende mon sac de couchage. »

Au-delà de la porte, se trouvait une autre muraille de glace, qui arrivait à hauteur de poitrine. Regardant par-dessus, Arflane vit le sentier escarpé qui descendait vers le premier niveau de la cité. Il y avait, par intervalles, d'autres niveaux qui descendaient aussi profondément que l'œil pouvait porter. Arflane distingua, sur la partie éloignée de la crevasse, quelques-unes des portes et des fenêtres du niveau résidentiel. Un bon nombre d'entre elles étaient décorées de gravures et de bas-reliefs ciselés dans le rocher vivant. Beaucoup plus élaborées que les cavernes qui avaient existé plusieurs millénaires auparavant, ces habitations troglodytes avaient, vues de l'extérieur, une certaine ressemblance avec les abris permanents des ancêtres de l'humanité. Le retour à ce mode de vie était devenu nécessaire plusieurs siècles auparavant quand il était devenu impossible de construire des maisons en surface, à cause de la baisse de la température et de l'augmentation du niveau de la glace. Les premiers habitants des crevasses s'étaient montrés prophètes en prévoyant les conditions futures et ils avaient construit leurs appartements le plus profondément possible pour retenir un maximum de chaleur. Ces mêmes hommes avaient construit les navires des glaces, sachant que, avec l'impossibilité de pourvoir aux réserves de carburant, ceux-ci étaient le moyen de transport le plus pratique qui fût.

Maintenant, Arflane pouvait voir la relève du jeune garde, sur la plus proche rampe, celle qui menait au second niveau. L'homme était vêtu de peaux d'ours blanches et armé d'un arc et d'un carquois de flèches. Il remontait la pente, chaussé de bottes cloutées qu'il valait mieux porter pour monter ou descendre les niveaux, car seule une simple corde de cuir empêchait quelqu'un de tomber dans la gorge depuis la rampe relativement étroite.

Quand la relève arriva, le jeune garde expliqua ce qui s'était passé. Le nouveau garde, un vieil homme au visage inexpressif, hocha la tête et alla prendre sa place à la porte.

Arflane s'accroupit et délaça ses skis, tandis que le jeune homme lui donnait une paire de bottes cloutées. Quand Arflane les eut mises, ils portèrent à eux deux le paquet qui remuait faiblement et se mirent à descendre la pente avec précaution.

La lumière de la surface diminuait tandis qu'ils descendaient, et ils croisèrent un bon nombre d'hommes et de femmes qui remontaient des marchandises vers la surface ou ramenaient des réserves de nourriture et de peaux. Quelques personnes reconnurent le Seigneur Rorsefne. Arflane et le garde refusèrent de répondre à leurs questions incrédules et anxieuses, mais continuèrent de descendre dans les ténèbres toujours grandissantes.

Cela prit du temps pour emmener le Seigneur Rorsefne jusqu'à mi-hauteur de la crevasse. Là, l'éclairage pauvre était fourni par des lampes fonctionnant grâce à la source qui chauffait les sections résidentielles de la cité. Cette source se trouvait au fond même de la crevasse et n'était considérée qu'avec superstition, même par les aristocrates de Friesgalt, qui pourtant se moquaient des mythes. Pour les habitants de la glace, le froid était la condition naturelle de toute chose et la chaleur était un mal nécessaire à leur survie, bien que cela ne la rendît pas le moins du monde anormale. Au pays de la Glace-Mère, la chaleur n'existait pas et n'avait pas besoin d'exister pour entretenir la vie éternelle de ceux qui la rejoignaient quand ils mouraient et devenaient froids. La chaleur pouvait détruire la glace, et c'était là une preuve suffisante de sa malignité. Tout au fond de la crevasse, la chaleur, prétendait-on, atteignait une température impossible et c'était là qu'allait, après leur mort, l'esprit de ceux qui avaient offensé la Glace-Mère.

La famille du Seigneur Rorsefne habitait un niveau

entier de la cité, sur les deux flancs de la crevasse. Un pont enjambait la gorge et les deux hommes durent le traverser avant d'arriver aux pièces principales de la maison des Rorsefne. Le pont, fait de cuir, se balança et s'inclina quand ils traversèrent. De l'autre côté les attendait un homme d'âge moyen, au visage carré, qui portait la livrée d'intérieur jaune des Rorsefne.

— « Qu'avez-vous là ? » demanda-t-il impatiemment, pensant probablement qu'Arflane et le garde étaient des marchands qui essayaient de vendre quelque chose.

— « Votre maître, » dit Arflane avec un léger sourire. Il eut la satisfaction de voir se décomposer le visage du serviteur quand il reconnut les traits à moitié cachés de l'homme dans le sac de couchage.

En toute hâte, le serviteur les aida à franchir une porte basse au-dessus de laquelle les armes des Rorsefne étaient gravées dans le roc. Ils passèrent deux autres portes avant d'atteindre le hall d'entrée.

Cette grande salle était bien éclairée par des tubes lumineux enchâssés dans le mur. Mais elle était aussi surchauffée et Arflane se mit à suer, incommodé mentalement et physiquement. Il rejeta son capuchon et dénoua les cordons de son manteau. La salle était richement meublée ; Arflane n'avait jamais rien vu de semblable. Des tentures peintes du plus beau cuir recouvraient les murs de roc, et même ici, dans le hall, il y avait des chaises de bois, dont certaines étaient recouvertes de tissu véritable. Arflane n'avait vu que de la toile à voile et un seul objet de bois pendant toute sa vie. Le cuir, pour aussi finement qu'il fût tanné, n'était jamais aussi délicat que la soie et le lin qu'il contemplait à présent. Ils étaient vieux de plusieurs centaines d'années, conservés sans aucun doute dans le froid des magasins, et ils devaient dater d'une époque antérieure à l'arrivée des ancêtres d'Arflane dans les ravins du Sud, quand la végétation existait encore sur les terres et non uniquement dans ces étangs chauds ou cet océan dont parlaient les légendes blasphématoires. Arflane savait que le monde, comme les étoiles et la lune, était presque entièrement composé de glace et que, un jour, selon la volonté de la Glace-Mère, même les étangs chauds et les cavernes de roc se transformeront en glace, qui était l'état naturel de toute matière.

Le serviteur vêtu de jaune avait disparu, mais revenait maintenant avec un homme presque aussi grand qu'Arflane. Il avait un visage fin, des lèvres pincées et des yeux bleus. Sa peau était blanche, comme si elle n'avait jamais été mise en contact avec l'air au-dessus du sol, et il portait une veste lie-de-vin et un pantalon noir étroit en cuir souple. Arflane eut l'impression que ses vêtements étaient usés.

Il s'arrêta près du corps inconscient de Rorsefne et le regarda pensivement, puis il leva la tête et regarda Arflane et le garde d'un air hostile.

— « Très bien, » dit-il. « Vous pouvez partir. »

L'homme n'était pas responsable de sa voix — peut-être même de son ton — mais tous deux irritèrent Arflane. Il se tourna pour partir. Il s'était attendu, sans toutefois la désirer, à quelque formule de remerciement.

— « Pas vous, étranger, » dit l'homme de haute taille. « Je voulais dire le garde. »

Le garde partit et Arflane regarda les serviteurs emporter le vieillard. Il dit : « J'aimerais récupérer mon sac de couchage, » puis il regarda le visage de l'homme de haute taille.

— « Comment va le Seigneur Rorsefne ? » demanda celui-ci, distant.

— « Il est mourant, peut-être. Un autre serait déjà mort — mais il pourra vivre. Il ne perdra que quelques doigts ou quelques orteils. »

L'homme hocha la tête, d'une manière inexpressive. « Je suis Janek Ulsenn, » dit-il. « Le Seigneur Rorsefne est mon beau-père. Naturellement, nous vous sommes reconnaissants. Comment avez-vous trouvé le Seigneur ? »

Arflane l'expliqua brièvement.

Ulsenn fronça les sourcils. « Il ne vous a rien dit d'autre ? »

— « C'est un miracle qu'il ait eu la force de

m'en dire autant. » Arflane aurait pu aimer le vieillard, mais il savait qu'il ne pourrait jamais aimer Ulsenn.

— « Vraiment ? » Ulsenn réfléchit un instant. « Bien, je vais m'occuper de votre récompense. Aimeriez-vous un millier de bonnes peaux d'ours, hein ? »

C'était une fortune.

— « J'ai aidé ce vieillard parce que j'ai admiré son courage, » dit brusquement Arflane. « Je ne veux pas de vos peaux. »

Pendant un instant, Ulsenn parut surpris. « Alors, *que voulez-vous donc* ? Je vois... (il s'interrompit) ... que vous venez d'une autre cité. Vous n'êtes pas noble. Quelles... » Visiblement, il ne savait que penser. « On n'a jamais vu un homme sans aucun code moral daigner faire ce que vous avez fait. Même l'un d'entre nous hésiterait à sauver un étranger. » Sa dernière phrase avait un air de belligérance, comme s'il était offensé à l'idée qu'un étranger, et qui plus est un roturier, ait pu faire ce qu'Arflane avait fait, comme si une action désintéressée était le privilège des riches et des puissants.

Arflane haussa les épaules. « J'ai apprécié le courage de ce vieillard. » Il voulut partir mais, ce faisant, une porte s'ouvrit sur sa droite et une femme aux cheveux bruns vêtue d'une lourde robe fauve et bleue entra dans la salle. Son visage était pâle, mince et décidé et elle marchait avec une grâce naturelle. Ses cheveux tombaient sur ses épaules et ses yeux bruns étaient pailletés d'or. Elle regarda Ulsenn d'un air vaguement interrogateur.

Arflane inclina doucement la tête et voulut saisir la poignée de la porte.

La voix de la femme était douce, peut-être un peu hésitante. « Etes-vous celui qui a sauvé la vie de mon père ? »

A contrecœur, Arflane se retourna et lui fit face, les jambes légèrement séparées, comme s'il était sur le pont d'un navire. « C'est moi, Ma Dame — s'il survit, » dit-il rapidement.

— « Voici ma femme, » dit Ulsenn, avec autant de mauvaise grâce.

Elle sourit d'un air affable. « Il voulait que je vous remercie et il désire vous exprimer personnellement sa gratitude quand son état se sera amélioré. Il aimerait que vous restiez ici en attendant, au titre d'invité. »

Jusqu'à maintenant, Arflane ne l'avait pas regardée en face mais, quand il leva la tête pour plonger un instant dans ses yeux dorés, elle parut légèrement surprise, puis se ressaisit aussitôt.

— « Merci, » dit-il, amusé, en regardant dans la direction d'Ulsenn, « mais votre mari n'est peut-être pas d'humeur aussi hospitalière. »

La femme d'Ulsenn jeta à son mari un regard de surprise chagrine. Ou bien elle était vraiment contrariée par la manière dont Arflane traitait Ulsenn, ou bien elle faisait cela dans son intérêt. Si c'était le cas, Arflane était bien en peine de comprendre ses raisons car, tout ce qu'il savait, c'était qu'elle se servait de cette occasion pour humilier son mari devant un étranger de condition sociale inférieure.

Ulsenn soupira. « Ridicule. Il doit rester si votre père le désire. Après tout, le Seigneur Rorsefne est le chef de la maison. Je vais lui faire apporter quelque chose par Onvald. »

— « Peut-être notre hôte préférerait-il manger avec nous, » dit-elle vivement. Décidément, il y avait une tension entre eux deux.

— « Ah oui, » murmura Ulsenn d'un air lugubre.

Excédé, Arflane dit, de la manière la plus polie dont il fût capable : « Avec votre permission, je dînerai dans une pension et j'y dormirai aussi. J'ai entendu dire que vous aviez un bon hôtel de voyageurs au seizième niveau. » Le garde le lui avait signalé quand ils étaient passés devant.

Elle dit doucement : « Restez avec nous, je vous en prie. Après quoi... »

Arflane s'inclina et la regarda dans les yeux une nouvelle fois, essayant de juger sa sincérité. Cette femme n'était pas de la même étoffe que son mari, décida-t-il. Elle avait, jusqu'à un certain point, les mêmes traits que son père et il voyait en elle les qualités qu'il avait admirées chez le vieillard ; pourtant, il ne resterait pas. Elle évita son regard. « Très bien. Quel nom faudra-t-il demander à l'hôtel ? »

— « Capitaine Konrad Arflane, » dit-il d'un ton bourru, comme s'il confiait un secret à contrecœur. « De Brershill. Que la Glace-Mère vous protège. »

Puis, après un rapide signe de tête à chacun d'eux, il quitta la salle et franchit les trois portes, claquant la dernière derrière lui avec force et colère.

3

L'ESPRIT DES GLACES

CONTRAIREMENT à ses habitudes, Konrad Arflane décida de rester à Friesgalt jusqu'à ce que le vieillard pût lui parler. Il ne savait pas exactement ce qu'il attendait ; si on le lui avait demandé, il aurait répondu qu'il restait parce qu'il ne voulait pas perdre un bon sac de couchage et aussi parce qu'il n'avait rien d'autre à faire. Il n'aurait pas avoué que c'était Ulrica Ulsenn qui le retenait dans la cité.

Il passa la majeure partie de son temps à se promener en surface parmi les bateaux. Etant trop obstiné, il choisit de ne pas se rendre à la maison Rorsefne. Il attendrait que ce soient eux qui prennent contact avec lui.

Malgré son profond dégoût pour cet homme, Arflane pensait qu'il comprenait Janek Ulsenn mieux que n'importe quel autre Friesgaltien qu'il eût rencontré. Ulsenn n'était pas typique de l'aristocratie moderne de Friesgalt, elle qui rabaissait la morale rigide et hautaine de ses ancêtres. Dans les autres cités moins fortunées, les vieilles traditions étaient encore respectées, bien que les princes-marchands de l'endroit n'aient jamais eu la puissance de familles telles que les Rorsefne ou les Ulsenn. Arflane pouvait admirer Ulsenn au moins parce qu'il avait refusé d'adoucir son attitude. Lui et Ulsenn possédaient, dans cette optique, quelque chose en commun. Arflane haïssait les signes de la transformation progressive de son milieu, qu'il n'avait pourtant remarqués que d'une manière à demi consciente. Les pensées se relâchaient et l'adoucissement des lois dures mais raisonnables de la survie en pays de glace était illustré par son propre geste d'assistance envers le vieillard. Seule une catastrophe pouvait résulter de cette tendance à la décadence et il aurait fallu, pour occuper les positions influentes, bien des hommes semblables à Ulsenn, capables d'enrayer cet éloignement progressif du comportement, de la religion et de la pensée traditionnels. Il n'y avait pas d'autre manière de garantir leur capacité de demeurer vivants dans un milieu où la vie animale n'avait pas sa place. Que la pourriture s'y mette, pensait Arflane, et la Glace-Mère ne serait pas longue à faire disparaître les derniers survivants de la race.

C'était un signe des temps qu'Arflane fût devenu une sorte de héros dans la cité. Un siècle plus tôt, les gens se seraient moqués de sa faiblesse. Maintenant, ils le félicitaient et lui, en retour, les méprisait, comprenant qu'ils le traitaient avec condescendance, comme un brave animal que l'on voudrait honorer, et qu'ils n'avaient que dédain pour ses valeurs ainsi que pour sa pauvreté même. Il se promenait seul, le visage austère, l'air bourru, évitant chacun et sachant, sans s'en soucier, qu'il renforçait leur opinion selon laquelle tout ce qui n'était pas de Friesgalt était grossier et barbare.

Le troisième jour de son séjour, il alla contempler l'*Esprit des Glaces* avec une admiration qu'il n'accorda qu'à contrecœur.

Comme il montait vers le navire, passant tête baissée sous les cordages tendus, quelqu'un l'appela d'en haut.

— « Capitaine Arflane ! »

Il leva la tête de mauvaise grâce. Un visage blond et barbu se penchait par-dessus le bastingage. « Aimeriez-vous monter à bord visiter le navire, capitaine ? »

Arflane remua la tête ; mais une échelle de cuir se balançait déjà le long du bâtiment et son extrémité inférieure battait la glace près de lui. Il fronça les sourcils. Il ne souhaitait aucune implication superflue avec les Friesgaltiens, mais il était profondément curieux de mettre le pied sur le pont d'un navire qui était presque un mythe dans les pays de glace.

Il se décida rapidement, attrapa l'échelle et se mit à monter vers le bastingage incrusté d'ivoire qui se dressait au-dessus de lui.

Quand il passa la jambe par-dessus la rambarde, il fut accueilli d'un sourire par l'homme à la barbe, qui était vêtu d'une riche veste d'ourson blanc et d'un pantalon gris et serré en peau de phoque, ce qui était presque l'uniforme des officiers supérieurs de la flotte friesgaltienne.

« Je pensais que cela vous intéresserait d'inspecter le navire en tant que confrère, capitaine. » Le sourire de cet homme était sincère et le ton de sa voix n'avait pas la marque de condescendance à laquelle Arflane s'attendait. « Mon nom est Petchnyoff, officier en second de l'*Esprit des Glaces.* » Pour un second officier, c'était un homme relativement jeune. Sa barbe et ses cheveux étaient blonds et doux, lui donnant comme un regard penaud, mais sa voix était forte et assurée. « Puis-je vous faire visiter ? »

— « Merci, » dit Arflane. « Ne devriez-vous pas demander d'abord à votre capitaine ? » Quand il commandait son propre navire, il était sévère à l'égard de ce genre de courtoisie.

Petchnyoff sourit. « L'*Esprit des Glaces* n'a pas de capitaine attitré. Il est commandé en temps normal par le Seigneur Rorsefne ou bien, quand il ne lui est pas possible d'être à bord, par quelqu'un qu'il a désigné Dans votre cas, je suis sûr qu'il aimerait que je vous montre le navire. »

Arflane désapprouva cette méthode ; selon lui, un navire devait avoir un capitaine en permanence, quelqu'un qui passait la plus grande partie de sa vie à son bord. C'était le seul moyen de comprendre parfaitement un navire et d'apprendre ce dont il était capable et ce qu'il lui était impossible de faire.

Le bâtiment avait trois ponts, un pont principal, un pont intermédiaire et une dunette, de tailles décroissantes. Les deux premiers ponts étaient situés derrière Arflane et Petchnyoff. Ils étaient, comme la coque, en fibre de verre piquée, recouverts d'os broyé pour donner aux pieds une meilleure assise. La majeure partie de la superstructure du navire était faite de la même fibre de verre, bossuée, usée et rongée par d'innombrables voyages au cours d'innombrables années. Certaines des portes et des écoutilles avaient été remplacées par des imitations faites de larges plaques d'ivoire collées ensemble et ciselées avec soin, contrastant avec la fibre de verre non décorée. En de nombreux endroits, l'ivoire était jaune et vieilli, et il paraissait presque aussi ancien que les parties d'origine. Les cordages — un mélange de nylon, de boyau et de cuir — étaient tendus depuis les rambardes jusqu'aux sommets des mâts.

Arflane leva les yeux, se rendant mieux compte à présent de la taille du navire. Les mâts étaient si hauts qu'ils semblaient presque échapper au regard. Le bâtiment était bien entretenu, remarqua-t-il, et chaque pouce de voilure était si tendu et si droit qu'il n'aurait pas été surpris de voir des hommes s'agiter dans les cacatois pour mesurer l'angle des cornes. Les voiles étaient ferlées de près, et chacun de leur plis était de même taille ; Arflane vit que les bouts-dehors en ivoire étaient, eux aussi, ciselés de dessins compliqués. C'était un navire d'exposition, et Arflane fut empli de rancune à la pensée qu'il ne partait que trop rarement en voyage de travail.

Petchnyoff se tenait patiemment à ses côtés, levant la tête lui aussi. La lumière était devenue grise et froide et donnait au jour un aspect irréel.

« Il va bientôt neiger, » fit l'officier en second.

Arflane approuva. Une tempête de neige était ce qu'il préférait. « Il est très bien entretenu, » dit-il.

Petchnyoff remarqua son intention et sourit. « Trop bien, pensez-vous. Vous avez peut-être raison. Il faut donner une occupation à l'équipage. Nous n'avons que très peu d'occasions de naviguer, plus particulièrement depuis le départ du Seigneur Rorsefne. » Il conduisit Arflane vers une porte d'ivoire dans le flanc du pont intermédiaire. « Je vais d'abord vous montrer les étages inférieurs. »

La cabine dans laquelle ils pénétrèrent possédait deux couchettes et elle était plus richement meublée que toutes celles que Arflane avait vues auparavant. Il y avait de lourdes commodes, des fourrures, une table en os de baleine et des chaises faites de peaux tendues sur des cadres d'os. Une porte donnait sur un étroit escalier.

« Voici les cabines du capitaine et des hôtes qu'il lui arrive de recevoir, » expliqua Petchnyoff en désignant les portes devant lesquelles ils passaient. « Celle que nous avons traversée était la mienne. Je la partage avec le sous-officier Kristoff Hinsen. Il est en service mais désire vous rencontrer. »

Petchnyoff montra à Arflane les vastes cales du navire. Elles semblaient s'étendre à perte de vue. Arflane se mit à penser qu'il s'était perdu dans un labyrinthe de la taille d'une ville ; le navire était si grand ! Les locaux affectés à l'équipage étaient propres et spacieux. Ils étaient sous-occupés, car seul un équipage réduit se trouvait à bord, principalement pour entretenir le bâtiment le mieux possible et pour mettre à la voile au moindre caprice de son capitaine-propriétaire. La plupart des hublots du navire étaient faits de verre ancien, épais et incassable. Quand il s'approcha de l'un d'eux, Arflane remarqua qu'il faisait plus sombre dehors et que la neige tombait en abondance sur la glace, limitant la visibilité à quelques mètres.

Il ne pouvait s'empêcher d'être impressionné par l'importance du navire et enviait son poste à Petchnyoff. Si Brershill possédait un vaisseau comme celui-là, elle en ferait bon usage et retrouverait rapidement son importance. Peut-être devrait-il être reconnaissant aux Friesgaltiens de n'en pas faire meilleur usage car, dans un pareil cas, ils se seraient emparés d'une partie encore plus importante du commerce.

Par la suite, ils montèrent sur la dunette. Elle était occupée par un vieil homme qui parut ne pas les remarquer. Il regardait fixement la barre que l'on distinguait difficilement et qui se trouvait au-dessous d'eux, sur le pont intermédiaire. Elle avait été fermement attachée pour que les patins qu'elle commandait ne puissent bouger et tirer sur les amarres du navire. Bien que les yeux du vieil homme fussent fixés sur la barre, il semblait perdu dans des pensées intérieures. Il se tourna quand ils le rejoignirent près du bastingage. Sa barbe était blanche et son capuchon de grosse fourrure était remonté, lui dissimulant le regard. Sa veste était fermée par des lacets et il portait des mitaines. De la neige s'était amoncelée sur ses épaules ; les flocons qui tombaient étaient encore denses, assombrissant l'air et flottant dans la voilure avant de s'amonceler sur le pont. Arflane les entendait crépiter sur la toile, au-dessus d'eux.

« Voici notre sous-officier, Kristoff Hinsen, » dit Petchnyoff en tapant sur le bras du vieillard. « Kristoff, voici le sauveteur du Seigneur Rorsefne. »

Kristoff regarda Arflane d'un air pensif. Son visage ressemblait à celui d'un vieux milan des neiges, avec des yeux en vrille, noirs et futés, et un nez busqué.

— « Vous êtes le capitaine Arflane. Vous avez commandé le *Vent du Nord,* n'est-ce pas ? »

— « Je suis surpris que vous sachiez cela, » répondit Arflane. « Je l'ai quitté il y a cinq ans. »

— « Oui. Vous souvenez-vous d'un navire que vous avez fait rentrer dans une crevasse au sud d'ici ? La *Tanya Ulsenn* ? »

Arflane rit. « Bien sûr ! Nous faisions la course vers un troupeau de baleines qui avait été signalé. Les autres avaient abandonné et il n'y avait plus que nous et la *Tanya.* Ce fut un voyage intéressant après que nous eûmes mis la *Tanya* dans une crevasse. Etiez-vous à son bord ? »

— « J'en étais le capitaine. J'ai perdu mon poste à cause de votre ruse. »

Arflane avait agi selon le code reconnu des marins de la glace, mais il cherchait sur le visage de Kristoff des marques de ressentiment.

— « C'était une meilleure époque pour moi, » dit Arflane.

— « Pour moi aussi, » dit Kristoff. Il rit tout bas. « En fin de compte, nos victoires et nos défaites nous ont menés au même point. Vous n'avez plus de navire à commander — et moi, je suis sous-officier d'un gigolo qui reste couché toute la journée. »

— « Il devrait naviguer, » fit Arflane en regardant

autour de lui. « Il vaut dix fois mieux que n'importe quel autre navire. »

— « Quand ce vieux beau prendra la mer, ça sera la fin du monde ! » Dégoûté, Kristoff tapa du pied sur le pont. « Une fois, j'ai essayé votre tactique, capitaine Arflane, quand j'étais officier en second sur le *Heurfrast.* Le capitaine était blessé — emmêlé dans une corde de harpon — et j'assurais le commandement. Vous connaissez ce vieux chasseur, le *Heurfrast* ? »

Arflane approuva.

« Eh bien, il est dur à manier quand on ne le connaît pas, mais ensuite, c'est facile. C'était environ un an après et nous faisions la course avec deux bricks d'Abersgalt. L'un d'eux s'est retourné sur notre route et nous avons dû le contourner, ce qui a donné à l'autre une bonne avance sur nous. Nous nous sommes arrangés pour marcher derrière lui, quand nous avons vu cette crevasse devant. J'ai décidé d'essayer de l'y envoyer. »

— « Qu'est-il donc arrivé ? » demanda Arflane en souriant.

— « Nous y sommes allés tous les deux — je n'avais pas votre précision. A cause de cela, j'ai été relégué sur cette baleine pétrifiée. Je comprends maintenant que votre ruse était plus compliquée que je ne le pensais. »

— « J'ai eu de la chance, » dit Arflane.

— « Mais vous vous êtes servi de cette tactique auparavant — et depuis. Vous étiez un bon capitaine. Nous autres Friesgaltiens n'admettons généralement pas qu'il puisse y avoir de meilleurs marins que les nôtres. »

— « Merci, » dit Arflane, incapable de résister à la flatterie du vieillard et commençant à se sentir mieux, maintenant qu'il était en compagnie d'hommes de son bord. « Vous avez presque échappé à mon piège, je m'en souviens. »

— « Presque, » soupira Hinsen. « La navigation n'est plus ce qu'elle était, capitaine Arflane. »

Arflane approuva d'un grognement.

Petchnyoff sourit et remonta son capuchon pour se

protéger du mauvais temps. La neige tombait si drue à présent qu'il était impossible de distinguer autre chose que les contours estompés des navires les plus proches.

Debout dans le silence paisible, Arflane imagina qu'ils étaient peut-être les trois seuls hommes au monde, car tout était calme sous la neige qui tombait, étouffant chaque bruit.

— « Avec les jours qui passent, nous connaîtrons de moins en moins souvent ce temps, » dit Petchnyoff avec reconnaissance. « Maintenant, la neige ne vient que tous les dix ou quinze jours. Mon père se souvient de l'avoir vue tomber si souvent qu'elle semblait durer tout l'été. Et les vents étaient plus rudes en hiver. »

Hinsen secoua la neige de sa veste. « Vous avez raison, mon garçon. Le monde a changé depuis l'époque où j'étais jeune — il se réchauffe. Dans quelques générations, nous gambaderons tout nus sur la surface. » Il rit de sa propre plaisanterie.

Arflane se sentit mal à l'aise. Il ne voulait pas gâcher la bonne humeur, mais il devait parler. « Ne dites pas des choses que la Glace-Mère pourrait entendre, mes amis, » dit-il d'un air embarrassé. « De plus, ce que vous dites est faux. D'une année à l'autre, le climat est un peu différent, dans un sens ou dans un autre mais, sur la durée d'une vie humaine, il devient assurément plus froid. Il doit en être ainsi. Le monde se meurt. »

— « C'est ce que pensaient nos ancêtres et c'est ce qu'ils ont symbolisé dans la religion de la Glace-Mère, » dit Petchnyoff en souriant. « Et s'il n'y avait pas de Glace-Mère ? Supposez que le soleil se réchauffe et que le monde redevienne ce qu'il était avant la venue de la glace. Et si l'on vérifiait la théorie selon laquelle cette époque n'est qu'une des nombreuses périodes pendant lesquelles la glace a recouvert le monde ? Certains livres anciens le prétendent, capitaine. »

— « Je qualifierais cela de stupidite blasphématoire, » répliqua vivement Arflane. « Vous savez vous-même que ces livres comprennent un bon nombre d'idées étranges que nous savons êtres fausses. Le seul livre dans lequel je crois est le Livre de la Glace-Mère. Elle est venue du centre de l'univers en apportant la glace purificatrice ; un jour, son but sera atteint et tout sera transformé en glace, tout sera purifié. Comprenez ce que vous voulez, dites que la Glace-Mère n'existe pas ou que son histoire ne représente que la vérité, mais vous devez admettre que même certains livres anciens disaient la même chose, que toute chaleur devait disparaître. »

Hinsen lui jeta un regard sardonique. « Il y a des signes qui prouvent que les idées anciennes sont fausses, » murmura-t-il. « Les adorateurs de la Glace-Mère disent : « Tout doit se refroidir », mais vous savez qu'il y a à Friesgalt des savants dont le travail consiste à mesurer la température. C'est grâce à leurs connaissances que nous détenons notre puissance. Les savants prétendent que le niveau de la glace a baissé de quelques degrés ces deux ou trois dernières années et que, un jour, le soleil redeviendra jaune et chaud et fera fondre la glace. Ils disent que le soleil est déjà plus chaud et que les animaux vont vers le Sud, prévoyant le changement. Ils sentent une nouvelle sorte de vie, Arflane. Une vie semblable aux algues que nous trouvons dans les étangs chauds, mais poussant sur le sol dans une matière semblable à de petits morceaux de roc broyé — dans la terre. Ils croient que cela doit déjà exister quelque part — que cela a toujours existé, peut-être sur les îles dans la mer… »

— « Il n'y a pas de mer ! »

— « Les savants pensent que nous n'aurions pas pu survivre s'il n'y avait pas une mer quelque part et ces plantes qui poussent sur des îles. »

— « Non ! » Arflane tourna le dos à Hinsen.

— « Vous dites que cela est faux ? Mais la raison dit que c'est la vérité. »

— « La raison ? » Arflane ricana. « Ou plutôt quelque tournure d'esprit qui passe pour de la raison ? Il n'y a pas de véritable logique dans ce que vous prétendez. Vous ne faites que rabâcher une idée stupide à laquelle vous aimeriez croire. Ce genre de pensée amènera le malheur sur nous tous ! »

Hinsen remua la tête. « Je vois cela comme un fait, capitaine Arflane — tout comme nous, la glace s'adoucit. Les animaux sentent cette nouvelle vie, tout comme nous — c'est pourquoi nos idées changent. Je ne *désire* pas le changement. Je ne puis qu'en être désolé, car je ne pourrais pas aimer un monde autre que celui que je connais. Je mourrai dans mon propre monde, mais que perdront nos descendants ? Le vent, la neige et la glace vive — la vue d'un troupeau de baleines fuyant devant votre flotte, le jet du harpon, la lutte sous le soleil rouge et rond, gelé dans un ciel bleu, le jaillissement du sang noir de la baleine, un sang aussi noble que les hommes qui le répandent... Où sera tout cela, quand les pays de glace deviendront une terre sale et instable et une verdure cassante ? Tout ce que nous aimons et admirons sera amenuisé puis oublié dans ce monde sale, chaud et malsain. Quel monde malpropre et désordonné ce sera ! Mais il *existera* ! »

Arflane tapa sur le bastingage, balayant la neige. « Vous êtes fou ! Comment tout cela pourra-t-il changer ? »

— « Vous avez peut-être raison, » répondit doucement Hinsen. « Mais, fou ou pas, je vois ce que je vois et c'est net et définitif — inévitable. »

— « Vous refusez toutes les lois de nature ? » demanda Arflane d'un air moqueur. « Même un imbécile doit admettre que rien ne peut se réchauffer de sa propre volonté après s'être refroidi. Regardez ce qu'il y a en vous, non ce que vous *croyez* voir. Je comprends votre raisonnement. Mais c'est un raisonnement faible et qui souhaite quelque chose. La mort, Kristoff Hinsen, *la mort* est la seule chose inévitable ! Jadis, il y eut cette saleté, ce vert, cette vie — je suis d'accord là-dessus. Mais tout cela est mort. Est-ce qu'un homme meurt, devient froid et puis soudain se réchauffe et se relève en disant : « J'étais mort, mais maintenant je vis ! » Ne pouvez-vous voir ce qu'il y a de décevant dans votre logique ? Que la Glace-Mère soit la réalité ou simplement un symbole de la réalité, elle doit être honorée. Perdez cela de vue, comme vous l'avez fait à Friesgalt, et notre peuple mourra plus tôt qu'il ne faut. Je sais, vous me prenez pour un sauvage superstitieux, pour tenir de tels propos — mais il y a du bon sens dans ce que je dis. »

— « Je vous envie de pouvoir conserver autant d'assurance, » fit calmement Kristoff Hinsen.

— « Et moi, je vous plains pour vos tourments superflus ! »

Embarrassé, Petchnyoff prit Arflane par le bras. « Puis-je vous montrer le reste du navire, capitaine ? »

— « Merci, » dit brusquement Arflane, « mais j'ai vu tout ce que je voulais. C'est un bon navire. Alors, ne le laissez pas pourrir. »

Le visage inquiet, Hinsen commença à dire quelque chose, mais Arflane se détourna. Il quitta la poupe et se dirigea vers le pont inférieur, enjamba la rambarde, redescendit l'échelle et repartit vers la cité souterraine, dans le crissement de ses bottes sur la neige.

4

L'HOTEL DU BRISE-NAVIRES

APRÈS sa visite au schooner, Konrad Arflane supporta de plus en plus mal son séjour à Friesgalt. Les Ulsenn ne lui avaient toujours pas donné de nouvelles de l'état du vieillard et l'atmosphère qui régnait dans la ville le troublait. Il n'avait encore pris aucune décision au sujet de ses affaires personnelles, mais il se décida à essayer de trouver un emploi, même de sous-officier, pour le moment, sur le prochain navire de Brershill qui arriverait au port.

Il se mit à hanter les abords du grand dock, évitant tout contact avec les navires, en particulier avec l'*Esprit des Glaces,* et cherchant un bâtiment de Brershill.

Le quatrième matin de son attente, un trois-mâts barque fut signalé. Il glissait toutes voiles dehors, battant pavillon de Brershill, et avançait plus vite qu'il n'était sage pour un vaisseau à proximité des docks. Arflane sourit quand il s'approcha, reconnaissant en lui la *Douce Vierge,* une baleinière commandée par son vieil ami le capitaine Jarhan Brenn. Il semblait aller tout droit vers la partie du dock où les navires étaient les plus nombreux et les hommes qui y travaillaient se mirent à fuir, pris de panique, craignant, sans aucun doute possible, qu'il ne fût hors de contrôle. Quand il ne fut qu'à petite distance du dock, il effectua, rapidement mais sans à-coups, un arc serré, prit les ris et glissa vers l'autre extrémité du quai, où d'autres baleinières étaient déjà amarrées. Arflane se mit à traverser la glace en courant, car ses bottes cloutées lui donnaient une bonne prise.

Essoufflé, il atteignit la *Douce Vierge* au moment où les cordes d'amarrage étaient jetées aux matelots qui attendaient là, avec leurs pieux et leurs maillets.

Arflane eut un léger sourire quand il saisit les pieux d'os et le lourd maillet de fer d'un matelot et qu'il se mit à planter un pieu dans la glace. Il saisit un cordage qui se trouvait près de lui et l'embarqua, l'attachant bien serré au pieu. Le navire remua un instant, résistant aux cordes, puis se tint tranquille.

Sur le pont au-dessus de lui, il entendit un rire. Levant la tête, il vit que le capitaine, Jarhan Brenn, se tenait au bastingage.

— « Arflane ! Est-ce que tu travailles comme manœuvre, maintenant ? Où est ton navire ? »

Arflane haussa les épaules et étendit les mains d'une manière ironique, puis il se saisit d'une amarre et se mit à monter en se balançant, jusqu'à ce qu'il fût capable de saisir le bastingage et de l'enjamber pour se retrouver aux côtés de son vieil ami.

— « Plus de navire », dit-il à Brenn. « Il a été donné en paiement d'une mauvaise dette de son propriétaire. Vendu à un marchand de Friesgalt. »

Brenn approuva avec sympathie. « Il ne sera pas le dernier je crois. Tu aurais dû rester à la chasse à la baleine. Quoi qu'il arrive, il y a toujours du travail pour nous autres, baleiniers. Et, en fin de compte, tu ne t'es même pas marié. » Il rit doucement.

Brenn faisait allusion à une époque où, six ans auparavant, Arflane avait pris le commandement d'un navire de commerce pour faire plaisir à une fille qu'il souhaitait épouser. Ce n'est qu'après cela qu'il avait compris qu'il ne pouvait vouloir d'une fille qui lui imposait de telles conditions. Mais il était trop tard pour reprendre le commandement de la baleinière.

Il sourit à Brenn d'un air lugubre, puis haussa encore une fois les épaules. « Avec la chance que j'ai, Brenn, je crois que je n'aurais pas vu une seule baleine pendant ces six années. »

Son ami était court et trapu, avec un visage rond et rougeaud et une barbe raide. Il était vêtu d'une lourde fourrure noire mais sa tête et ses mains étaient nues. Pour un baleinier, ses cheveux grisonnants étaient coupés court, mais ses mains rudes et fortes montraient des callosités qui ne pouvaient être dues qu'à un harpon. Brenn était un patron respecté dans les terrains de chasse de la Glace du Sud aussi bien que dans ceux de la Glace du Nord. Pour l'instant, d'après l'allure de gréement, il chassait en Glace du Nord.

— « Il n'y a pas que toi qui manque de chance, » grogna Brenn d'un air dégoûté. « Nos cales sont quasiment vides. Deux baleineaux et une vieille femelle, voilà tout ce que nous avons à bord. Nous n'avions plus de provisions, alors nous avons décidé de vendre notre cargaison pour obtenir des vivres ; nous allons essayer la Glace du Sud, en espérant que la chasse sera meilleure. Au Nord, les baleines deviennent difficiles à trouver. »

Ce qu'il y avait d'inhabituel chez Brenn, c'était qu'il chassait à la fois au Nord et au Sud. La plupart des baleiniers préféraient un type de terrain de chasse (car leurs caractéristiques étaient très différentes), mais Brenn ne semblait pas s'en soucier.

— « Tous les terrains de chasse ne sont-ils pas pauvres cette saison ? » demanda Arflane. « J'ai entendu dire que même les phoques et les ours se faisaient plus rares, et que l'on n'avait vu aucun morse depuis deux saisons. »

Brenn pinça les lèvres. « Cette guigne passera, avec l'aide de la Glace-Mère. » Il donna un coup sur le bras d'Arflane puis descendit le pont pour superviser le déchargement de la cargaison de la cale centrale. Le navire puait le sang et la graisse de baleine. « Regarde nos prises, » dit-il tandis qu'Arflane le suivait. « Il n'y a pas eu besoin de les dépecer. On les a seulement halées et rangées tout entières. » Dépecer était une expression de baleinier signifiant découper en morceaux. D'habitude, cela se faisait sur la glace et les morceaux étaient ensuite hissés à bord pour être entreposés. S'il n'y avait pas eu besoin de faire cela, c'est que les prises devaient être bien petites !

Se tenant à l'enfléchure pour garder l'équilibre, Arflane jeta un coup d'œil dans la cale. Elle était sombre, mais il pouvait distinguer les corps raides des deux baleineaux et de la femelle qui n'avait pas l'air beaucoup plus grosse. Il hocha la tête avec sympathie. Il y avait à peine assez là-dedans pour réapprovisionner le navire en vue du long voyage vers la Glace du Sud. Brenn devait être encore plus morose qu'il ne le laissait paraître.

Brenn cria des ordres et ses mains s'abaissèrent d'elles-mêmes quand les mâts de charge furent amenés et que les palans descendirent. Les baleiniers travaillaient lentement, visiblement déprimés. Ils avaient toutes les raisons d'être de mauvaise humeur, puisque les bénéfices d'une prise étaient toujours partagés à la fin d'une expédition et que la part de chacun dépendait du nombre et de la taille des baleines en cale. Brenn avait dû demander à son équipage de renoncer à sa part de cette petite prise dans l'espoir que la Glace du Sud en fournirait une plus grosse. Normalement, les baleiniers aimaient arriver dans un port avec un crédit confortable et le dépenser. Ceux qui étaient sans crédit se montraient hargneux et emportés. Arflane comprit que Brenn devait en être conscient et qu'il se demandait comment il pourrait surveiller son équipage pendant son séjour à Friesgalt.

— « Où travailles-tu ? » demanda-t-il doucement, tandis qu'il regardait le premier des baleineaux que l'on remontait de la cale. Il portait les traces de quatre ou cinq harpons dans son cuir. Ses quatre grandes nageoires, devant et derrière, remuèrent quand il fut retourné par le palan. Comme pour toutes les jeunes baleines de terre, il n'y avait sur son corps que des poils épars. Les baleines de terre n'acquéraient normalement leur épaisse toison de poils raides qu'à leur maturité, c'est-à-dire après trois ans. Dans son état actuel, ce baleineau mesurait douze pieds et ne devait peser que quelques tonnes.

Brenn soupira. « Bon, j'ai un crédit assez important à l'hôtel du Brise-Navires. Je verse toujours une certaine somme sur ma part à chaque fois que nous accostons à Friesgalt. On prendra bien soin de mes hommes, du moins pendant quelques jours, et alors nous devrions être prêts à repartir. Cela dépend du genre d'affaires que je peux faire avec les marchands — et aussi de la date à laquelle je les ferai. Demain, j'irai en quête de la plus belle offre. »

Le Brise-Navires, baptisé, comme tous les hôtels de baleiniers, d'après le nom d'une baleine célèbre, n'était pas le meilleur hôtel de Friesgalt. En fait, il avait même de fortes chances d'être le pire. C'était un hôtel « supérieur », situé au troisième niveau à partir du haut, taillé dans la glace et non dans le rocher. Arflane comprit que ce n'était pas le moment idéal pour demander un travail à son ami. Brenn devait faire au plus vite pour approvisionner et rééquiper son navire, rien qu'en pariant que la Glace du Sud fournirait de meilleures prises.

Les mâts de charge grincèrent quand la jeune baleine fut amenée vers le bord.

« Il faut les sortir le plus vite possible, » dit Brenn. « Il se peut que quelqu'un veuille les prises tout de suite. Plus l'on va vite, mieux cela vaut. »

Brenn cria des ordres à son premier officier, un homme grand et mince du nom d'Olaf Bergsenn. « Remplace-moi, Olaf. Je vais au Brise-Navires. Amènes-y les hommes quand vous aurez fini. Tu sais qui mettre de garde. »

Le visage lugubre de Bergsenn ne changea pas d'expression quand il hocha la tête et partit le long du pont souillé pour surveiller le déchargement.

Une passerelle avait été abaissée et Arflane et Brenn descendirent à petits pas saccadés, sous les regards d'un groupe de harponneurs maussades qui flânaient près du grand mât. C'était une tradition que le capitaine soit le seul à pouvoir quitter le navire avant que la cargaison fût complètement déchargée.

Quand ils arrivèrent aux murs de la ville, le garde reconnut Arflane et le laissa entrer ainsi que Brenn. Ils commencèrent à descendre la rampe. La glace de la rampe et le mur au-delà étaient incrustés de roc en poudre usé qui ressemblait maintenant à de la pierre. La corde, de l'autre côté de la rampe, montrait aussi des signes d'usure. Sur l'autre flanc de la crevasse, un peu plus bas, Arflane apercevait des gens qui montaient ou descendaient les rampes ou travaillaient sur les chevets. Presque à chaque niveau, le gouffre était traversé par des ponts de corde et, un peu au-dessus de la crevasse, au-dessus de leurs têtes maintenant, se trouvait le seul pont permanent que l'on n'utilisait qu'en cas de première nécessité.

Tandis qu'ils descendaient les rampes vers le troisième niveau, Brenn sourit une ou deux fois à Arflane mais resta silencieux. Arflane se demanda s'il n'était pas de trop et il interrogea son ami pour savoir s'il devait le laisser au Brise-Navires ; Brenn fit non de la tête.

« Je ne voudrais pas laisser passer une occasion de te voir, Arflane. Laisse-moi parler à Flatch, et ensuite nous boirons une futaille de bière pendant que je te raconterai mes malheurs et que j'écouterai les tiens. »

Il y avait trois hôtels de baleiniers au troisième niveau. Ils passèrent devant les deux premiers — le Roi-Herdarda et le Pers-le-Tueur — et arrivèrent au Brise-Navires. Comme les deux autres, le Brise-Navires avait pour porte d'entrée une immense mâchoire de baleine et pour enseigne extérieure un petit crâne qui se balançait.

Ils ouvrirent la porte délabrée et pénétrèrent tout droit dans la pièce principale de l'hôtel.

Elle était sombre, large et haute, bien que donnant l'impression d'être étriquée. Ses murs étaient recouverts de peaux de baleines grossièrement tannées. Des tubes lumineux défectueux vacillaient çà et là sur le plafond et sur les murs et l'endroit dégageait une forte odeur de bière, de viande de baleine et de sueur humaine. Sur les peaux étaient accrochées des images vulgaires de baleines, de marins et de baleinières, de même que des harpons, des lances et des coutelas de trois pieds à large lame, semblables à celui que portait Brenn et qui étaient principalement utilisés pour le dépeçage. Certains harpons étaient tordus de manière fantastique et racontaient l'ultime combat de certaines baleines. Aucun de ces instruments de chasse n'était croisé car les baleiniers considéraient comme maléfique de croiser des harpons ou des coutelas à dépecer.

Des groupes de baleiniers s'attardaient près des tables serrées, assis sur des bancs durs, buvant une bière fabriquée à partir d'une des nombreuses algues que l'on trouvait dans les étangs chauds. Cette bière était extrêmement amère et les baleiniers étaient presque les seuls à pouvoir en boire.

Arflane et Brenn traversèrent les groupes de tables et marchèrent vers le petit comptoir. Derrière, dans un abri, était assise une silhouette indistincte qui se leva à leur approche.

Flatch, propriétaire du Brise-Navires, avait été baleinier des années auparavant. Il était plus grand qu'Arflane mais obèse d'une manière presque incroyable, avec un gros ventre ainsi qu'un bras et une jambe énormes. Il n'avait qu'un œil, une oreille, un bras et une jambe, comme si un énorme couteau avait été utilisé pour lui arracher tout un côté. Il avait perdu ces divers membres et organes dans une rencontre avec la baleine appelée Brise-Navires, un mâle énorme qu'il avait été le premier à harponner. La baleine avait été tuée mais Flatch avait été incapable de continuer ce métier et il avait acheté l'hôtel avec l'argent que lui avait rapporté la vente. Comme tribut envers sa victime, il avait donné son nom à son hôtel. Comme récompense, il s'était servi de l'ivoire de la baleine pour remplacer son bras et sa jambe, et un triangle de sa peau servait de bandeau à son œil manquant.

L'autre œil de Flatch perçait sous l'épaisseur de graisse qui l'entourait et il leva son bras en os en signe de bienvenue.

— « Capitaine Arflane ! Capitaine Brenn ! » Sa voix était haute et déplaisante, bien qu'en même temps à peine audible, comme si elle se frayait son chemin dans toute la graisse qui entourait sa gorge. Ses nombreux mentons bougeaient doucement quand il parlait, mais il était impossible de dire s'il accueillait Arflane et Brenn avec un sentiment particulier.

— « Bonjour, Flatch, » dit Brenn d'un air cordial. « Vous vous souvenez de la bière et des provisions que je vous ai fournies ces dernières saisons ? »

— « Je m'en souviens, capitaine. »

— « J'ai besoin de crédit pour quelques jours. Il faut procurer à mes hommes de la nourriture, de la bière et des filles jusqu'au moment où je serai prêt à partir pour la Glace du Sud. Je n'ai pas eu de chance dans le Nord. Je ne vous demande qu'un bénéfice raisonnable pour ce que j'ai investi, pas plus. »

Flatch sépara ses lèvres grasses et ses bajoues se mirent à bouger. « Vous aurez votre crédit; capitaine Brenn. Pendant deux saisons, votre aide m'a assisté dans les mauvaises passes. Vos hommes seront bien traités. »

Brenn sourit comme s'il était soulagé. Il avait l'air de s'être attendu à une discussion. « Je voudrais une chambre pour moi seul, » dit-il. Il se tourna vers Arflane. « Où loges-tu, Arflane ? »

— « J'ai une chambre dans un hôtel, quelques niveaux plus bas, » lui répondit Konrad.

— « Combien êtes-vous, dans votre équipage ? » lui demanda Flatch.

Brenn le lui dit et répondit aux quelques autres questions que Flatch lui posa. Il commençait à se sentir mieux et jetait un coup d'œil autour de lui sur la pièce principale de l'hôtel, et les quelques tableaux accrochés aux murs.

Comme il en finissait avec Flatch, un homme se leva d'une table voisine et vint s'arrêter devant eux.

D'un bras massif, il maintenait un harpon long et lourd tandis que son autre main restait rivée à sa hanche. Dans la lumière faible et vacillante, son visage apparaissait rouge, couperosé et ravagé par le vent, le soleil et la morsure du froid. C'était presque une tête sans chair dans laquelle les os saillaient comme les membrures d'un navire. Son nez était long et étroit, comme une proue que l'on aurait mise à l'envers, et il avait sous l'œil droit une profonde cicatrice ainsi qu'une autre sur la joue gauche. Ses cheveux bruns étaient nattés sur sa tête, formant une sorte de pyramide torsadée qui se divisait à son sommet en deux touffes raides semblables aux nageoires d'une baleine ou d'un phoque. Cette étrange coiffure était maintenue en place grâce à de la graisse engrumelée qui dégageait une forte odeur, de même que ses fourrures qui étaient de belle qualité mais tachées par le sang et la graisse des baleines. Sa veste était ouverte jusqu'au cou, découvrant un collier de dents de baleine. Des morceaux d'ivoire plats et ciselés étaient suspendus aux lobes de ses oreilles. Il portait des bottes de cuir souple qui lui montaient jusqu'aux genoux et qui étaient attachées à son pantalon de fourrure au moyen d'épingles en os. Il avait à la taille une large ceinture d'où pendaient un coutelas dans son fourreau et une grosse bourse. Même au sein des baleiniers, il avait l'air d'un sauvage, mais il possédait une présence intense, due en partie au regard de ses petits yeux froids d'un bleu étincelant.

— « Je vous ai entendu dire que vous partiez pour la Glace du Sud, n'est-ce pas, patron ? » Sa voix était dure et profonde. « Pour le Sud ? »

— « Oui. » Brenn regarda l'homme des pieds à la tête. « Et mon équipage est au complet — ou du moins aussi complet que mes moyens me le permettent. »

Le gros homme hocha la tête et tourna sa langue dans sa bouche avant de cracher dans le crâne de baleine qui, près du comptoir, tenait lieu de crachoir. « Je ne vous demande pas du travail, patron. Je suis mon propre employeur. Ce sont les capitaines qui me demandent de partir avec eux, ce n'est pas le contraire. Je suis Urquart. »

Arflane avait déjà reconnu l'homme mais Brenn, par quelque caprice du destin, n'avait jamais pu le voir. L'expression de Brenn changea. « Urquart — Urquart-la-longue-lance. C'est un honneur que de vous rencontrer. » Urquart était connu pour être le plus grand harponneur de l'histoire des pays de glace. Il avait, disait-on, tué plus de vingt baleines de sa seule main.

Urquart secoua doucement la tête, comme s'il était sensible au compliment de Brenn. « Oui. » Il cracha une nouvelle fois et regarda d'un air pensif le crâne qui servait de crachoir. « Je suis moi-même un homme de la Glace du Sud. J'ai entendu dire que vous chassiez principalement sur la Glace du Nord. »

— « Principalement, » acquiesça Brenn, « mais je connais assez bien la Glace du Sud. » Le ton de sa voix était embarrassé, bien qu'il fût trop poli ou trop intimidé pour demander directement à Urquart pourquoi il s'était adressé à lui.

Urquart était appuyé sur son harpon, le tenant de ses deux mains massives et osseuses, et il plissait les lèvres. Le harpon mesurait dix pieds de long et ses nombreuses pointes faisaient six pouces ou plus ; il s'incurvait à deux pieds de son extrémité et, derrière les pointes, se trouvait un gros anneau de métal où l'on attachait les apparaux.

— « Il y a beaucoup d'hommes de la Glace du Nord qui se sont tournés, cette saison ou celle d'avant, vers la Glace du Sud, » dit Urquart. « Ils ont trouvé peu de poissons, capitaine Brenn. »

Les baleiniers — particulièrement les harponneurs — appelaient invariablement les baleines « poissons », méprisant volontairement ces énormes mammifères.

— « Vous voulez dire que, là aussi, la chasse est mauvaise ? » Le visage de Brenn s'assombrit.

— « Pas aussi mauvaise que sur la Glace du Nord, d'après ce que j'ai entendu, » dit lentement Urquart. « Mais je ne vous dis cela que parce que vous semblez sur le point de prendre des risques. J'ai vu beaucoup de patrons — aussi bons que vous — faire la même chose. Je vous parle en ami, capitaine Brenn. Il n'y a pas beaucoup de chances, au Nord comme au Sud. Aucun troupeau intéressant n'a été signalé de toute la saison. Les poissons vont vers le Sud, au-delà de nos territoires de chasse. Nos navires les suivent toujours plus loin. Bientôt, il ne sera plus possible de s'approvisionner pour des voyages de cette longueur. » Urquart s'arrêta un instant, puis ajouta : « Les poissons s'en vont. »

— « Pourquoi me dire cela ? » fit Brenn dont la déception avait presque fait naître de la colère contre Urquart.

— « Parce que vous êtes l'ami de Konrad Arflane, » répliqua Urquart sans regarder Arflane qui ne l'avait jamais rencontré auparavant et ne l'avait vu que de loin.

Arflane fut surpris. « Vous ne me connaissez pas, l'ami... »

— « Je connais vos actions, » murmura Urquart, puis

il respira profondément, comme si la discussion l'avait essoufflé. Il tourna lentement sur ses talons, se dirigea vers la porte à grands pas bondissants, baissa la tête en passant sous le chambranle et disparut.

Brenn renifla fortement et remua les pieds. Il se frappa plusieurs fois sur la jambe et regarda Arflane d'un air inquiet. « De quoi parlait-il donc ? »

Arflane était appuyé contre le comptoir. « Je ne sais pas, Brenn. Mais si Urquart t'a prévenu que la pêche était mauvaise sur la Glace du Sud, tu devrais y prêter attention. »

Brenn eut un rire bref et amer. « Je ne peux pas me permettre d'y prêter attention, Arflane. Je ne peux que prier la Glace-Mère toute la nuit et espérer qu'elle m'apportera de meilleurs résultats. C'est tout ce que je peux faire, l'ami ! » Sa voix s'était élevée et était presque devenue un cri.

Flatch avait regagné son abri derrière le comptoir mais il se releva. Il avait l'aspect d'une bête monstrueuse et jeta un regard interrogateur de son œil unique quand Brenn lui fit de nouveau face et demanda que des steaks de baleine aux algues-séka et une futaille de bière leur fussent apportés à leur table.

Plus tard, après l'arrivée de ses hommes qui se réjouirent en découvrant que Flatch était disposé à leur procurer tout ce dont ils avaient besoin, Brenn s'assit en face d'Arflane à une table de côté, la futaille de bière disposée près d'eux contre le mur. Plus souvent qu'à leur tour, ils tournaient le robinet et remplissaient leurs coupes. Ces dernières étaient incassables, fabriquées dans quelque matière plastique ancienne. Contrairement à ce qu'ils avaient espéré, la bière n'égaya pas leurs esprits, en dépit des efforts de Brenn pour paraître assez confiant quand l'un de ses hommes s'adressait à lui dans la pénombre de la salle.

En fait, la bière ne parvint qu'à replier Brenn sur lui-même. Peu communicatif, il tournait sans cesse la tête pour regarder la porte maintenant fermée. Arflane savait qu'il attendait quelqu'un.

En fin de compte, Arflane s'appuya sur la table et

dit : « Urquart avait l'air bien sombre, Brenn — peut-être même qu'il est fou. Il voit le mauvais côté de toute chose. Je suis là depuis quelques jours et j'ai vu décharger les prises. Elles sont certainement plus petites que d'habitude, mais pas si petites que cela. Tous deux, nous avons eu des prises aussi petites mais, en fin de compte, cela ne nous a pas causé grand tort. Ça m'est arrivé pendant plusieurs saisons de suite et puis, pendant trois autres, j'ai eu beaucoup de chance. Les propriétaires étaient soucieux mais... »

Brenn releva la tête de sa coupe. « C'est ça, Arflane. Je suis mon propre maître, maintenant. La *Douce Vierge* est à moi. Je l'ai achetée il y a deux saisons. » De nouveau, il eut un rire amer. « J'ai cru faire une chose sensée quand, ces dernières années, j'ai vu que l'on vendait les navires de beaucoup d'entre nous sans leur donner l'occasion d'en offrir un prix. A ce train-là, c'est comme si je vendais mon propre navire sans la possibilité de le racheter ou comme si je le louais à quelque marchand de Friesgalt. Je n'ai pas le choix. Et voici mon équipage — ils veulent faire le pari avec moi. Vais-je leur rapporter les nouvelles d'Urquart ? Ils ont des femmes et des enfants, comme moi. Est-ce que je vais leur dire ? »

— « Cela ne donnerait rien de bon, » fit doucement Arflane.

— « Et puis, où vont les poissons ? » continua Brenn. Il reposa lourdement sa coupe. « Qu'est-ce qui se passe avec les troupeaux ? »

— « Urquart a dit qu'ils allaient vers le Sud. Peut-être que le malin sera celui qui apprendra à les suivre et à vivre de ce que la glace pourra lui procurer. Il y a plus d'étangs chauds au Sud — peut-être pourrait-on inventer un moyen pour attirer les troupeaux... »

— « Est-ce que cela m'aidera cette saison ? »

— « Je ne sais pas, » admit Arflane. Il repensa alors à la conversation qu'il avait eue à bord de l'*Esprit des Glaces* et se sentit encore plus abattu.

Les filles de Flatch descendirent dans la pièce principale de l'hôtel. Flatch n'avait pas fait les choses à moitié. Il y avait une fille pour chaque homme; y compris Arflane et Brenn. La plus jeune des filles de Flatch, qui était âgée de dix-huit ans, s'approcha d'eux en tenant par la main une autre fille qui était aussi brune et jolie que la fille de Flatch était blonde et quelconque. Katarina présenta l'autre fille qui s'appelait Maji.

Arflane fit un effort pour paraître jovial. « Tiens, » dit-il à Brenn, « voilà quelqu'un qui te mettra du cœur au ventre ! »

Penché en arrière, avec la brune et ivre Maji appuyée contre sa poitrine, Brenn hurlait de rire de sa propre plaisanterie. La fille riait doucement. De l'autre côté de la table, Arflane souriait et caressait les cheveux de Katarina. C'était une fille au cœur généreux, capable, d'instinct, de faire se détendre les hommes. Maji fit un clin d'œil à Brenn. Les femmes avaient réussi là où Arflane avait échoué, c'est-à-dire à rendre à Brenn son optimisme naturel.

Il était très tard. L'air était vicié et chaud, et la salle d'hôtel bruyante des voix ivres des baleiniers. Dans la lumière faible et vacillante, Arflane pouvait voir des silhouettes vêtues de fourrure tituber de table en table ou assises lourdement sur les bancs. Il n'y avait pas que l'équipage de Brenn au Brise-Navires. Il y avait des hommes de deux autres navires : une baleinière de la Glace du Nord de Friesgalt et une autre venue d'Abersgalt. Il aurait pu y avoir des histoires si des hommes de la Glace du Sud s'étaient trouvés présents, mais ces équipages semblaient se mêler sans problème aux hommes de Brenn. De l'agglomérat de corps s'élevaient de longues lances des harponneurs qui se balançaient comme des mâts effilés par grand vent et dont les extrémités hérissées projetaient des ombres tourmentées dans la lumière tremblotante des tubes défectueux. On entendait des coups sourds quand ces hommes tombaient ou tapaient sur les tonneaux. Sur tout cela flottait l'odeur de la bière amère répandue qui coulait sur les tables et inondait le sol. Arflane entendait les petits rires des filles et les gros rires des hommes et, bien que la température fût trop élevée pour son propre bien-être, il commençait à se détendre maintenant qu'il était en compagnie d'hommes qu'il comprenait. A terre, les hommes d'équipage avaient un statut plus ou moins égal à celui des officiers et cela contribuait à l'atmosphère de liberté et de nonchalance qui régnait au Brise-Navires.

Il se versa une autre coupe de bière tandis que Brenn entamait une nouvelle histoire.

Brusquement, la porte s'ouvrit et l'air froid entra, faisant frissonner Arflane bien qu'il en fût reconnaissant. Le silence se fit d'un seul coup quand les hommes se tournèrent. La porte se referma avec un claquement et un homme de taille moyenne, emmitouflé dans un lourd manteau en peau de phoque, s'avança entre les tables.

Ce n'était pas un baleinier.

On pouvait voir cela à la coupe de son manteau, à sa démarche et à la texture de sa peau. Ses cheveux étaient courts et bruns, coupés en frange au-dessus de ses yeux et descendant à peine jusqu'à la nuque. Il portait un bracelet d'or qui remontait le long de son avant-bras droit et une bague d'argent au second doigt de sa main droite. Il se déplaçait avec désinvolture mais d'une manière quelque peu recherchée, et il avait aux lèvres un léger sourire ironique. Il était beau et assez jeune. Il salua de la tête les hommes qui le regardaient toujours d'un air soupçonneux.

Un harponneur solidement bâti ouvrit la bouche et rit du jeune homme et d'autres se mirent à rire eux aussi. L'homme leva les sourcils et tourna la tête de leur côté, les regardant calmement.

— « Je cherche le capitaine Arflane. » Sa voix était mélodieuse et aristocratique, avec un accent de Friesgalt. « On m'a dit qu'il était ici. »

— « Je suis Arflane. Qu'est-ce que vous voulez ? » Konrad Arflane regarda le jeune homme avec quelque hostilité.

— « Je suis Manfred Rorsefne. Puis-je me joindre à vous ? »

Arflane haussa les épaules et Rorsefne vint s'asseoir sur le banc près de Katarina Flatch.

— « Buvez un coup, » dit Arflane en poussant sa coupe pleine vers Rorsefne. Ce faisant, il se rendit compte qu'il était assez ivre. Alors, il s'arrêta et se frotta le front. Quand il releva la tête vers Manfred Rorsefne, il était maussade. Rorsefne secoua la tête. « Non, merci capitaine. Je n'ai pas envie de boire. Je voudrais vous parler seul, si cela est possible. »

Arflane dit, soudain irrité : « Ce n'est pas possible. Je m'amuse en compagnie de mes amis. Et d'ailleurs, que fait un Rorsefne dans un hôtel de cette espèce ? »

— « Il vous recherche, évidemment. » Manfred Rorsefne soupira avec affectation. « Et il vous recherche à cette heure-ci parce que c'est important. Cependant (il commença à se lever), je viendrai à votre hôtel demain matin. Je suis désolé de vous avoir dérangé, capitaine. » Il jeta à Katarina Flatch un regard légèrement cynique.

Tandis que Rorsefne se dirigeait vers la porte, un des hommes lui fourra la hampe de son harpon devant les jambes et il trébucha. Il essaya de retrouver son équilibre mais une autre hampe le prit par-derrière et l'envoya rouler de tout son long par terre. Il tomba tandis que les baleiniers éclataient d'un rire éraillé.

Arflane le regarda, impassible. Même un aristocrate n'était pas en sécurité dans un hôtel de baleiniers s'il n'avait pas de rapport avec la pêche à la baleine. Manfred Rorsefne payait tout simplement le prix de sa témérité.

C'est alors que le gros harponneur, celui qui avait été le premier à rire de Rorsefne, se leva et empoigna le jeune homme par le col de son manteau. Le manteau vint tout à coup et le harponneur recula en titubant et en riant d'un rire d'ivrogne. Un autre, un rouquin trapu, se joignit à lui et se baissa pour attraper la veste de Rorsefne. Mais Rorsefne roula sur lui-même pour faire face à l'homme, souriant toujours d'une manière ironique, et essaya de se remettre sur pied.

Brenn se pencha en avant pour voir ce qui se passait. Il jeta un coup d'œil. « Tu veux que je les arrête ? »

Arflane hocha la tête. « Tout ça, c'est de sa faute. Il est idiot d'être venu ici. »

— « C'est bien la première fois que je vois une telle intrusion, » acquiesça Brenn en s'installant à nouveau.

Rorsefne était maintenant sur pied et, passant devant

le baleinier roux, il tendit la main vers le manteau en peau de phoque que tenait le gros harponneur. « Je vous serais reconnaissant de me donner mon manteau, » dit-il d'une voix claire mais quelque peu vibrante.

— « C'est notre prix pour votre divertissement, » dit en grimaçant le harponneur. « Vous pouvez partir maintenant. »

Les yeux de Rorsefne s'assombrirent tandis qu'il croisait les bras sur sa poitrine. Arflane admira son attitude.

— « Il semblerait, » dit Rorsefne avec calme, « que je vous aie donné plus de distractions que vous ne m'en avez donné. » Sa voix était maintenant assurée.

Arflane se leva d'un seul coup et bouscula la fille de Flatch pour aller se mettre sur la gauche du harponneur. Il était si ivre qu'il dut s'appuyer un instant sur le bord de la table.

— « Rends-lui son manteau, mon gars, » dit-il d'une voix tremblotante. « Et continuons notre beuverie. Ce type-là ne vaut pas la peine qu'on s'en occupe. »

Le gros harponneur ignora Arflane et continua de sourire au jeune aristocrate d'un air narquois, tout en balançant d'une main le riche manteau et en le taquinant. Arflane fit un bond en avant et arracha le manteau de la main de l'homme. Le harponneur se tourna en grognant et frappa Arflane au visage. Brenn se leva de son coin et cria quelque chose à son harponneur, mais celui-ci l'ignora et se pencha pour ramasser le manteau qui était tombé. Peut-être encouragé par le geste d'Arflane, Manfred Rorsefne s'avança lui aussi vers le manteau. Le baleinier rouquin le frappa. Rorsefne tituba et lui rendit son coup.

Quelque peut dessoûlé, Arflane saisit le harponneur par l'épaule, le fit tourner et lui envoya un coup de poing dans la figure. Brenn arriva à quatre pattes pardessus la table, criant des choses incohérentes et tentant d'arrêter le combat avant qu'il n'aille trop loin. Il s'efforça de séparer Arflane et le harponneur.

Les baleiniers de Friesgalt criaient maintenant de

colère, prenant parti, peut-être dans l'intérêt du combat, pour Manfred Rorsefne qui se battait avec le baleinier rouquin.

La bagarre devint confuse. Les filles rassemblèrent leurs jupes en criant et se retirèrent dans l'arrière-salle de l'hôtel. Les harpons s'abattirent sur les têtes et les corps.

Arflane vit Brenn s'écrouler, frappé à la tête et il essaya d'atteindre son ami. Tous les baleiniers de l'hôtel semblaient être contre lui. Il cognait dans toutes les directions mais fut bientôt écrasé par le nombre.

En tombant sur le sol sans cesser de lutter, il sentit l'air froid pénétrer de nouveau par la porte et il se demanda qui était entré.

C'est alors qu'un hurlement, semblable au vent du nord quand il est en fureur, s'éleva au-dessus du tapage de la bagarre. Arflane sentit que les mains des baleiniers l'abandonnaient et il se releva en essuyant le sang de ses yeux. Ses oreilles tintaient quand la voix qu'il avait déjà entendue hurla de nouveau.

— « Des poissons, tas de piliers de tavernes ! Des poissons, je vous dis ! Des poissons, tueurs à la manque ! Des poissons, bande de poivrots ! Des poissons pour enlever la rouille de vos harpons ! Y en a un troupeau de cent ou plus, à même pas cinquante milles d'ici, au Sud-Sud-Ouest ! »

A travers le sang qui provenait d'une coupure superficielle qu'il avait reçue au front, Arflane vit que celui qui parlait était le personnage que Brenn et lui-même avaient rencontré un peu plus tôt — Urquart-la-longue-lance.

Un des bras d'Urquart entourait un grand harpon et l'autre était posé sur les épaules d'un garçon en pleine croissance qui paraissait en même temps excité et embarrassé. Le garçon avait une simple natte, maintenue en place par de la graisse de baleine et un manteau en peau d'ours blanc dont la richesse indiquait qu'il était matelot sur une baleinière et probablement mousse.

« Dis-leur, Stefan, » dit Urquart d'une voix plus douce, maintenant qu'il pouvait se faire entendre.

Le garçon parla d'une voix bredouillante, montrant

du doigt derrière lui la porte ouverte dans la nuit. « Notre navire les a dépassées en revenant à la nuit tombante. Nous étions complètement chargés et nous n'avons pas pu nous arrêter, car nous devions regagner Friesgalt à la tombée de la nuit. Mais nous les avons vues. Elles se dirigeaient Nord-Sud, à environ vingt degrés à l'Ouest. Un troupeau énorme ! Mon père — notre patron — dit qu'il n'y en a pas eu de plus gros en vingt saisons. »

Arflane se pencha pour aider Brenn qui chancelait à ses pieds en se tenant la tête.

— « Tu as entendu ça, Brenn ? »

— « Oui. » Brenn sourit malgré ses lèvres meurtries et gonflées. « La Glace-Mère est bonne envers nous. »

— « Il y en a assez pour chaque navire dans le port, » continua Urquart, « et même encore plus que ça. Elles se déplacent rapidement, d'après ce que le père du garçon nous a dit, maïs on devrait les rattraper en naviguant bien. »

Arflane jeta un regard circulaire sur la pièce et essaya de trouver Manfred Rorsefne. Il le vit appuyé contre un mur, tenant dans sa main droite un couteau à dépecer qui était certainement un élément de décoration de la paroi. Il arborait toujours son sourire ironique. Arflane le regarda d'un air pensif.

De même, Urquart détourna son attention des hommes et parut surpris quand il vit Rorsefne à cet endroit. Son expression s'effaça rapidement et ses traits décharnés redevinrent impassibles. Il enleva son bras des épaules du garçon et déplaça son harpon pour le maintenir de l'autre bras. Il s'avança vers Manfred Rorsefne et lui retira le couteau.

— « Merci, » fit Rorsefne en se forçant à sourire, « il commençait à être lourd. »

— « Que faisiez-vous dans un tel endroit ? » demanda brusquement Urquart. Cette familiarité envers le jeune homme surprit Arflane.

Rorsefne fit un signe de tête dans la direction d'Arflane. « Je suis venu apporter un message au capitaine Arflane, mais il était pris par ses amis. D'autres ont décidé que, puisque j'étais ici, je devais les amuser. Il semble que le capitaine Arflane et moi-même ayons pensé qu'ils en avaient assez... »

Les petits yeux bleus d'Urquart se tournèrent pour regarder attentivement Arflane. « Vous l'avez aidé, capitaine ? »

Le dégoût d'Arflane était visible sur son visage. « Il a été idiot de venir tout seul dans un endroit comme celui-ci. Si vous le connaissez, Urquart, reconduisez-le chez lui. »

Les hommes commençaient à quitter l'hôtel, tirant leurs capuches sur leurs têtes et ramassant leurs harpons tandis qu'ils se hâtaient de regagner leurs bords, sachant que leurs patrons voudraient partir dès la première lueur.

Brenn tapa sur l'épaule d'Arflane. « Je dois m'en aller. Nous avons assez de réserves pour un petit parcours. Ça m'a fait plaisir de te voir, Arflane. »

Brenn quitta l'hôtel en compagnie de deux de ses harponneurs. A part Urquart, Rorsefne et Arflane, il n'y avait plus personne dans la pièce.

Flatch arriva en clopinant parmi les tables renversées, son gros corps se balançant. Il était suivi par trois de ses filles qui commençèrent à mettre de l'ordre. Elles avaient l'air de trouver cela naturel. Flatch les regarda travailler sans s'approcher des trois hommes.

L'étrange coiffure d'Urquart projetait une ombre immense sur le mur près de la porte. Arflane n'avait pas remarqué auparavant sa ressemblance frappante avec la queue d'une baleine de terre.

— « Vous avez aidé un autre Rorsefne, » murmura Urquart, « bien qu'une fois de plus, vous n'en eussiez pas besoin. »

Arflane frotta son front meurtri. « J'étais saoul. Je ne suis pas intervenu en sa faveur. »

— « Cependant, ce fut une bonne bagarre, » dit doucement Manfred Rorsefne. « Je ne savais pas que je pouvais me battre aussi bien. »

— « Ils s'amusaient. » Le ton d'Arflane était las et méprisant.

Urquart hocha la tête gravement pour montrer qu'il était d'accord. Il changea son harpon de position et regarda Rorsefne en face. « Ils s'amusaient avec vous, » répéta-t-il.

— « Alors, c'était un bon amusement, cousin, » dit Rorsefne en regardant les yeux sinistres d'Urquart. « N'est-ce pas ? » La grande silhouette décharnée de Longue-lance était immobile et il avait composé son visage. Ses yeux étaient tournés vers la porte. Arflane se demandait pourquoi Rorsefne avait appelé Longue-lance « cousin », car il était peu probable qu'une réelle parenté existât entre l'aristocrate et le farouche harponneur.

— « Je vais vous ramener tous les deux aux niveaux inférieurs, » dit lentement Urquart.

— « Quel danger y a-t-il maintenant ? » lui demanda Rorsefne. « Aucun. Nous irons seuls, cousin, et puis, peut-être serai-je capable de remettre mon message au capitaine Arflane en fin de compte. »

Urquart haussa les épaules, se retourna et quitta l'hôtel sans un mot.

Manfred eut un sourire à l'adresse d'Arflane qui, en retour, lui lança un regard à peine menaçant. « C'est un homme bizarre, ce cousin Longue-lance. Maintenant, capitaine, voudriez-vous m'écouter vous raconter la raison de ma venue ici ? »

Arflane cracha dans le crâne prévu à cet effet. « Ça ne peut pas me faire de mal, » dit-il.

Tandis qu'ils descendaient prudemment les rampes glissantes vers les niveaux inférieurs, évitant les baleiniers ivres qui les croisaient en titubant, Manfred Rorsefne ne dit rien et Arflane était trop fatigué pour lui demander directement quel était son message. Les effets de la bière avaient disparu mais, dans son corps meurtri, la douleur commençait à se faire sentir. On pouvait voir de toute part les silhouettes fantomatiques des baleiniers qui se hâtaient de regagner leurs navires dans la faible lumière. Parfois, un homme criait, mais les baleiniers se déplaçaient la plupart du temps dans un silence relatif, malgré le frottement continuel de leurs bottes cloutées sur les chaussées, qui se répétait en écho de part et d'autre de la crevasse. Çà et là, un homme se cramponnait aux cordes de protection qui se balançaient, s'étant approché trop près du bord. Il n'était pas rare que des marins ivres perdent l'équilibre et tombent dans le fond mystérieux de la gorge.

Rorsefne ne parla que lorsque Arflane se fut arrêté devant l'entrée de son hôtel et quand le dernier baleinier fut parti.

— « Mon oncle va mieux. Il semble désireux de vous voir. »

— « Votre oncle ? »

— « Pyotr Rorsefne. Il va mieux. »

— « Quand veut-il me voir ? »

— « Maintenant, si cela vous convient. »

— « Je suis trop fatigué. Votre bagarre... »

— « Je vous prie de m'excuser, mais je n'avais pas l'intention de vous y mêler... »

— « Vous n'auriez pas dû venir au Brise-Navires. Vous le saviez. »

— « C'est vrai. J'ai commis une erreur, capitaine. En fait, si le cousin Longue-lance n'avait pas annoncé ses bonnes nouvelles, j'aurais pu avoir votre mort sur la conscience... »

— « Ne soyez pas stupide, » dit Arflane d'un air dédaigneux. « Pourquoi appelez-vous Urquart votre cousin ? »

— « Cela l'embarrasse. C'est un secret de famille. Je ne suis pas censé dire à quelqu'un qu'Urquart est le fils naturel de mon oncle. Venez-vous dans nos quartiers ? Vous pourriez y dormir, si vous êtes si fatigué, et voir mon oncle dès votre réveil. »

Arflane haussa les épaules et descendit la rampe derrière Manfred Rorsefne. Il était à moitié endormi, à moitié soûl et le souvenir qui revenait sans cesse tandis qu'il marchait n'était pas celui de Pyotr Rorsefne mais celui de sa fille.

5

LA FAMILLE DES RORSEFNE

APRES s'être réveillé dans un lit trop doux et trop chaud, Konrad Arflane parcourut la petite chambre d'un regard hébété. Elle était ornée de riches tentures de toile peinte qui représentaient les voyages et les chasses de navires fameux ayant appartenu aux Rorsefne. Ici, un quatre-mâts goélette était attaqué par de gigantesques baleines de terre ; là, une baleine était tuée par un capitaine armé d'un harpon ; ailleurs, des navires basculaient dans des crevasses ou s'approchaient de cités à l'horizon d'un paysage de glace ; d'anciennes guerres se déroulaient, d'anciennes victoires étaient glorifiées ; à tout moment, de vaillants Rorsefne se trouvaient aux premières lignes, s'arrangeant régulièrement pour brandir le pavillon des Rorsefne. L'action et la violence se trouvaient partout.

Il y avait de l'humour dans l'expression d'Arflane tandis qu'il contemplait les peintures. Il s'assit et repoussa les fourrures de son corps nu. Ses habits étaient posés sur un banc le long du mur le plus proche de la porte. Il posa les pieds sur le sol, se leva et traversa le tapis de fourrure, se dirigeant vers un baquet qui avait été préparé pour lui. Tandis qu'il se nettoyait à l'eau froide, il s'aperçut qu'il ne lui restait qu'un souvenir assez vague de la façon dont il était arrivé dans ce lieu. Il devait être pas mal ivre pour avoir accepté la proposition que Manfred Rorsefne lui avait faite de rester pour la nuit. Il ne pouvait comprendre comment il en était venu à l'accepter. Alors qu'il s'habillait, enfilant ses sous-vêtements collants en cuir souple et rentrant avec difficulté dans sa veste et son pantalon, il se demanda s'il verrait Ulrica Ulsenn aujourd'hui.

On frappa et Manfred Rorsefne entra, vêtu d'un manteau de fourrure aux carrés teints en rouge et bleu. Il sourit à Arflane d'un air interrogateur.

— « Eh bien, capitaine ? Est-ce que vous vous sentez toujours aussi mal ? »

— « Je suppose que j'étais ivre, » fit Arflane avec ressentiment, comme s'il en faisait reproche au jeune homme. « Allons-nous voir dès à présent le vieux Rorsefne ? »

— « D'abord le petit déjeuner, je crois. » Manfred le conduisit dans un vaste couloir recouvert, lui aussi, de tentures sombres et peintes. Ils franchirent une porte au bout du couloir et pénétrèrent dans une grande pièce au milieu de laquelle se trouvait une table carrée en ivoire de baleine merveilleusement ciselé. Sur la table se trouvaient plusieurs miches d'une sorte de pain fait d'algues provenant des étangs chauds, de la viande de baleine, de phoque et d'ours, une soupière pleine de ragoût et une grande cruche de *hess,* au goût semblable à celui du thé.

A table se trouvait déjà Ulrica Ulsenn, vêtue d'une simple robe de cuir noir et rouge. Elle leva les yeux quand Arflane entra, lui sourit timidement, puis rabaissa le regard sur son assiette.

— « Bonjour, » dit Arflane avec brusquerie.

— « Bonjour. » Elle parlait d'une voix presque inaudible. Manfred Rorsefne tira la chaise qui était près de celle d'Ulrica.

— « Voulez-vous prendre place, capitaine ? »

Arflane alla s'asseoir d'un air gêné. Quand il rapprocha sa chaise de la table, son genou toucha celui d'Ulrica. Tous deux eurent un mouvement de recul. De l'autre côté de la table, Manfred Rorsefne se servait en viande de phoque et en pain. Deux domestiques entrèrent dans la pièce. Elles portaient de longues robes brunes et leurs manches étaient décorées de l'insigne des Rorsefne.

L'une d'entre elles resta à l'arrière-plan ; l'autre

s'approcha et fit la révérence. Ulrica Ulsenn lui sourit. « Encore un peu de *hess,* s'il vous plaît, Mirayn. »

La fille prit sur la table la cruche à moitié vide. « Y a-t-il quelque chose d'autre, Ma Dame ? »

— « Non, merci. » Ulrica jeta un regard à Arflane. « Désirez-vous quelque chose, capitaine ? »

Arflane secoua la tête.

Janek Ulsenn entra au moment où les domestiques se retiraient. Il vit Arflane à côté de sa femme, fit un brusque signe de tête puis s'assit et commença à se servir dans les plats.

L'atmosphère qui régnait dans la pièce était indubitablement tendue. Arflane et Ulrica Ulsenn évitaient de se regarder. Janek Ulsenn faisait grise mine mais il ne leva pas les yeux de son assiette ; Manfred Rorsefne les regardait tous d'un air amusé, ajoutant à leur gêne, délibérément semblait-il.

— « J'ai appris que l'on avait signalé un grand troupeau, » dit enfin Janek Ulsenn, s'adressant à Manfred mais ignorant sa femme et Arflane.

— « J'ai été un des premiers à apprendre la nouvelle, » dit Manfred en souriant. « N'est-ce pas, capitaine ? »

Arflane émit un grognement et continua à manger. Il était embarrassé de savoir Ulrica Ulsenn si près de lui. « Enverrons-nous un navire ? » demanda Manfred à Janek Ulsenn. « Nous le devrions. Il y a plein de poissons pour tout le monde, d'après ce que l'on en dit. Nous devrions y aller nous-mêmes — nous pourrions prendre le deux-mâts goélette et jouir de la chasse pendant toute sa durée. »

Ulrica semblait bien accueillir cette suggestion. « C'est une idée splendide, Manfred. Père va mieux, il n'aura pas besoin de moi. Je viendrai, moi aussi. » Ses yeux étincelaient. « Je n'ai pas vu de chasse depuis trois saisons ! »

Janek Ulsenn se frotta le nez et fronça les sourcils. « Je n'ai pas de temps à perdre dans des distractions aussi téméraires. »

— « Nous pourrions revenir dans un jour. » Manfred parlait d'une voix passionnée. « Nous irons, Ulrica, même si Janek n'a pas envie de venir. Le capitaine Arflane pourra prendre le commandement... »

Arflane prit un air maussade. « Le Seigneur Ulsenn a trouvé le mot juste — téméraire. Un yacht avec une femme à bord... pour la chasse à la baleine ! Je ne prendrai pas une telle responsabilité. Je vous conseille d'oublier cette idée. Ça ne servirait qu'à se faire renverser par un mâle et le navire serait broyé en quelques secondes. »

— « Ne soyez pas maussade, capitaine, » le reprit Manfred. « En tout cas, Ulrica viendra. N'est-ce pas Ulrica ? »

Ulrica Ulsenn haussa légèrement les épaules. « Si Janek n'y voit pas d'inconvénient. »

— « Oh, si, » murmura Ulsenn.

— « Vous avez raison de lui conseiller de ne pas entreprendre un tel voyage, » dit Arflane. Il ne voulait pas se mettre du côté d'Ulsenn mais, dans ce cas, il savait que c'était là son devoir. Il y avait de grandes chances qu'un yacht fût détruit pendant la chasse.

Ulsenn se redressa, le regard plein de ressentiment. « Mais si vous voulez y aller, Ulrica, » dit-il avec force en fixant des yeux Arflane, « vous le pouvez. »

Arflane leva les yeux de sorte qu'il regardait maintenant droit dans ceux d'Ulsenn. « Dans ce cas, je crois que vous avez besoin d'un commandant expérimenté. Je piloterai le navire. »

— « Vous devez venir aussi, cousin Janek, » ajouta Manfred d'un ton railleur. « Vous avez un devoir à remplir envers nos hommes. Ils vous respecteront plus s'ils voient que vous êtes désireux d'affronter le danger. »

— « Je me moque de ce qu'ils pensent, » dit Ulsenn en jetant un regard à Manfred Rorsefne. « Je ne crains pas le danger. Je suis occupé. Quelqu'un doit s'occuper des affaires de votre père pendant qu'il est malade ! »

— « Vous ne perdriez qu'une seule journée. » Manfred se moquait ouvertement de lui.

Ulsenn s'arrêta, visiblement tiraillé entre deux décisions. Il se leva de table sans avoir terminé son petit déjeuner.

— « Je vais y réfléchir, » dit-il en quittant la pièce.

Ulrica Ulsenn se leva.

— « Vous l'avez volontairement contrarié, Manfred. Vous l'avez offensé et vous avez mis dans l'embarras le capitaine Arflane. Vous devez vous en excuser. »

Manfred fit une courbette grotesque devant Arflane. « Je m'excuse, capitaine. »

Arflane regarda d'un air pensif le beau visage d'Ulrica Ulsenn. Elle rougit et quitta la pièce dans la direction que son mari avait empruntée.

Quand la porte se referma, Manfred éclata de rire. « Pardonnez-moi, capitaine. Janek est si pompeux et Ulrica le déteste autant que moi. Mais Ulrica est si *loyale* ! »

— « Une qualité bien rare, » fit sèchement Arflane.

— « Oh, oui ! » Manfred se leva de table. « Bon. Nous allons voir le seul membre de la famille qui mérite quelque loyauté. »

Des têtes d'ours, de morses, de baleines et de loups décoraient les murs couverts de peaux de la vaste chambre à coucher. Tout au bout se trouvait un lit immense dans lequel Pyotr Rorsefne était allongé, appuyé sur des fourrures. Ses mains bandées reposaient à plat sur les couvertures du lit ; les quelques légères cicatrices qu'il avait à la figure étaient les seuls signes indiquant combien il avait été près de la mort. Son visage était rouge et sain, ses yeux vifs et ses mouvements alertes lorsqu'il tourna la tête pour regarder dans la direction d'Arflane et de Manfred Rorsefne. Ses grands cheveux gris étaient peignés et lui tombaient sur les épaules. Il avait maintenant une barbe et une moustache épaisses, toutes deux presque aussi blanches que la neige. Son corps, du moins ce que Arflane pouvait en voir, avait engraissé et il était difficile de croire qu'une telle guérison fût possible. Arflane attribua ce miracle à la vitalité naturelle du vieillard et à son amour de la vie plutôt qu'aux soins qu'il avait reçus. A un moment, il se demanda même pourquoi Rorsefne était encore couché.

— « Bonjour, Arflane. Je vous reconnais, vous

voyez ! » Sa voix était riche et vibrante, et toute trace de faiblesse avait disparu. « De nouveau, je vais bien — ou aussi bien que je puisse jamais aller. Pardonnez-moi cette manière de vous recevoir, mais ces poules mouillées pensent que je n'aurai plus jamais d'équilibre. J'ai perdu mes pieds — mais j'ai gardé le reste. »

Arflane hocha la tête, répondant malgré lui à l'amitié du vieillard.

Manfred apporta une chaise d'un coin de la pièce.

« Asseyez-vous, » fit Pyotr Rorsefne. « Nous allons parler. Vous pouvez nous laisser maintenant, Manfred. »

Arflane s'assit à côté du lit et Manfred quitta la pièce, visiblement à contrecœur.

« Vous et moi, nous avons déjoué les projets de la Glace-Mère, » dit Rorsefne en souriant, tout en regardant Arflane avec attention. « Que pensez-vous de cela, capitaine ? »

— « Un homme a le droit d'essayer de préserver sa vie aussi longtemps que possible, » répliqua Arflane. « La Glace-Mère ne s'offense sûrement pas d'avoir à attendre un peu plus longtemps. »

— « On pensait d'habitude que personne ne devait se mêler de la vie des autres — ni de leur mort. On disait que, quand un homme était sur le point d'être emmené par la Glace-Mère, personne n'avait le droit de s'y opposer. C'était la vieille philosophie. »

— « Je sais. Peut-être suis-je aussi mou que ceux que j'ai critiqués pendant mon séjour ici. »

— « Vous nous avez critiqués, vraiment ? »

— « Je vois que les gens se détournent de la Glace-Mère. Et je vois que le malheur en résultera, Monsieur. »

— « Vous croyez aux vieilles idées, pas aux nouvelles. Vous ne croyez pas que la glace est en train de fondre ? »

— « Non, Monsieur. »

Une petite table se tenait près du lit. Dessus se trouvaient une grande boîte de cartes, de quoi écrire, une cruche de *hess* et une coupe. Pyotr Rorsefne tendit le bras vers la coupe. Arflane prit les devants, versa du *hess* de la cruche et lui tendit la boisson. Rorsefne grommela un remerciement. Il scrutait le visage d'Arflanc d'un air pensif et calculateur.

Konrad Arflane le dévisagea en retour, assez témérairement. Cet homme était le seul qu'il croyait pouvoir comprendre. A la différence des autres membres de sa famille, Konrad ne se sentait pas mal à l'aise en sa présence.

— « Je possède de nombreux navires, » murmura Rorsefne.

— « Je sais. Bien plus que ceux qui naviguent en ce moment. »

— « Encore quelque chose qui ne vous plaît pas, capitaine ? Les grands clippers ne sont pas en service. Pourtant, vous comprenez, j'en suis sûr, que si je les destinais à la chasse ou au commerce, nous réduirions toutes vos autres cités à la misère en une décennie. »

— « Vous êtes généreux. » Arflane trouva surprenant que Rorsefne se vantât ainsi de sa charité ; cela ne semblait pas correspondre au reste de son caractère.

— « Je suis sage. » Rorsefne fit un geste de sa main bandée. « Friesgalt a besoin de la compétition autant que votre cité et ses semblables ont besoin du commerce. Nous sommes déjà trop gros, trop mous, trop placides. Vous êtes d'accord, je pense. »

Arflane hocha la tête.

« Ainsi vont les choses, » soupira Rorsefne. « Dès qu'une cité devient trop puissante, elle se met à décliner. Elle manque de stimulant. Ici, sur le plateau des Huit Cités, nous atteignons un point où plus rien n'est là pour nous stimuler. Qui plus est, le gibier s'en va. Je prévois la mort pour tous dans peu de temps, Arflane. »

Arflane haussa les épaules. « C'est la volonté de la Glace-Mère. Cela doit arriver tôt ou tard. Je ne suis pas sûr de suivre votre raisonnement mais je sais que, plus les gens s'amollissent, moins ils ont de chances de survivre... »

— « Puisque les conditions naturelles s'adoucissent, les gens peuvent se permettre de les imiter, » dit calmement Rorsefne. « Et nos savants nous disent que la glace diminue et que le temps s'améliore de saison en saison. »

— « Une fois, j'ai vu une grande ligne de falaises de glace à l'horizon, » l'interrompit Arflane. « J'étais étonné. Il n'y avait jamais eu de falaises à cet endroit auparavant — surtout de celles qui se dressent sur leurs sommets et dont la base est dans les nuages. Je commençais à douter de tout ce que je savais du monde. Je suis rentré chez moi et j'ai raconté ce que j'avais vu. Ils se sont moqués de moi. Ils m'ont dit que ce que j'avais vu était une illusion — quelque chose qui avait rapport à la lumière — et que, si j'y retournais le lendemain, les falaises auraient disparu. J'y suis allé le jour suivant. Les falaises avaient disparu. J'ai su alors que je ne pourrais pas toujours faire confiance à mes sens mais que je pourrais croire à ce que je savais être juste au fond de mon cœur. Je sais que la glace ne fond pas. Je sais que vos savants ont été trompés, tout comme moi, par des illusions. »

Rorsefne soupira. « J'aimerais pouvoir être d'accord avec vous, Arflane... »

— « Mais vous ne l'êtes pas. J'ai déjà eu une discussion à ce sujet. »

— « Non, je le pense vraiment. Je veux être de votre avis. J'ai tout simplement besoin d'une preuve, dans un sens ou un autre. »

— « Les preuves sont tout autour de vous. Le cours naturel de toutes choses va vers le froid absolu et la mort. Le soleil doit mourir et le vent nous pousser dans la nuit. »

— « J'ai lu qu'il y a eu d'autres époques pendant lesquelles la glace a recouvert le monde avant de disparaître. » Rorsefne se redressa, puis se pencha en avant. « Qu'en pensez-vous ? »

— « Ce n'était qu'un début. Deux ou trois fois, la Glace-Mère a été repoussée. Mais elle a été la plus forte et elle a fait preuve de patience. Vous connaissez les réponses. Elles sont dans la religion. »

— « Les savants disent que son pouvoir diminue une fois de plus. »

— « Cela ne peut pas être. Il est inévitable qu'elle domine toute matière. »

— « Vous citez la religion. Vous n'avez aucun doute ? »

Arflane se leva de son siège. « Aucun. »

— « Je vous envie. »

— « Cela aussi, on me l'a déjà dit. Il n'y a rien à envier. Peut-être est-il mieux de croire en une illusion. »

— « Je ne peux y croire, Arflane. » Rorsefne avança ses mains bandées pour saisir le bras d'Arflane. « Attendez. Je vous ai dit que j'avais besoin d'une preuve. Je pense savoir où l'on peut trouver cette preuve. »

— « Où donc ? »

— « Là où je suis allé et d'où je suis revenu avec mon navire et mon équipage. Une cité — à plusieurs mois de voyage d'ici, loin au Nord. New York. En avez-vous entendu parler ? »

Arflane rit. « Un mythe. Et je parlais d'illusions... »

— « Je l'ai vue — de loin, il est vrai, mais il n'y avait pas de doute sur son existence. Mes hommes l'ont vue. Nous n'avions plus de provisions et nous étions menacés par les sauvages. Nous dûmes faire demi-tour avant de pouvoir nous en approcher davantage. J'ai décidé d'y retourner avec une flotte. J'ai vu New York, où les Spectres des Glaces tiennent leur cour. La cité de la Glace-Mère. La cité des merveilles. J'ai vu ses bâtiments s'élever étage sur étage, jusqu'au ciel. »

— « Je connais cette légende. La cité a été engloutie par les eaux puis gelée et parfaitement conservée sous la glace. C'est impossible. Je peux croire aux doctrines de la Glace-Mère, Mon Seigneur, mais je ne suis pas superstitieux... »

— « C'est vrai. J'ai vu New York. Ses tours s'élevaient dans une étendue miroitante de glace lisse. On ne peut décrire leur hauteur. Peut-être la cour de la Glace-Mère se trouve-t-elle là, peut-être n'est-ce qu'un mythe... Mais, si la cité a été conservée intacte, son savoir a, lui aussi, été conservé. D'une manière ou d'une autre, Arflane, la preuve dont je parlais se trouve à New York. »

Arflane était perplexe et il se demanda si la fièvre avait quitté le vieillard.

Rorsefne sembla deviner ses pensées. Il rit et tapa sur la boîte des cartes. « Je suis sain d'esprit, capitaine. Tout est là-dedans. Avec un bon navire — meilleur que celui que j'avais pris — on peut atteindre New York et découvrir la vérité. »

Arflane se rassit. « Comment le premier navire a-t-il été détruit ? »

Rorsefne soupira. « Une série de malheurs — des crevasses, des falaises mouvantes, des attaques de baleines de terre, des sauvages. Finalement, en remontant le plateau du Grand Nord, le navire n'a pas pu continuer et s'est brisé, tuant la plupart d'entre nous. Les autres sont partis à pied vers Friesgalt, les barques ayant été détruites, et nous espérions rencontrer un navire. Nous n'en avons rencontré aucun et je fus bientôt le seul survivant. »

— « La malchance a donc été la cause du naufrage ? »

— « Essentiellement. Un meilleur navire n'en aurait pas souffert. »

— « Vous connaissez l'emplacement de la cité ? »

— « Mieux que cela — j'ai organisé toute l'expédition. »

— « Comment avez-vous su y aller ? »

— « Cela n'a pas posé de difficultés. J'ai lu les livres anciens et j'ai comparé les emplacements qu'ils indiquaient. »

— « Et maintenant, vous voulez y emmener une flotte ? »

— « Non. » Rorsefne retomba sur ses fourrures. « Je serais un obstacle à un tel voyage. J'y suis allé secrètement la première fois parce que je ne voulais pas que des rumeurs circulent et troublent les gens. Dans une période d'expansion, de telles rumeurs auraient pu détruire la stabilité de notre société tout entière. Je crois qu'il vaut mieux garder la cité secrète jusqu'à ce qu'un navire aille à New York et révèle quel savoir elle renferme vraiment. Je désire envoyer l'*Esprit des Glaces*. »

— « C'est le meilleur navire des Huit Cités. »

— « On dit qu'un navire est aussi bon que son maître, » murmura Rorsefne. Ses forces commençaient à le quitter, semblait-il. « Je ne connais pas de meilleur patron que vous-même, capitaine Arflane. Je vous fais confiance — et vous avez bonne réputation. »

Contrairement à son attente, Arflane ne refusa pas immédiatement. Il avait à moitié deviné la proposition du vieillard, mais il n'était pas sûr que Rorsefne fût complètement sain d'esprit. Peut-être lui aussi avait-il vu un quelconque mirage, ou bien une ligne de montagnes qui, de loin, ressemblaient à une cité. Pourtant, il était attiré par l'idée de New York, par la pensée de découvrir le palais mythique de la Glace-Mère et par le désir de vérifier son propre savoir instinctif quant à l'inéluctabilité de la loi de la glace ; tout cela excitait son imagination. Après tout, rien ne le retenait sur le plateau ; cette quête était noble, presque sainte. Aller au Nord vers la demeure de la Glace-Mère, entreprendre, comme les marins de l'ancien temps, des voyages de plusieurs mois à la recherche du savoir qui changerait le monde, cela convenait à sa nature essentiellement romantique. De plus, il commanderait le plus beau navire du monde, il traverserait des mers de glace inconnues et il découvrirait de nouvelles races d'hommes, si ce que Rorsefne avait dit des sauvages était vrai. New York, la cité fabuleuse dont les hautes tours s'élevaient d'une plaine de glace lisse... Et si, après tout, elle n'existait pas ? Il naviguerait toujours plus loin, toujours plus au Nord, tandis que toutes les autres créatures partaient pour le Sud.

Les yeux de Rorsefne étaient maintenant à demi clos. Son apparence de santé était trompeuse ; il s'était visiblement épuisé.

Arflane se leva pour la seconde fois.

— « J'ai accepté — malgré ce que j'en pensais — de commander un yacht dans lequel votre famille désire suivre aujourd'hui une chasse à la baleine. »

Rorsefne sourit faiblement. « Etait-ce l'idée d'Ulrica ? »

— « Celle de Manfred. Il a d'une certaine façon

impliqué le Seigneur Janek Ulsenn, votre fille et moi-même dans ce projet. Votre fille était de l'avis de Manfred. En tant que chef de la famille, vous devriez... »

— « Cela ne vous regarde pas, capitaine. Je sais que vous parlez selon votre cœur, mais Manfred et Ulrica savent ce qui leur convient. La meilleure façon d'élever la race des Rorsefne est de la placer face au danger. Chez elle, la recherche du danger est un besoin. » Rorsefne s'arrêta et scruta de nouveau le visage d'Arflane, fronçant les sourcils d'un air curieux. « Je pensais que cela ne vous ressemblait pas de donner votre avis sans qu'on vous l'ait demandé, capitaine... »

— « Ce n'est pas mon habitude. » Arflane lui-même était maintenant décontenancé. « Je ne sais pas pourquoi j'ai parlé de cela. Je vous prie de m'excuser. » Il se rendit compte qu'il n'agissait pas du tout normalement. Quelle était la cause de ce changement ?

Pendant un instant, il crut que la famille Rorsefne tout entière représentait un danger pour lui, mais un danger assez flou. Il éprouva une légère sensation de panique et frotta rapidement son menton barbu. Baissant les yeux sur le visage de Rorsefne, il vit que celui-ci souriait très légèrement, d'un sourire qui paraissait sympathique.

— « Vous avez dit que Janek viendrait ? » demanda soudain Rorsefne, rompant le silence.

— « Il semble bien que oui. »

Rorsefne rit doucement. « Je me demande comment il a pu se laisser convaincre. Ce n'est pas gênant. Avec un peu de chance, c'est lui qui se fera tuer et elle se trouvera un autre homme pour mari, bien qu'ils soient assez rares. Vous allez commander le yacht ? »

— « Je l'ai dit, bien que je ne sache pas pourquoi. Je suis en train de faire beaucoup de choses que je ne ferais pas en d'autres occasions. Je me trouve dans une sorte d'impasse, Seigneur Rorsefne. »

— « Ne vous en faites pas, » dit Rorsefne en riant tout bas. « Tout simplement, vous n'êtes pas habitué à notre manière d'agir. »

— « Votre neveu me déconcerte. Il s'arrange parfois

pour que j'adopte son point de vue alors que tout ce que je ressens lui est opposé. C'est un jeune homme bien subtil. »

— « Il a sa force propre, » répliqua affectueusement Rorsefne. « Ne sous-estimez pas Manfred, capitaine. Il a l'air faible, moralement et physiquement, mais il aime donner cette apparence. »

— « Vous le rendez bien mystérieux, » dit Arflane d'un ton moqueur.

— « Il est plus compliqué que nous, je pense, » répondit Rorsefne. « Il représente quelque chose de nouveau — peut-être tout simplement une nouvelle génération. Vous ne l'aimez pas, en tout cas. Mais peut-être en viendrez-vous à l'aimer autant que vous aimez ma fille. »

— « C'est vous qui devenez mystérieux maintenant, Monsieur. Je n'ai pas dit que j'aimais quelqu'un plus particulièrement. »

Rorsefne ignora cette remarque. « Venez me voir après la chasse, » dit-il d'une voix faiblissante. « Je vous montrerai les cartes. Vous pourrez me dire alors si vous acceptez cette mission. »

— « Très bien. Au revoir, Monsieur. »

En quittant la pièce, Arflane comprit qu'il avait été irrésistiblement attiré dans les affaires de la famille Rorsefne et que, depuis qu'il avait sauvé la vie du vieil homme, son destin était lié au leur. D'une certaine façon, ils l'avaient séduit, il était devenu leur homme. Il savait qu'il accepterait le commandement que lui offrait Pyotr Rorsefne comme il avait accepté le commandement du yacht que Manfred lui avait proposé. Sans avoir l'air d'avoir perdu son intégrité, il n'était plus son propre maître. La force de caractère de Pyotr Rorsefne, la beauté et la grâce d'Ulrica Ulsenn, la subtilité de Manfred Rorsefne, même l'hostilité de Janek Ulsenn, tout cela s'était combiné pour le prendre au piège. Troublé, Arflane regagna la salle du petit déjeuner.

6

LA CHASSE A LA BALEINE

SEPARE de la flotte principale par un long mur de blocs de glace, beau et élancé, le yacht était à l'amarrage dans le bassin privé des Rorsefne.

Dans le matin froid, sous un ciel jaune fumée brisé par des traînées orange et rose sombre que la glace reflétait, Arflane traversait la glace, suivant Manfred Rorsefne qui se dirigeait vers le yacht, foulant la mince couche de neige encore molle. Derrière Arflane venaient Janek et Ulrica Ulsenn, assis sur un petit traîneau décoré tiré par des serviteurs. L'homme et la femme étaient assis l'un à côté de l'autre, emmitouflés dans leurs riches fourrures, les mains enfouies dans un manchon et leur capuche leur dissimulait presque complètement le visage.

Le yacht était déjà équipé et les hommes se préparaient à mettre à la voile. Un massif canon à harpon, actionné par un ressort et ayant plutôt l'air d'une arbalète géante, avait été monté à bord et installé à l'avant. Le harpon, long et d'aspect féroce avec sa dizaine de pointes effilées, surplombait le beaupré, semblable à la conception qu'une vierge aurait d'un phallus. Arflane souriait tout en contemplant le grand harpon. Il lui parut trop gros pour le yacht élancé qui le transportait. Il dominait le navire — une goélette à voiles auriques — et attirait sur lui tous les regards. C'était un harpon plein d'une cruelle beauté. Il suivait Manfred qui remontait la planche d'embarquement et eut la surprise de voir Urquart qui les regardait de ses petits yeux sardoniques, son harpon personnel maintenu, comme toujours, par son bras gauche, ses traits creusés et son grand corps immobile, avant de leur tourner subitement le dos, et de se diriger vers l'arrière en direction de la timonerie.

Janek Ulsenn, les lèvres pincées, le visage reflétant une certaine anxiété à peine déguisée, aidait sa femme à monter à bord. Arflane songea qu'il lui serait peut-être possible d'aider son mari.

Un officier, vêtu de fourrure noire et blanche, traversa le pont, se portant au-devant des nouveaux arrivants. Il s'adressa à Manfred Rorsefne, bien que le protocole eût voulu qu'il adressât la parole au plus âgé des membres de la famille, Janek Ulsenn.

— « Nous sommes prêts à partir, Monsieur. Prendrez-vous le commandement ? »

Manfred secoua la tête avec douceur et sourit, faisant un pas de côté afin de ne plus se trouver entre Arflane et l'officier.

— « Voici le capitaine Arflane. Il commandera pendant ce voyage. Il a tous les pouvoirs de capitaine. »

L'officier, un homme trapu d'une trentaine d'années, portant une barbe noire couverte de gelée blanche, fit à Arflane un signe de reconnaissance. « Je vous connais, capitaine. Je suis fier de naviguer avec vous. Puis-je vous montrer le navire avant que nous larguions les amarres ? »

— « Merci. » Arflane laissa le groupe pour accompagner l'officier vers la timonerie. « Quel est votre nom ? »

— « Haeber, capitaine. Premier officier. Nous avons un officier en second, un bosco et un effectif complet normal. Ce n'est pas un mauvais équipage, capitaine. »

— « Habitués à la chasse à la baleine ? »

Une ombre passa sur le visage d'Haeber. Il dit calmement : « Non, capitaine. »

— « Est-ce qu'il y a des baleiniers parmi les hommes ? »

— « Très peu, capitaine. Nous avons à notre bord Monsieur Urquart, comme vous le savez déjà, mais il est harponneur. »

— « Vos hommes devront apprendre rapidement, n'est-ce pas ? »

— « Je le suppose, capitaine. » Haeber parlait volontairement de manière très réservée. Pendant un instant, l'idée vint à Arflane de faire écho au doute de Haeber, puis il parla vivement.

— « Si votre équipage est aussi bon que vous le dites, Monsieur Haeber, nous n'aurons pas d'ennui pendant la chasse. Je connais les baleines. Si vous écoutez soigneusement les ordres que je vous donne, il n'y aura pas de problèmes majeurs. »

— « Très bien, capitaine. » La voix de Haeber devenait plus confiante.

Le yacht était petit et simple. Dans sa catégorie, c'était un beau bâtiment, mais Arflane put voir d'un seul coup d'œil que ses soupçons quant à son efficacité en tant que baleinière étaient justifiés. Il serait rapide — plus rapide que les baleinières ordinaires — mais il n'avait aucune robustesse. C'était un navire fragile. Ses patins et ses étais étaient trop fins pour un lourd travail et sa coque était susceptible de se briser à l'occasion d'une collision avec un affleurement de glace, un autre navire ou une baleine adulte.

Il décida qu'il prendrait lui-même la barre. Cela donnerait confiance à l'équipage, car sa manière de conduire un navire était bien connue et hautement considérée. Mais il laisserait d'abord un officier sortir le navire sur la glace lisse pendant qu'il apprendrait à la connaître. Les voiles étaient prêtes à être déployées et les hommes se tenaient aux cabestans, sur les deux côtés du pont.

Après avoir essayé la barre, Arflane prit le mégaphone que Haeber lui tendait et grimpa l'escalier des cabines jusqu'à la passerelle de commandement qui surplombait la timonerie.

Il pouvait voir devant lui les silhouettes lointaines des navires qui avançaient de toutes leurs voiles vers la Glace du Sud. Les baleinières professionnelles étaient loin devant et Arflane fut satisfait à l'idée que le yacht, au moins, ne leur barrerait pas la route devant l'assaut principal et l'éparpillement du troupeau. C'était toujours à ce moment-là que la confusion devenait extrême et qu'il y avait des dangers de collision, quand les navires partaient chacun après leur proie. Le yacht arriverait après la séparation des baleinières et il pourrait choisir une petite baleine — de préférence un baleineau en pleine croissance. Arflane soupira, mécontent à l'idée d'avoir à chasser une proie aussi peu digne d'un homme rien que pour l'amusement de ces aristocrates qui flânaient maintenant sur le pont et se dirigeaient vers la passerelle. Ils étaient visiblement désireux de l'y rejoindre et, puisque le navire était à eux, ils avaient le droit d'être sur le pont aussi longtemps qu'ils ne gêneraient pas le capitaine dans son commandement du navire.

Arflane souleva le mégaphone.

— « Tout le monde à son poste ! »

Les quelques hommes d'équipage qui n'étaient pas déjà à leurs postes se hâtèrent de s'y rendre. Les autres étaient attentifs, prêts à obéir aux ordres d'Arflane.

« Levez les ancres ! »

Comme un seul homme, les marins larguèrent les amarres et le navire se mit à glisser vers l'ouverture dans la muraille de glace. Ses patins grattaient et tapaient en rythme tandis qu'il prenait de la vitesse en descendant la pente douce et qu'il passait entre les blocs de glace vers l'étendue glacée.

« Parés pour la grand-voile ! »

Les hommes autour du grand mât mirent les mains sur les drisses.

« Déployez la grand-voile ! »

La voile s'ouvrit en claquant et ses bouts-dehors se balancèrent quand elle se déploya. A intervalles réguliers, Arflane ordonnait de donner plus de toile et le yacht glissa bientôt sur la glace toutes voiles dehors. L'air giflait Arflane en plein visage et il sentait le picotement du froid sur sa peau. Il aspira profondément, savourant la morsure de l'air dans ses narines et dans ses poumons et chassant de son organisme l'air vicié de la ville. Il se tenait au bastingage tandis que le navire franchissait les petites ondulations de la glace et se frayait un chemin dans la mince couche de neige en croisant les noires cicatrices laissées par les patins des navires qui l'avaient précédé.

Le soleil, rouge et mort dans un ciel déchiré, était presque au zénith. Les nuages s'étendaient devant eux et leurs couleurs passaient progressivement du jaune pâle au blanc sur un ciel bleu clair ; la couleur de la glace s'harmonisait avec celle des nuages et elle étincelait maintenant d'un blanc pur. La coque des autres navires était déjà au-dessous de l'horizon lointain. En dehors des faibles bruits du navire, du craquement des vergues et des coups sourds des patins, tout n'était que silence.

Projeté par les patins qui déchiraient la glace, un poudrin de neige s'élevait sur les deux flancs du navire qui se dirigeait vers la Glace du Sud.

Arflane savait très bien que les trois membres de la famille dominante de Friesgalt se tenaient derrière lui. Il ne se retourna pas. Il contemplait avec curiosité la silhouette que l'on pouvait voir se pencher à l'avant près du canon, dont les doigts gantés serraient un cordage et dont la chevelure étrange flottait au vent. Urquart, la lance nichée au creux de son bras, par fierté ou par désir d'être seul, n'avait adressé la parole à personne depuis qu'il était monté à bord. En fait, il était venu de sa propre volonté et son droit à se trouver là n'avait nullement été mis en question.

— « Rattraperons-nous les baleinières, capitaine ? » Manfred Rorsefne parlait aussi doucement que d'habitude ; il n'y avait pas besoin d'élever la voix dans ce silence presque palpable des pays de glace.

Arflane secoua la tête. « Il n'y a aucune chance. »

En fait, il savait qu'il avait toutes les chances de rattraper les baleinières professionnelles, mais il n'avait pas l'intention de le faire et de gâcher ainsi leur chasse. Dès qu'ils furent sur leur cap, il décida de réduire la voilure sous un prétexte quelconque et de diminuer leur vitesse.

L'occasion lui en fut donnée une heure plus tard. Ils quittaient la glace lisse et pénétraient dans une région clairsemée de crêtes de glace solitaires auxquelles l'érosion du vent avait donné d'étranges formes. Il laissa volontairement le navire passer près de l'une d'elles pour insister sur le danger qu'il y aurait à les heurter.

Quand ils passèrent à proximité, il se tourna vers Rorsefne, qui se tenait derrière lui. « Je réduis la vitesse jusqu'à ce que nous ayons dépassé ces crêtes. Si je ne le faisais pas, nous aurions toutes les chances d'en heurter une et de nous briser — et nous ne verrions jamais un troupeau de baleines. »

Rorsefne lui lança un sourire narquois, devinant sans aucun doute la véritable raison de cette décision, mais il ne fit aucun commentaire.

La voilure fut réduite selon les instructions d'Arflane et la vitesse du yacht diminua presque de moitié. L'atmosphère à bord devint moins tendue. Urquart, qui se tenait toujours à l'endroit qu'il s'était choisi à l'avant, se retourna pour jeter un regard vers la passerelle. Puis, comme s'il s'était assuré de quelque détail, il haussa légèrement les épaules et se retourna pour contempler l'horizon.

Les Ulsenn étaient assis sur un banc, sous la tente qui se trouvait derrière Arflane. Manfred Rorsefne, appuyé sur le bastingage, contemplait les banderoles de nuages au-dessus de leurs têtes.

Les crêtes devant lesquelles ils passaient à présent étaient sculptées d'une manière fantastique par les éléments.

Certaines ressemblaient à des ponts à moitié achevés, courbés au-dessus de la glace et se terminant brusquement en un contour déchiqueté. D'autres étaient écrasées, mélange de surfaces arrondies et d'angles aigus ; d'autres encore étaient hautes et aiguës, semblables à de gigantesques harpons plantés dans la glace, le pommeau en avant. La plupart étaient réparties en groupes assez éloignés les uns des autres pour permettre au yacht de passer facilement pendant sa course rapide mais, de temps en temps, Haeber manœuvrait légèrement la barre d'un côté ou de l'autre pour éviter une crête.

Sous les patins, la glace était plus dure qu'auparavant car ce terrain n'était pas aussi fréquenté que la zone plus douce qui entourait les cités. Le navire avançait toujours avec aisance, mais les ondulations se faisaient plus sentir qu'auparavant.

Malgré le manque de toile, le yacht maintenait une bonne allure et les voiles se gonflaient sous le vent persistant.

Sachant qu'il n'avait que peu de choses à faire, Arflane accepta la proposition de Rorsefne de descendre manger, laissant Haeber s'occuper de la passerelle et le bosco à la barre.

Dessous, les cabines étaient étonnamment larges car aucun espace n'était utilisé pour transporter une quelconque cargaison autre que les provisions habituelles. La cabine principale était, au goût d'Arflane, aussi richement meublée que l'*Esprit des Glaces,* avec des chaises de toile tendue sur des cadres d'os, une table d'ivoire, des étagères d'ivoire et des armoires le long de la cloison. Le sol était recouvert de la fauve fourrure d'été du loup (un animal qui devenait de plus en plus rare) et les hublots étaient larges et laissaient entrer beaucoup plus de lumière que dans les autres bâtiments de cette taille.

Ils étaient assis tous les quatre autour de la table d'ivoire ciselé tandis que le cuisinier leur servait le repas du midi, un ragoût préparé avec de la viande de milan des neiges, des steaks de phoque et de la salade de lichens qui poussaient à la surface de la glace dans certaines parties du plateau. Il n'y eut presque pas de conversation pendant le repas, ce qui convint très bien à Arflane. Il était assis à un bout de la table et Ulrica Ulsenn à l'autre bout. Janek Ulsenn et Manfred Rorsefne, quant à eux, étaient assis à sa droite et à sa gauche. Parfois, Arflane levait les yeux de son assiette au même moment qu'Ulrica Ulsenn et leurs regards se rencontraient. Ce fut pour lui, à nouveau, un repas où il ne se sentit pas à l'aise.

Au début de l'après-midi, le navire atteignit la région où les baleines avaient été signalées. Arflane, heureux de s'éloigner de la compagnie des Ulsenn et de Manfred Rorsefne, reprit la barre au bosco.

Les mâts de quelques-unes des baleinières étaient maintenant visibles au loin. La flotte ne s'était pas encore divisée, semblait-il. Tous les navires paraissaient suivre à peu près la même direction, ce qui voulait dire que les baleines étaient encore hors de vue.

Tandis qu'ils se rapprochaient, Arflane vit les mâts des navires commencer à se séparer ; cela ne pouvait signifier qu'une chose : le troupeau était en vue. Les baleinières partaient de tous côtés, chaque vaisseau poursuivant sa propre proie.

Arflane souffla dans le tube acoustique de la passerelle. Manfred Rorsefne lui répondit.

— « Le troupeau est en vue, » dit Arflane. « Il se divise. Les grosses baleines seront poursuivies par les baleinières. Je suggère que nous en trouvions une petite pour nous-mêmes. »

— « Dans combien de temps, capitaine ? » La voix de Rorsefne révélait maintenant une légère impatience.

— « Une heure environ, » avait répondu Arflane avec concision. Il replaça le bouchon du tube acoustique.

A l'horizon, à tribord, une grande falaise de glace haute de plusieurs centaines de pieds s'élevait sur le violet foncé du ciel. A bâbord, de petites crêtes de glace aiguës couraient parallèlement aux falaises. Le navire passait maintenant entre elles et se dirigeait vers le lieu de la tuerie où l'on pouvait déjà voir des vaisseaux engagés à poursuivre et abattre les grands animaux.

Debout sur la passerelle, Arflane se préparait à descendre pour reprendre la barre quand il aperçut la proie que le navire poursuivrait : à un demi-mille devant eux, quelques baleineaux affolés, presque exactement sur leur route. Rorsefne et les Ulsenn montèrent jusqu'au bastingage et tendirent le cou pour mieux regarder la proie.

Ils passèrent bientôt assez près pour voir distinctement des navires au travail.

Les deux mains fermement posées sur la barre et Haeber derrière lui, prêt à relayer les ordres dans son mégaphone, Arflane dirigeait avec précision la course du yacht, faisant parfois une large courbe pour éviter les baleinières au travail.

Du sang de baleine rouge sombre coulait sur la blancheur crémeuse de la glace ; de petits navires, à l'avant desquels se tenaient prêts des harponneurs, étaient accrochés soit aux énormes mamelles, soit en un tout autre endroit, tirés à une allure vertigineuse dans le sillage des léviathans embrochés, remorqués par les cordes des harpons enroulées autour des petits cabestans de l'avant. Un navire passa tout près, semblant à peine toucher le sol tant il rebondissait sur la glace, tiré par une femelle folle de douleur quatre fois plus longue et deux fois plus haute que lui. Elle ouvrait et refermait ses massives mâchoires garnies de dents, tout en poussant sur ses nageoires antérieures et postérieures, fuyant la raison de son agonie à une incroyable vitesse. Les patins du navire, fendus à la matrice de l'os, furent sur le point de se briser quand celui-ci, lancé en l'air, s'écrasa une fois de plus sur la glace. L'équipage en sueur se cramponnait aux flancs du bâtiment pour éviter d'être éjecté ; ceux qui le pouvaient arrosaient d'eau les cordages qui frottaient pour les empêcher de brûler. La peau de la baleine, fendue, déchirée et saignante des blessures d'une douzaine de harpons, était couleur gris-beige et couverte de poils raides. Comme la plupart des autres animaux, elle ne se retourna pas sur le navire qu'elle aurait pu briser en deux instantanément grâce à ses mâchoires de quinze pieds de long.

Elle passa bientôt devant le yacht et commença à défaillir, tandis qu'Arflane l'observait.

Ailleurs, un mâle avait été retourné sur le dos et, à l'approche de la mort, agitait faiblement ses nageoires massives. Autour de lui, des équipages entiers de chasseurs avaient débarqué sur la glace et se rapprochaient avec prudence, leurs lances et leurs couteaux à dépecer prêts à entrer en action. Les hommes paraissaient minuscules à côté du monstre qui agonisait sur le dos, ouvrant et fermant sa gueule à la recherche de son souffle.

Plus loin, Arflane vit une femelle qui tremblait de douleur tandis que son sang se répandait par une vingtaine de blessures.

Maintenant, le yacht était presque parmi les baleineaux.

Le regard d'Arflane fut attiré par un mouvement à tribord. Un énorme mâle fonçait sur la glace en direction du yacht, traînant une baleinière derrière lui. La collision était imminente.

Il tourna désespérément la barre à fond. Les patins du yacht grincèrent quand il se mit à tourner, manquant de peu la baleine qui s'ébrouait tout en courant toujours le risque de s'emmêler dans les amarres du navire et de les entraîner tous deux dans un naufrage. Arflane appuyait sur la barre de toutes ses forces, ne parvenant qu'avec beaucoup de difficulté à diriger son navire parallèlement à l'autre. Il pouvait maintenant en voir les occupants. Debout à la proue, une main tenant un harpon et l'autre agrippée au bastingage, se tenait le capitaine Brenn. Son visage était tordu par la haine qu'il ressentait envers l'animal qui tirait derrière lui son bateau. La baleine, surprise par la soudaine apparition du yacht, se retourna et ses yeux minuscules se posèrent sur le navire de Brenn. D'un seul coup, elle se précipita sur lui. Arflane entendit hurler le capitaine quand les immenses mâchoires s'ouvrirent en grand et se refermèrent sur la baleinière.

Un grand cri s'éleva chez les baleiniers quand le mâle secoua le navire brisé. Arflane vit son ami éjecté sur la glace. Il tenta de s'enfuir mais la baleine le vit et ses mâchoires s'ouvrirent de nouveau pour se refermer sur son corps.

Pendant un instant, les jambes du capitaine s'agitèrent puis disparurent elles aussi. Arflane avait instinctivement tourné la barre dans l'autre sens pour aller au secours de son ami, mais il était trop tard.

Alors qu'ils fonçaient sur la masse imposante du mâle, il vit qu'Urquart n'était plus à l'avant. Manfred Rorsefne avait pris sa place et dirigeait le grand canon à harpon.

Arflane saisit son mégaphone et hurla dedans.

— « Rorsefne ! Espèce d'imbécile ! Ne tirez pas ! »

L'autre l'entendit évidemment, fit un signe d'une main et se pencha de nouveau sur le canon.

Arflane essaya de tourner à temps les patins du navire mais il était trop tard. Un choc sourd ébranla tout le navire quand l'énorme harpon quitta le canon pour s'enfoncer profondément dans le flanc de la baleine, entraînant sa corde derrière lui.

Le monstre, se dressant sur ses nageoires postérieures, agita ses membres de devant. Un hurlement sortit de ses mâchoires ouvertes et son ombre recouvrit entièrement le navire qui sauta en avant, tiré par la corde du harpon, ses patins avant quittant la glace. Puis la corde se libéra. Rorsefne ne l'avait pas fixée convenablement. Le navire reprit contact avec la glace dans un bruit sourd.

L'énorme bête retomba à son tour et se mit à avancer rapidement vers le yacht en claquant des mâchoires. Arflane réussit une nouvelle fois à tourner ; les mâchoires manquèrent la proue, mais le corps monstrueux s'écrasa sur la coque à tribord. Le yacht vacilla, manqua de se renverser puis reprit son équilibre.

Manfred Rorsefne maniait maladroitement le canon, essayant d'y enfoncer un autre harpon. A ce moment, les patins de tribord, ayant dépassé leur capacité de résistance sous les chocs qu'ils avaient reçus, craquèrent et se brisèrent. Le yacht s'écroula sur le côté de tribord et le pont bascula presque à la verticale du sol. Arflane fut éjecté sur la cloison quand le yacht dérapa sur la glace, heurtant l'arrière-train de la baleine qui revenait à l'attaque.

Arflane tendit la main, agrippa la rampe de l'escalier des cabines et essaya de remonter sur le pont en se traînant avec difficulté. Il ne pensait plus qu'à sauver Ulrica Ulsenn.

Tandis qu'il remontait, il plongea dans le regard terrifié de Janek Ulsenn. Il s'écarta et laissa passer l'homme qui avançait avec difficulté. Quand il atteignit la passerelle, il vit qu'Ulrica était effondrée sur le bastingage.

Il dégringola le long du pont en pente et s'accroupit pour la retourner. Elle n'était pas morte mais portait sur le front une blessure à vif.

Il s'arrêta un instant et contempla son beau visage,

puis il la mit sur ses épaules et entreprit de regagner l'escalier des cabines tandis que la baleine revenait à l'attaque en mugissant.

Quand il atteignit le pont, les hommes d'équipage escaladaient désespérément le bastingage de bâbord, sautaient sur la glace et essayaient de fuir. Arflane ne pouvait voir nulle part Manfred Rorsefne, Urquart et Haeber mais il distingua la silhouette de Janek Ulsenn que deux hommes d'équipage aidaient à s'échapper du navire naufragé.

Grimpant le long du pont en pente à l'aide des gréements emmêlés, Arflane avait presque atteint le bastingage quand la baleine s'écrasa sur la proue. Il retomba en arrière contre la timonerie et vit la tête énorme du monstre à quelques pieds de lui.

Il lâcha Ulrica qui tomba vers l'arrière. Il rampa derrière elle, accroché à la traîne de sa jupe. Le navire pencha de nouveau, vers l'avant cette fois-ci ; il évita avec peine d'être précipité dans les mâchoires entrouvertes en se raccrochant aux haubans du grand mât. Soutenant Ulrica d'un bras, il chercha autour de lui un moyen de s'échapper.

Quand la tête de la baleine se tourna et que les yeux froids et voilés par la douleur du monstre le regardèrent, il saisit le bastingage de tribord, s'y traîna, soutenant la femme, et sauta par-dessus, son unique préoccupation étant d'échapper quelques instants à l'animal.

Ils tombèrent lourdement sur la neige. Arflane se redressa, remit Ulrica Ulsenn sur ses épaules et s'éloigna en titubant, ses bottes glissant sur la glace recouverte par une mince couche de neige. Devant lui se trouvait un harpon qui avait dû être éjecté du navire. Il s'arrêta pour le ramasser puis repartit en titubant. La baleine renâclait derrière lui ; il entendit les coups sourds des nageoires et sentit le sol vibrer sous lui comme l'animal le poursuivait d'un pas lourd.

Il se retourna, vit foncer le monstre, jeta le corps d'Ulrica le plus loin possible et leva son harpon. Sa seule chance était de frapper un des yeux et de toucher le cerveau, c'est-à-dire de tuer l'animal avant qu'il ne le tue ; ensuite, il pourrait sauver Ulrica.

Il lança le harpon dans l'œil droit et fixe de la baleine. Les pointes frappèrent juste, elles s'enfoncèrent mais n'atteignirent pas le cerveau. La baleine s'arrêta et se tourna pour essayer de rejeter la lance de son œil blessé.

C'est alors que l'œil gauche vit Arflane.

Le monstre s'arrêta un instant, renâcla et cria sur un mode étrangement aigu.

Avant que la baleine ait pu le rejoindre, Arflane vit quelque chose bouger sur sa droite. La bête le vit aussi. Elle remua la tête et ouvrit ses mâchoires.

Urquart se précipitait vers l'animal, tenant dans une main son immense harpon. D'un seul élan, il sauta sur la baleine et s'agrippa aux poils.

L'animal se dressa de nouveau mais ne parvint pas à déloger le harponneur. Implacablement, Urquart se mit à grimper sur son dos. L'animal, comprenant instinctivement qu'il serait perdu s'il roulait sur le côté et présentait son ventre, se secoua et se débattit mais ne put se débarrasser de la petite créature qui déjà avait atteint son dos et remontait à quatre pattes vers sa tête.

La bête vit de nouveau Arflane et renâcla.

Elle se propulsa avec précaution sur ses nageoires et oublia son fardeau. Arflane regardait, pétrifié et fasciné, Urquart qui se dressait lentement, se carrait fermement sur ses pieds sur le dos de la baleine et levait son harpon à deux mains.

L'animal trembla en sentant sa mort prochaine. Puis les muscles d'Urquart se tendirent tandis qu'il enfonçait de toutes ses forces le puissant harpon dans les vertèbres du monstre, le retirait entièrement pour le plonger à nouveau.

Un flot de sang jaillit du dos de la baleine, cachant complètement Urquart et éclaboussant Arflane. Il se retourna vers Ulrica Ulsenn qui remuait en gémissant.

Le sang noir et chaud coula aussi sur elle, les souillant tous les deux.

Elle se leva, l'air hébété, et ouvrit les bras, tandis que ses yeux d'or regardaient avec insistance ceux d'Arflane.

Il fit un pas en avant et la prit dans ses bras, la tenant serrée contre son corps dégoulinant de sang tandis que, derrière eux, le monstre hurlait, tremblait et agonisait. Pendant plusieurs minutes, le sang âcre et salé jaillit à gros bouillons et les arrosa, mais ils en étaient à peine conscients.

Arflane tenait la femme contre lui, ses mains refermées dans son dos. Elle tremblait et pleurait en gémissant.

Il resta ainsi pendant plusieurs minutes au moins, les yeux fermés, avant de prendre conscience de la présence des autres.

Il ouvrit les yeux et regarda autour de lui.

Urquart était allongé à côté de lui, détendu, les yeux voilés et le visage aussi sombre qu'à l'ordinaire. Près de lui se trouvait Manfred Rorsefne. Le bras gauche du jeune homme pendait mollement à son côté et son visage était pâle de douleur mais, quand il parla, ce fut du même ton léger et insouciant qu'il employait d'habitude.

— « Pardonnez-moi de vous déranger, capitaine. Mais je pense que nous allons bientôt voir le noble Seigneur Janek... »

Arflane relâcha Ulrica à contrecœur ; elle essuya le sang de son visage et regarda autour d'elle d'un air vague. Elle lui tint le bras une seconde, puis le lâcha quand elle vit son cousin.

Arflane se retourna et vit la masse inerte du monstre qui les dominait, à quelques pieds d'eux. Aidé par deux de ses hommes, Janek Ulsenn la contourna. Il s'était brisé au moins une jambe, et probablement les deux.

« Haeber est mort, » dit Manfred. « Ainsi que la moitié de l'équipage. »

— « Nous méritions tous d'être tués, » grogna Arflane. « Je savais que ce navire était trop fragile — et vous avez été stupide d'utiliser ce harpon. Elle aurait pu nous éviter si vous ne l'aviez pas provoquée. »

— « Et nous n'aurions pas eu toutes ces émotions ! » s'exclama Rorsefne. « Ne soyez pas ingrat, capitaine. »

Janek Ulsenn regarda sa femme et vit sur son visage quelque chose qui lui fit froncer les sourcils. Il jeta à Arflane un regard inquisiteur. Manfred Rorsefne fit un pas en avant et salua Ulsenn d'une manière grotesque.

« Votre femme est encore entière, Janek, si c'est cela qui vous préoccupe. Vous êtes sans doute curieux de savoir ce qui lui est arrivé après que vous l'avez laissée sur la passerelle... »

Arflane regarda Rorsefne. « Comment saviez-vous cela ? »

Manfred sourit. « Capitaine, j'ai grimpé dans les gréements. J'avais une vue splendide. J'ai tout vu sans personne pour me voir. » Il dirigea son attention sur Janek Ulsenn. « Ulrica a été sauvée par le capitaine Arflane et, plus tard, quand il a tué la baleine, par le cousin Urquart. Les remercierez-vous, Mon Seigneur ? »

Janek Ulsenn dit : « Je me suis brisé les deux jambes. »

Ulrica Ulsenn parla pour la première fois. Sa voix était aussi vibrante que d'habitude, bien qu'un peu distante, comme si elle ne s'était pas entièrement remise de son choc.

— « Merci, capitaine Arflane. Je vous suis très reconnaissante. Il semblerait que le sauvetage des Rorsefne soit devenu votre travail. » Elle sourit légèrement et chercha des yeux Urquart : « Merci, Longuelance. Vous êtes un brave. Vous êtes braves tous les deux. »

Le regard qu'elle lança ensuite à son mari fut très méprisant. Sa propre expression, déjà tendue par la douleur causée par ses jambes brisées, devint encore plus figée. Il parla d'une voix cassante. « Voici un navire qui nous ramènera. » Il fit un mouvement de tête. « Il est là. Allons-y, Ulrica. »

Quand Ulrica suivit docilement son mari qui partait, aidé par ses hommes, Arflane voulut s'avancer mais Manfred Rorsefne lui posa la main sur l'épaule.

— « C'est sa femme, » fit-il doucement, avec sérieux.

Arflane essaya de se dégager de la poigne du jeune homme. Manfred ajouta d'un ton plus léger : « De nous tous, c'est sûrement vous qui respectez le plus nos lois et nos coutumes traditionnelles, n'est-ce pas, capitaine Arflane ? »

Arflane cracha sur la glace.

7

LES FUNÉRAILLES SUR LA GLACE

Le Seigneur Pyotr Rorsefne était mort pendant leur absence ; ses funérailles eurent lieu deux jours plus tard.

Le même jour furent ensevelis Brenn, de la *Douce Vierge,* et Haeber, premier officier du yacht des glaces. Il y eut trois cérémonies séparées, en dehors de la ville, mais seule celle de Rorsefne fut splendide.

Portant son regard sur la glace blanche, recouverte d'une couche de neige que le vent glacial transformait en tourbillonnements, Arflane pouvait voir les trois convois funèbres. Il pensa que c'étaient les Rorsefne qui avaient tué son vieil ami Brenn ainsi que Haeber ; cette excursion sur les terrains de chasse avait causé leur mort à tous les deux. Mais il ne parvint pas à ressentir beaucoup d'amertume.

Au loin, sur sa gauche et sur sa droite, se trouvaient les traîneaux noirs qui portaient les cercueils simples de Brenn et de Haeber, tandis que se déroulait devant lui la procession funèbre de Pyotr Rorsefne à laquelle il participait. Il se trouvait derrière les membres de la famille, mais devant les serviteurs et les autres personnes du convoi. Son visage était solennel et il ne ressentait que très peu d'émotion, en dépit du choc qu'il avait reçu en apprenant la mort de Rorsefne.

Vêtu du manteau de deuil en peau de phoque noire sur lequel était cousu l'insigne rouge du clan des Rorsefne, Arflane était assis dans un traîneau tiré par des loups à la robe teinte en noir. Il en tenait lui-même les rênes. Manfred Rorsefne et la fille du défunt, Ulrica, vêtus eux aussi de lourds manteaux noirs, étaient assis ensemble dans un autre traîneau tiré par des loups noirs, tandis que derrière eux se trouvaient divers membres des familles Rorsefne et Ulsenn. Janek Ulsenn était trop malade pour être présent. En tête de la procession avançait lentement le traîneau funèbre, à la proue et à la poupe majestueuses, portant le cercueil orné d'ivoire dans lequel reposait le seigneur défunt.

La procession funèbre traversait la glace avec lourdeur. Dans le ciel, de gros nuages blancs se rassemblaient et le soleil s'obscurcissait. Une neige légère commençait à tomber.

En fin de compte, la fosse mortuaire apparut. Elle avait été creusée dans la glace et des blocs miroitants étaient empilés sur un côté. Près de ce tas se trouvait une grosse grue qui avait été utilisée pour remonter les blocs. Avec ses traverses et ses cordes qui se balançaient, la grue qui se détachait sur le ciel froid ressemblait à une potence.

Tout était tranquille, il n'y avait que le doux grincement des patins et le faible gémissement du vent.

Une silhouette immobile se tenait près des blocs empilés. C'était Urquart, le visage aussi impassible qu'à l'ordinaire, portant comme d'habitude sa longue lance. Il était venu assister aux funérailles de son père. De la neige s'était entassée sur sa chevelure en hauteur et sur ses épaules, augmentant sa ressemblance avec un membre de la hiérarchie de la Glace-Mère.

Quand ils s'approchèrent et quand Arflane put entendre les craquements des poutrelles que le vent balançait, il vit que le visage d'Urquart n'était pas vraiment vide d'expression. Son regard témoignait d'une déception assez particulière, ainsi que de colère.

Lentement la procession s'arrêta près du trou noir dans la glace. La neige tombait sur le cercueil et le vent s'engouffra soudain dans leurs manteaux, rejetant en arrière le capuchon d'Ulrica Ulsenn. Arflane aperçut son visage couvert de larmes quand elle remit le capuchon en place. Manfred Rorsefne, dont le bras brisé était en écharpe sous son manteau, fit un signe de tête à Arflane. Ils descendirent de leurs traîneaux et, en compagnie de quatre hommes de la famille, s'approchèrent du cercueil.

Manfred, aidé par un garçon d'une quinzaine d'années, détacha les loups noirs et tendit leurs harnais à deux serviteurs qui attendaient là. Ensuite, trois hommes de chaque côté poussèrent le lourd traîneau vers la fosse.

Pendant un instant, il demeura en équilibre sur le bord, comme s'il refusait de basculer, puis glissa et tomba dans les ténèbres. Ils l'entendirent s'écraser au fond ; puis ils se dirigèrent vers le tas de blocs de glace pour les jeter dans la fosse et la sceller. Mais Urquart avait déjà saisi le premier bloc à deux mains et, pour une fois, son harpon gisait sur la glace, là où il l'avait posé. Il leva bien haut le bloc, puis le rejeta de toutes ses forces, les dents découvertes et les yeux pleins de feu. Il s'arrêta, regarda dans la fosse, essuya ses mains sur sa veste graisseuse puis, après avoir ramassé son harpon, s'éloigna tandis qu'Arflane et les autres commençaient à pousser le reste des blocs.

Il fallut une heure pour remplir la fosse et y planter le pavillon portant les armes des Rorsefne. L'étoffe claqua dans le vent. Tout autour étaient rassemblés les membres du convoi, la tête baissée, tandis que Manfred Rorsefne se servait de sa main valide pour grimper maladroitement en haut du tas de glace et commencer l'oraison funèbre.

— « Le fils de la Glace-Mère a regagné son sein glacial, » commença-t-il d'une manière traditionnelle. « De même qu'elle lui a donné la vie, elle la lui a reprise ; mais il existera éternellement dans les palais de glace où la Mère tient sa cour. Impérissable, elle gouverne le monde. Impérissables sont ceux qui la rejoignent maintenant. Impérissable, elle fera du monde un objet unique, sans âge ni mouvement ; sans désir ni frustration ; sans colère ni joie ; un monde parfait, entier et silencieux. Rejoignons-la bientôt. »

Il avait parlé d'une voix claire et précise, avec toutefois un peu d'émotion.

Arflane mit un genou en terre et répéta la phrase finale : « Rejoignons-la bientôt. »

Derrière lui, mais répondant avec moins de ferveur, les autres suivirent son exemple, murmurant les mots qu'il avait prononcés avec conviction.

8

LE TESTAMENT DE RORSEFNE

ARFLANE comprenait, sûrement mieux que quiconque, la culpabilité qu'éprouvait Ulrica Ulsenn au sujet de la mort de son père. Ses traits ne révélaient que très peu de son chagrin, mais son attitude était en même temps lointaine et tendue. C'était à son instigation, aussi bien qu'à celle de Manfred, que la désastreuse expédition s'était mise en route le jour même de la mort de son père.

Arflane comprit qu'elle n'était pas à blâmer pour avoir pensé qu'il était presque entièrement guéri ; en fait, il ne semblait pas y avoir d'explication logique à la rapidité de son affaiblissement. Il apparut que son cœur, habituellement considéré comme solide, avait lâché peu après qu'il eut dicté le testament qui devait être lu un peu plus tard dans l'après-midi à Arflane et à ses proches parents. Pyotr Rorsefne était mort à peu près au moment où la baleine avait attaqué et détruit le yacht, quelques heures après qu'il eut parlé de New York à Arflane.

Raidie sur sa chaise, les mains serrées sur son sein, Ulrica Ulsenn attendait en compagnie d'Arflane, de Manfred Rorsefne et de son mari qui était allongé sur un brancard surélevé, dans l'antichambre de ce qui avait été le bureau de son père. La pièce était petite et les murs étaient recouverts de trophées de chasse datant de la jeunesse de Pyotr Rorsefne. Arflane trouva déplaisante l'odeur de moisi que dégageaient les têtes des animaux.

La porte du bureau s'ouvrit et Strom, le vieillard ratatiné qui avait été le premier serviteur de Pyotr Rorsefne, sans un mot, leur fit signe d'entrer dans la pièce.

Arflane et Manfred Rorsefne se baissèrent pour prendre le brancard d'Ulsenn et suivirent Ulrica Ulsenn dans le bureau.

La pièce rappelait une cabine de navire, malgré la lumière provenant de faibles bandes d'éclairage, au lieu de hublots. Les murs étaient garnis de placards sur toute leur hauteur. Un vaste bureau d'ivoire jaune occupait le centre de la pièce ; sur sa surface était posée une unique feuille de mince plastique, de grandes dimensions, couverte d'une écriture brune, comme si du sang eût servi d'encre. Elle s'enroulait aux deux bouts, et il était évident qu'elle avait été déroulée récemment.

Le vieil homme emmena Manfred Rorsefne jusqu'au bureau et le fit asseoir devant le papier ; ensuite, il quitta la pièce.

Manfred soupira et pianota des doigts sur le meuble tout en lisant le testament. C'est Janek Ulsenn qui aurait dû normalement remplir cette fonction mais la fièvre consécutive à son accident l'avait considérablement affaibli. Cependant, il se redressa, adoptant une position qui lui permît de voir la surface du bureau et d'adresser au cousin de sa femme un regard à la fois sinistre et inquiet.

— « Que dit-il ? » demanda-t-il faiblement mais avec impatience.

— « Pas grand-chose que nous ne prévoyions, » lui répondit Manfred qui continuait de lire. Un léger sourire fleurissait maintenant sur ses lèvres.

— « Pourquoi cet homme est-il ici ? » Ulsenn fit un geste de la main en direction d'Arflane.

— « Il est mentionné dans le testament, cousin. »

Arflane jeta un coup d'œil à Ulrica par-dessus la tête d'Ulsenn mais elle refusa de regarder dans sa direction.

— « Lisez-le, » dit Ulsenn en s'appuyant sur un bras. « Lisez-le, Manfred. »

Manfred haussa les épaules et commença la lecture.

— « Ceci est le Testament de Pyotr Rorsefne, Grand

Amiral de Friesgalt, » commença-t-il. « Rorsefne est mort. Ulsenn gouvernera. » Il lança un regard sardonique en direction de la silhouette allongée. « Prenez soin de ma fortune, de mes propriétés et de mes navires que je désire par le présent acte voir répartis équitablement entre ma fille et mon neveu. De même, j'offre le commandement de ma goélette l'*Esprit des Glaces* au capitaine Konrad Arflane de Brershill, pour qu'il puisse l'emmener à New York pendant l'expédition indiquée sur les cartes que je lui lègue également. Si le capitaine Arflane découvre la cité de New York et revient vivant à Friesgalt, il deviendra l'unique propriétaire de l'*Esprit des Glaces* et de toute cargaison qu'elle transportera alors. Pour bénéficier de mon testament, ma fille Ulrica et mon neveu Manfred devront accompagner le capitaine Arflane pendant ce voyage. Le capitaine Arflane aura les pleins pouvoirs sur tous ceux qui navigueront avec lui. Pyotr Rorsefne de Friesgalt. »

Ulsenn se redressa de nouveau pour s'asseoir. Il regarda Arflane de travers. « Le vieillard était prisonnier de sa fièvre. Il était fou. Oubliez cette clause. Renvoyez le capitaine Arflane, divisez les propriétés comme le testament le stipule. Vous embarqueriez-vous pour un autre de ces voyages ridicules si peu de temps après le premier ? Sachez-le bien : le premier voyage anticipe le second, si vous l'effectuez ! »

— « Par la Glace-Mère, cousin ! comme vous êtes devenu superstitieux, » murmura Manfred Rorsefne. « Vous savez très bien que, si nous devions ignorer une partie du testament, l'autre n'aurait plus de valeur. Et pensez donc à ce que cela vous rapporterait si nous périssions ! La part de votre femme et la mienne feraient de vous l'homme le plus puissant qui ait jamais gouverné dans toutes les Huit Cités. »

— « Je me moque de la richesse. Je suis assez riche. C'est ma femme que je désire protéger. »

De nouveau, Manfred Rorsefne eut un sourire cynique car il se souvenait visiblement de la manière dont Ulsenn avait abandonné sa femme à bord du yacht. Ulsenn fronça les sourcils puis retomba sur ses coussins en hoquetant.

Ulrica se leva, le visage sévère. « Il vaudrait mieux qu'il soit ramené dans son lit, » dit-elle.

Arflane et Manfred soulevèrent la civière qui se trouvait entre eux et Ulrica les conduisit au travers de sombres couloirs vers la chambre d'Ulsenn où des serviteurs le prirent et le déposèrent dans un vaste lit. Son visage était blanc de douleur et il était sur le point de s'évanouir mais il continuait de marmonner sur la stupidité du testament du vieillard.

— « Je me demande s'il se décidera à nous accompagner au moment où nous partirons, » dit Manfred quand ils s'en allèrent. Il eut un sourire ironique. « Il trouvera probablement que sa santé et ses devoirs de nouveau Seigneur l'obligent à rester dans la crevasse. »

Tous trois revinrent dans un des salons principaux, meublé de tapisseries aux couleurs vives, de chaises et de banquettes de bois et de cadres de fibre de verre recouverts de peaux. Arflane se jeta sur une des banquettes et Ulrica s'assit en face de lui, les yeux baissés. Seules ses mains aux longs doigts remuaient sur ses genoux.

Manfred ne s'assit pas.

« Je dois aller proclamer le testament de mon oncle — ou plutôt la plus grande partie de celui-ci, » dit-il. Il devait monter tout en haut de la cité-crevasse et se servir d'un mégaphone pour répéter à tous les citoyens les termes du testament. Friesgalt prenait le deuil de Pyotr Rorsefne selon la tradition. Tout travail avait été interrompu et tous les citoyens s'étaient retirés dans leurs maisons-cavernes pendant les trois jours du deuil.

Quand Manfred sortit, Ulrica ne trouva pas d'excuse pour le suivre, comme Arflane s'y était attendu. Au contraire, elle commanda à un serviteur de leur apporter du *hess* chaud. « En prendrez-vous, capitaine ? » demanda-t-elle faiblement.

Arflane hocha la tête, la regardant d'un air curieux. Elle se leva et se déplaça quelques instants dans la pièce, affectant de regarder des scènes des tapisseries qui devaient pourtant lui être plus que familières.

Arflane dit enfin : « Vous ne devriez pas vous sentir coupable, Dame Ulsenn. »

Elle se retourna et leva les sourcils. « Coupable ? Que voulez-vous dire ? »

— « Vous n'avez pas abandonné votre père. Nous pensions tous qu'il était complètement guéri. Il le disait lui-même. Vous n'êtes pas coupable. »

— « Merci, » dit-elle. Elle inclina la tête, un soupçon d'ironie dans la voix. « Je n'avais pas conscience de me sentir coupable. »

— « Je suis désolé d'avoir pu penser cela, » dit-il.

Quand elle le regarda à nouveau, ce fut d'un air beaucoup plus candide, étudiant son visage. Peu à peu, ses yeux furent envahis par le désespoir et la résignation.

Il se leva d'une manière embarrassée, alla vers elle, lui prit les mains et les tint fermement dans les siennes.

— « Vous êtes fort, capitaine Arflane, » murmura-t-elle. « Je suis faible. »

— « Pas tant que cela, » dit-il lourdement. « Pas tant que cela, Ma Dame. »

Elle retira doucement ses mains des siennes et alla s'asseoir sur une banquette. Le serviteur revint, plaça le *hess* sur une petite table près de la banquette et sortit de nouveau. Elle tendit la main, versa un gobelet du breuvage et le lui offrit. Il le prit ; il était debout devant elle, les jambes légèrement écartées, et la regardait d'un air sympathique.

« J'étais en train de penser qu'il y a en vous beaucoup de votre père, » dit-il. « La force est là. »

— « Vous ne connaissiez pas bien mon père, » lui rappela-t-elle doucement.

— « Assez bien, je pense. Vous oubliez que je l'ai vu quand il se croyait seul et agonisant. Ce que j'ai alors senti en lui, je le retrouve en vous maintenant. Je ne lui aurais pas sauvé la vie si je n'y avais pas vu cette qualité. »

Elle laissa échapper un grand soupir et des larmes firent briller ses yeux d'or. « Peut-être aviez-vous tort, » dit-elle.

Il s'assit sur la banquette à côté d'elle et secoua la

tête. « Toute la force de la famille est passée en vous pour cette génération. Votre faiblesse est probablement aussi la sienne. »

— « Quelle faiblesse ? »

— « Une imagination délirante. Elle l'a emmené à New York — ou du moins, c'est ce qu'il disait — et elle vous a emmenée dans cette chasse à la baleine. »

Elle sourit avec reconnaissance et ses traits s'adoucirent quand elle le regarda en face. « Si vous essayez de me réconforter, capitaine, je crois que vous allez réussir. »

— « Je vous réconforterais encore plus si vous m'en donniez l'occasion. » Il n'avait pas voulu dire cela. Il n'avait pas voulu lui reprendre la main comme il le faisait maintenant ; pourtant, elle ne résista pas et, bien que son expression fût devenue sérieuse et pensive, elle ne parut pas offensée.

Arflane respirait plus vite. Il se rappelait l'instant où il l'avait tenue dans ses bras sur la glace, et les seins d'Ulrica Ulsenn se levaient et s'abaissaient plus rapidement. Elle rougit mais le laissa encore lui prendre les mains.

« Je vous aime, » dit Arflane, presque misérablement.

Alors elle éclata en sanglots, retira ses mains et se jeta contre lui. Il la tint serrée pendant qu'elle pleurait et il caressa ses cheveux longs et doux, lui embrassa le front et lui caressa les épaules. Il sentit des larmes dans ses propres yeux quand il répondit à son chagrin. A peine conscient de ce qu'il faisait, il la prit dans ses bras et l'emporta hors de la pièce. Les couloirs étaient déserts quand il l'emmena vers sa chambre où il croyait encore qu'il allait la déposer sur son lit et la laisser dormir. Il ouvrit la porte d'un coup de pied — la chambre d'Ulsenn était située à l'autre bout du corridor — et la referma de la même manière derrière lui quand il fut entré.

La pièce était meublée de chaises, d'armoires et d'une coiffeuse d'ivoire légèrement teinté. Des fourrures blanches étaient amoncelées sur le vaste lit et tendues sur les murs.

Il se baissa et la déposa sur le lit, mais ne se redressa pas.

Il savait maintenant que, malgré l'affreux sentiment de culpabilité qu'il ressentait, il ne pouvait rien faire pour contrôler ses gestes. Il lui embrassa la bouche. Elle lui répondit et mit ses bras autour de son cou ; puis il allongea son corps massif sur le sien et sentit la chaleur et les coutours de sa chair au travers du tissu de sa robe ; il la sentit se crisper et trembler sous lui comme un oiseau fragile et effrayé. D'une main, il remonta plus haut sa robe et elle essaya de l'en empêcher en s'agrippant à sa main et en gémissant, mais il continuait, sauvagement maintenant, et dirigeait sa main dans les plis de son vêtement jusqu'à ce qu'il eût atteint sa chair et son but.

Elle frissonna à son toucher et murmura qu'elle était vierge et qu'elle n'avait jamais autorisé Janek à consommer leur mariage. Cela ne l'arrêta pas. Il la prit avec violence et la fourrure blanche se rougit de son sang ; enfin, ils s'étendirent côte à côte, haletants, pour se retourner plus tard l'un vers l'autre, ainsi qu'ils devaient le faire plusieurs fois cette nuit-là.

9

LA CONSCIENCE D'ULRIKA ULSENN

TOT le matin, penché sur elle et la regardant dormir, son visage seul dépassant des fourrures, avec ses cheveux noirs défaits sur l'oreiller, Arflane éprouva du remords. Aucun remords ne serait assez fort, il le savait, pour le faire partir loin d'Ulrica, mais il avait brisé la loi qu'il respectait, la loi qu'il considérait comme juste et vitale pour l'existence de son univers. Ce matin-là, il vit en lui un hypocrite, un fourbe et un voleur. Tandis qu'il se résignait à ces nouveaux rôles, le fait de les avoir assumés le déprima mais, ce qui le déprima plus encore, ce fut de savoir qu'il avait profité de la vulnérabilité d'une femme au moment où sa culpabilité et son chagrin s'étaient alliés pour affaiblir sa force de caractère.

Il ne regretta pas son geste. Il considérait le regret comme une émotion inutile. Ce qui était fait était fait et il devait maintenant décider ce qu'il ferait par la suite.

Il soupira tout en s'habillant, ne voulant pas la quitter mais conscient de ce que la loi lui ferait si son adultère était découvert. Au pire, elle serait exposée sur la glace jusqu'à ce qu'elle en meure. Au mieux, lui et elle seraient bannis de chacune des Huit Cités, ce qui était une sentence de mort déguisée.

Elle ouvrit les yeux et lui sourit doucement, puis le sourire disparut.

— « Je m'en vais, » soupira-t-il. « Nous parlerons plus tard. »

Elle s'assit dans le lit et rejeta les fourrures de sa poitrine. Il se pencha en avant pour l'embrasser mais ôta doucement les bras de son cou quand elle essaya de l'enlacer.

— « Qu'allez-vous faire ? » demanda-t-elle.

— « Je ne sais pas. J'avais pensé m'en aller — à Brershill. »

— « Janek détruirait votre cité pour vous trouver. Beaucoup de personnes mourraient. »

— « Je le sais. Divorcerait-il ? »

— « Il me possède parce que c'est moi qui ai le plus haut rang de toutes les femmes de Friesgalt, parce que je suis belle, bien éduquée et riche. » Elle haussa les épaules. « Il n'est pas particulièrement préoccupé à demander ses droits. Il divorcerait si je refusais de m'occuper de ses hôtes, non si je refusais de faire l'amour avec lui. »

— « Alors, que pouvons-nous faire ? Je n'ai pas l'intention de l'abuser plus longtemps maintenant que je dois vous protéger. D'ailleurs, je me demande si je serais capable de l'abuser encore longtemps. »

Elle hocha la tête. « Je me le demande aussi. » Elle lui sourit de nouveau. « Mais si vous m'emmeniez, où pourrions-nous aller ? »

Il secoua la tête. « Je ne sais pas. A New York, peut-être. Vous vous souvenez du testament ? »

— « Oui — New York. »

— « Nous en reparlerons plus tard, quand nous en aurons l'occasion, » dit-il. « Je dois partir avant l'arrivée des serviteurs. »

Aucun d'eux n'avait pensé au fait qu'elle était la propriété de Janek Ulsenn, même s'il ne la méritait pas, mais, à présent qu'il voulait partir, elle le prit par le bras et lui parla honnêtement.

— « Je suis à vous, » dit-elle. « Je suis légitimement à vous, en dépit de mes vœux de mariage. Souvenez-vous de cela. »

Il murmura quelque chose et alla vers la porte, l'ouvrit avec précaution et se glissa dans le couloir.

Quand Arflane passa devant la chambre d'Ulsenn, il entendit un gémissement de douleur à l'instant où le nouveau Seigneur de Friesgalt se retournait dans son lit et tordait ses jambes inutiles.

Au petit déjeuner, ils firent plus attention que jamais à ne pas échanger de regards. Ils étaient assis chacun à un bout de la table et Manfred Rorsefne se trouvait entre eux deux. Son bras était encore maintenu par une éclisse contre sa poitrine mais il semblait avoir le cœur aussi léger que jamais.

— « Je crois que mon oncle vous avait déjà dit qu'il voulait que vous commandiez l'*Esprit des Glaces* et que vous l'emmeniez à New York ? » dit-il à Arflane.

Arflane approuva.

« Aviez-vous accepté ? »

— « J'avais à moitié accepté, » répondit Arflane, faisant semblant d'accorder à son repas beaucoup plus d'intérêt qu'il ne lui en trouvait vraiment et irrité de la présence de Manfred dans la pièce.

— « Qu'en dites-vous maintenant ? »

— « Je commanderai ce navire, » dit Arflane. « Il faudra du temps pour l'approvisionner et pour trouver un équipage. Il faudra peut-être le radouber. De plus, j'aimerais étudier attentivement ces cartes. »

— « Je vous les amènerai, » lui promit Manfred. Il jeta un regard de côté à Ulrica. « Que pensez-vous du voyage qui vous est proposé, cousine ? »

Elle rougit. « C'était le souhait de mon père, » dit-elle sèchement.

— « Bien. » Manfred se rassit sur sa chaise, visiblement peu pressé de s'en aller. Arflane résista à la tentation de froncer les sourcils.

Il essaya de prolonger le repas, espérant que Manfred perdrait patience, mais il fut finalement obligé de laisser les serviteurs enlever son assiette. Manfred parla sur un ton léger, visiblement oublieux du peu d'empressement que montrait Arflane à converser avec lui. En fin de compte, Ulrica se leva de table et quitta la pièce, incapable de supporter cela plus longtemps. Arflane refréna son désir de la suivre immédiatement.

Presque aussitôt après qu'elle fut sortie, Manfred Rorsefne repoussa sa chaise et se leva. « Attendez ici, capitaine. Je vais chercher les cartes. »

Arflane se demanda si Manfred avait deviné ce qui

s'était passé durant cette nuit. Il était presque sûr que, s'il avait deviné juste, le jeune homme n'en dirait rien à Janek Ulsenn qu'il méprisait. Pourtant, trois jours plus tôt, sur la glace, Manfred l'avait empêché de suivre Ulrica et avait semblé résolu à s'assurer qu'Arflane ne s'immiscerait pas entre Ulsenn et sa femme. Pour Arflane, le jeune homme représentait une énigme. A certains moments, il semblait cynique et méprisant de la tradition, à d'autres, il ne semblait que désireux de la préserver.

Il revint avec les cartes qu'il tenait sous son bras valide. Arflane les prit et les étendit sur la table qui était maintenant débarrassée.

La plus grande carte était dessinée à la plus petite échelle et montrait une sueprficie de plusieurs milliers de milles. En surimpression étaient dessinés les contours de ce que Arflane reconnut pour être les continents disparus des Amériques du Nord et du Sud. Le vieux Pyotr Rorsefne avait dû se livrer à un travail considérable pour ces cartes si elles étaient son œuvre. Il y avait une indication précise du plateau qui occupait ce qui avait été jadis le territoire du Matto Grosso et sur lequel les Huit Cités étaient maintenant établies ; il y avait une autre indication précise, au tiers supérieur de la côte Est du continent Nord-Américain, celle de New York. Une ligne avait été tracée du Matto Grosso jusqu'à New York. Des mots étaient écrits, de la main de Rorsefne : *Ligne directe* (*Impossible*). Une ligne pointillée indiquait une autre route qui suivait grossièrement les anciens continents, dirigée approximativement Nord-Ouest-Nord avant de s'incurver progressivement dans la direction Est-Nord. Elle était marquée : *Route probable.* Elle était corrigée çà et là par des traits d'encre de différentes couleurs ; il était évident que cela représentait les changements effectués pendant le voyage véritable, mais il n'y avait que peu d'indications écrites des dangers auxquels le navire avait échappé. Il y avait plusieurs références à des crevasses, à des montagnes flamboyantes et à des cités barbares, mais il n'y avait aucun détail sur leur position précise.

« Les cartes ont été faites de mémoire, » dit Manfred.

« Le livre de bord et les cartes originales ont été perdues dans le naufrage. »

— « Ne pourrions-nous rechercher l'épave ? » demanda Arflane.

— « Nous le pourrions — mais cela ne servirait pas à grand-chose. Le navire a été complètement détruit. Toutes les petites choses, comme les cartes ou le livre de bord, doivent maintenant être ensevelies. »

Arflane déplia les autres cartes. Elles n'offraient guère d'utilité et ne donnaient qu'une idée un peu plus précise de la région qui s'étendait à quelques centaines de milles du plateau.

Arflane dit avec irritation : « Tout ce que nous savons, c'est où regarder quand nous y serons. Et aussi, qu'il est possible d'y arriver. Nous pouvons suivre cette route et avoir un bon espoir — mais je m'attendais à des informations plus détaillées. Je me demande si le vieillard a vraiment trouvé New York. »

— « Avec un peu de chance, nous le saurons dans quelques mois, » dit Manfred en souriant.

— « Je ne suis pas satisfait de ces cartes. » Arflane commença à rouler la plus grande. « Risquer la vie de ces hommes, sans parler de celle d'une femme — c'est ce à quoi l'on peut s'attendre dans un tel voyage. Mais les risquer complètement... »

— « Nous aurons un navire, un équipage — et aussi un capitaine meilleur que ceux que mon oncle avait avec lui. » Manfred s'exprimait sur un ton rassurant.

Arflane roula les autres cartes. « Je choisirai moi-même chaque membre de mon équipage. Je vérifierai chaque pouce de voilure et chaque once de provisions que nous chargerons à bord. Il faudra au moins deux semaines avant que nous soyons prêts à partir. »

Manfred allait parler quand la porte s'ouvrit. Quatre serviteurs entrèrent, qui portaient la civière de Janek Ulsenn. Le nouveau maître de Friesgalt semblait être en meilleure santé que le matin précédent. Il s'assit sur la civière.

— « Vous voici, Manfred. Avez-vous vu Strom, ce matin ? »

Strom était le vieux serviteur de Pyotr Rorsefne.

Manfred secoua la tête. « J'étais dans les appartements de mon oncle. Je ne l'ai pas vu. »

Ulsenn fit brusquement signe aux serviteurs de poser la civière sur le sol. Ils s'exécutèrent avec précaution.

— « Que faisiez-vous dans ces appartements ? Ce sont les miens désormais, vous savez. » Ulsenn avait élevé sa voix déjà hautaine.

Manfred montra les cartes enroulées sur la table.

— « Je devais les prendre pour les montrer au capitaine Arflane. Ce sont les cartes dont nous avons besoin pour tracer l'itinéraire de l'*Esprit des Glaces.* »

— « Vous voulez donc suivre le testament à la lettre ? » dit Janek Ulsenn sur un ton acide. « Je m'oppose toujours à cette aventure. Pyotr Rorsefne était fou quand il a rédigé ce testament et il a fait d'un quelconque marin étranger l'un de ses héritiers ! Il aurait pu tout aussi bien laisser sa fortune à Urquart qui est de sa race, après tout. Je pourrais déclarer le testament sans valeur... »

Manfred pinça les lèvres et secoua lentement la tête.

— « Vous ne le pourriez pas, cousin. Pas le testament du vieux Seigneur. Je l'ai annoncé publiquement. Tout le monde le saura, si vous ne suivez pas ses instructions... »

Une pensée s'imposa à Arflane. « Vous avez parlé de New York à toute la cité-crevasse ! Le vieillard ne voulait pas que tout le monde sache... »

— « Je n'ai pas donné le nom de New York, je n'ai parlé que d'*une ville lointaine, au-delà du plateau*, » le rassura Manfred.

Ulsenn sourit. « Vous y voici. Vous ne ferez que naviguer jusqu'à la plus lointaine des Huit Cités... »

Manfred ricana doucement. « Au-delà du plateau ? En outre, si la cité dont nous avions parlé était une des Huit Cités, cela aurait virtuellement été une déclaration de guerre. La douleur obscurcit votre intelligence, cousin. »

Ulsenn toussa et jeta un regard à Manfred. « Vous êtes impertinent, Manfred. Je suis le Seigneur maintenant. Je pourrais ordonner que vous soyez mis à mort tous les deux... »

— « Sans jugement ? Ce sont vraiment des menaces vides, cousin. Le peuple accepterait-il une telle situation ? »

Malgré la grande autorité personnelle du Grand Amiral, le véritable pouvoir reposait toujours dans les mains de la masse des citoyens qui étaient connus pour avoir, dans le passé, déposé un possesseur du titre tyrannique ou malvenu. Ulsenn savait qu'il ne pouvait se permettre de prendre des mesures aussi draconiennes contre un membre de la très respectée famille Rorsefne. En fait, sa propre situation dans la cité était assez chancelante. Il avait accédé au titre par le mariage, non par la lignée du sang ou en le gagnant par quelque autre moyen. S'il devait emprisonner Manfred ou quelqu'un que Manfred protégeait, Ulsenn pourrait bien se retrouver avec une guerre civile sur les bras et il savait quel serait le résultat d'une telle guerre. Par conséquent, il resta silencieux.

« Ce sont *les dernières volontés* de Pyotr Rorsefne, cousin, » lui rappela fermement Manfred. « Quoi que vous puissiez en penser, le capitaine Arflane commandera l'*Esprit des Glaces*. Ne vous en faites pas. Ulrica et moi-même irons représenter la famille. »

Ulsenn darda à Arflane un regard vif et énigmatique. Il fit signe à ses serviteurs de remonter la civière. « Si Ulrica y va — j'irai ! » Les serviteurs l'emportèrent hors de la pièce.

Arflane se rendit compte que Manfred Rorsefne le dévisageait d'un air amusé. Le jeune homme avait dû y lire une certaine expression. Arflane n'était pas préparé à cette déclaration d'Ulsenn. Il était persuadé que l'homme était trop imbu de sa nouvelle puissance, trop malade et trop lâche pour se joindre à l'expédition. Il était certain par avance qu'Ulrica lui tiendrait compagnie pendant le voyage. Maintenant, il ne pouvait plus rien anticiper.

Manfred rit.

— « Courage, capitaine ! Janek ne nous embêtera pas pendant le voyage. C'est un bureaucrate, un marchand casanier qui ne connaît rien à la navigation. Même s'il le voulait, il ne pourrait pas se mêler de nos affaires. Il ne nous aidera pas à trouver le repaire de la Glace-Mère, mais il ne nous embarrassera pas non plus. »

Bien que les assurances de Manfred parussent sincères, Arflane ne pouvait pas encore dire si le jeune homme avait deviné la véritable raison de sa déception. A ce sujet, il se demanda si Janek Ulsenn avait deviné ce qui s'était passé cette nuit dans la chambre de sa femme. Le regard qu'il avait jeté à Arflane semblait indiquer qu'il soupçonnait quelque chose, bien qu'il semblât impossible qu'il pût savoir ce qui s'était vraiment passé.

Arflane était dérangé par la tournure que prenaient les événements. Il devait voir Ulrica sur-le-champ et lui parler de ce qui était arrivé. Il éprouvait un profond sentiment d'appréhension.

« Quand commencez-vous d'inspecter le navire et de choisir l'équipage, capitaine ? » lui demanda Manfred.

— « Demain, » lui dit Arflane de mauvaise grâce. « Je vous verrai avant mon départ. »

Il fit de la main un petit geste d'adieu, quitta la pièce et partit à la recherche d'Ulrica dans les couloirs.

Il la trouva dans le salon principal où, la nuit précédente, il l'avait d'abord caressée. Elle se leva brusquement quand il entra. Elle était pâle, raide, les mains nouées sur la taille. Elle avait tiré ses cheveux et revêtu la robe noire en fine peau de phoque qu'elle avait portée pour les funérailles. Arflane ferma la porte mais elle essaya de passer devant lui. D'un bras, il lui barra la route ; il voulut la regarder dans les yeux mais elle détourna la tête.

« Ulrica, que se passe-t-il ? » Ses pressentiments s'affirmaient encore plus. « Que se passe-t-il ? Avez-vous entendu que votre mari désire venir avec vous pendant ce voyage ? Est-ce pour cela ?... »

Elle le regarda avec froideur et il ôta son bras de la porte.

— « Je suis désolée, capitaine Arflane, » dit-elle cérémonieusement, « mais il vaudrait mieux que vous oubliiez ce qui s'est passé entre nous. Nous n'étions ni l'un ni l'autre dans notre état naturel. Je comprends maintenant que mon devoir est de rester fidèle à mon... »

Toute son attitude reflétait une politesse artificielle.

— « Ulrica ! » Il la prit par les épaules. « Est-ce qu'il vous a dit de me dire cela ? Est-ce qu'il vous a menacée ?... »

Elle secoua la tête. « Laissez-moi, capitaine. »

— « Ulrica ! » Sa voix s'était brisée. Il baissa les mains et dit faiblement : « Ulrica, pourquoi ?... »

— « Je crois me souvenir que vous parliez avec passion en faveur des anciennes traditions, » dit-elle. « Plus d'une fois, je vous ai entendu dire que l'abandon de notre code moral signifierait notre fin en tant que peuple. Vous avez dit que vous admiriez la force d'âme de mon père et que vous trouviez en moi la même qualité. Peut-être est-ce vrai, capitaine. Je désire rester fidèle à mon mari. »

— « Vous ne dites pas ce que vous pensez vraiment. J'en suis sûr. Vous m'aimez. Cet état d'esprit n'est qu'une réaction — parce que les choses semblent maintenant trop compliquées. Vous m'avez dit que vous étiez légitimement à moi. Vous pensiez *vraiment* ce que m'avez dit ce matin. » Il détestait le ton de désespoir de sa propre voix mais il ne pouvait pas le contrôler.

— « Je pense ce que je vous dis maintenant, capitaine ; et si vous respectez le mode de vie traditionnel, vous accepterez que je vous demande de me voir le moins possible à partir de maintenant. »

— « Non ! » Il gronda de colère et s'avança brusquement vers elle. Elle fit un pas en arrière, la figure impassible et le regard froid. Il tendit la main pour la toucher puis la retira lentement et s'écarta pour la laisser passer.

Elle ouvrit la porte. Il comprit alors que ce n'était pas un agent extérieur qui avait provoqué ce changement en elle, mais sa propre conscience. Il ne pouvait discuter sa décision. Du point de vue moral, elle était juste. Il n'y avait rien qu'il pût faire, aucun espoir auquel il pût s'accrocher. Il la regarda s'éloigner lentement de lui dans le couloir. Puis il claqua la porte, le visage déformé par un désespoir douloureux. Il y eut un bruit métallique et la porte rebondit. Il en avait brisé la serrure. Elle ne fermerait jamais plus convenablement.

Il alla en hâte dans sa chambre et commença à empaqueter ses affaires. Il voulait être sûr d'obéir à sa demande. Il ne la reverrait plus, du moins jusqu'à ce que le navire fût prêt à partir. Il irait à l'instant même sur l'*Esprit des Glaces* pour y commencer son travail.

Il jeta le sac sur ses épaules et traversa rapidement le dédale de couloirs vers la porte de sortie. Des pensées criminelles agitaient son esprit et il voulait se trouver à l'extérieur, espérant que l'air frais de la surface les ferait disparaître.

Au moment d'atteindre la porte de sortie, il rencontra Manfred Rorsefne dans le hall. Le jeune homme semblait amusé.

— « Où allez-vous, capitaine ? »

Arflane lui lança un regard furieux, comme s'il voulait faire disparaître l'expression hautaine qui se trouvait sur le visage de Rorsefne.

« Je vois que vous partez, capitaine. Vous allez dès maintenant sur l'*Esprit des Glaces* ? Je croyais que vous attendriez demain. »

— « Aujourd'hui ! » grogna Arflane. Il retrouva un peu de son assurance. « Aujourd'hui. Je m'en vais à l'instant. Je coucherai à bord jusqu'à notre départ. Il vaut mieux... »

— « Peut-être, » acquiesça Rorsefne, à moitié pour lui-même, tandis qu'il regardait le grand marin à la barbe rousse s'éloigner rapidement de la maison.

10

L'HUMEUR DE KONRAD ARFLANE

DE tous les traits qu'Arflane venait de découvrir sur son propre caractère et qui l'obsédaient, le plus étonnant était que jamais il ne se serait cru capable de renoncer à tous ses principes pour posséder la femme d'un autre homme. De même, il trouva difficile de concilier avec l'idée qu'il s'était faite de lui-même la certitude de savoir que, ayant été empêché de revoir cette femme, il n'en serait pas satisfait, ni même reconnaissant.

Il n'était ni satisfait ni reconnaissant. Il dormait mal et pensait sans cesse à Ulrica Ulsenn. Il attendit sans espoir qu'elle vînt à lui et, comme elle ne venait pas, il se montra irritable. Il arpentait le grand navire, rudoyant les hommes pour des détails futiles, renvoyant ceux qu'il avait engagés la veille, parlant d'un ton injurieux aux officiers devant leurs hommes, demandant qu'on le prévienne de tout ce qui se passait à bord, puis jurant furieusement quand quelque chose de superflu lui était rapporté.

Il avait eu la réputation d'être un capitaine particulièrement bon, sévère et distant, mais juste. Les baleiniers qu'il préférait comme hommes d'équipage s'étaient montrés prompts à s'engager sur l'*Esprit des Glaces* malgré le mystérieux voyage qu'il devait faire. Maintenant, beaucoup d'entre eux le regrettaient.

Arflane avait désigné trois officiers — ou plutôt, il avait conservé deux postes et avait désigné Urquart-la-longue-lance comme troisième officier, en plus de

Petchnyoff et du vieux Kristoff Hinsen. Urquart semblait indifférent aux humeurs bizarres d'Arflane mais les deux autres hommes étaient surpris et bouleversés par le changement qu'ils observaient dans leur nouveau capitaine. A chaque fois qu'Urquart n'était pas dans leurs quartiers — ce qui arrivait souvent — ils saisissaient l'occasion de discuter ce problème. Tous deux avaient aimé Arflane quand ils l'avaient rencontré pour la première fois. Petchnyoff avait eu une haute considération pour son intégrité et sa volonté ; Kristoff Hinsen sentait qu'il avait avec lui des relations plus intimes, fondées sur le souvenir des jours où ils étaient rivaux. Aucun d'eux n'était capable d'analyser la cause du changement d'attitude d'Arflane ; mais ils avaient une si grande confiance dans leurs premières impressions qu'ils étaient prêts, pour un certain temps, à accepter ses humeurs dans l'espoir que, une fois le navire en route, il redeviendrait celui qu'ils avaient connu. Au fur et à mesure que les jours passaient, Petchnyoff perdait patience et commençait à songer à abandonner son commandement, mais Hinsen le persuada d'attendre un peu plus longtemps.

L'immense vaisseau fut pourvu de voiles et de gréements entièrement nouveaux. Arflane inspecta personnellement chaque tolet, chaque nœud et chaque amarre. Il grimpa tout en haut du navire, vérifiant l'assemblage des vergues, la tension des gréements, et en bas l'ajustement des écoutilles, le contact des cloisons, jusqu'à ce qu'il fût satisfait. Il essaya la barre plusieurs fois de suite, manœuvrant les patins dans un sens, puis dans l'autre, pour savoir exactement comment ils répondaient. Les patins de direction et leur plaque tournante étaient normalement reliés parfaitement l'un à l'autre. Pourtant, sur le gaillard d'avant, juste au-dessus de la grosse couronne de direction, se trouvait la cheville de secours près de laquelle était disposé un lourd maillet. Si l'on enfonçait cette cheville, les patins seraient libérés et se tourneraient l'un vers l'autre, formant comme un soc de charrue qui s'enfoncerait dans la glace, provoquant un arrêt grinçant mais souvent funeste pour le navire. Arflane essaya cet appareil pendant plusieurs heures. Il jeta aussi une ou deux fois les ancres principales. Elles se trouvaient de chaque côté du navire, juste au-dessous des mailles. Elles étaient formées de deux lourdes lames. Au-dessus, passant par des glissières ouvertes dans la coque, des barres menaient jusqu'au pont supérieur. Des fiches, enfoncées dans les barres, éloignaient les lames du contact de la glace. A côté de chaque épontille, des maillets étaient disposés dans le but de faire sauter les fiches en cas de danger ou d'urgence. Les ancres principales n'étaient que rarement utilisées ; un bon capitaine ne les employait jamais. A cause de la vitesse, le contact avec la glace les usait rapidement et il était maintenant presque impossible de les remplacer.

Les hommes et les officiers s'étaient tout d'abord adressés à lui sur un ton amical quand il arpentait le navire : mais ils apprirent bientôt à l'éviter et les baleiniers superstitieux se mirent à parler de malédictions et de voyage maudit ; malgré cela, très peu d'entre eux débarquèrent de leur propre gré.

Monté sur la passerelle de commandement, Arflane regardait d'un air maussade les provisions qui, balle après balle, tonneau après tonneau, étaient montées à bord et rangées sur chaque pouce d'espace disponible. A chaque fois qu'une nouvelle tonne était descendue dans les cales, il retournait essayer la barre et les lourdes ancres pour voir comment répondait l'*Esprit des Glaces*.

Un jour, sur le pont, Arflane vit Petchnyoff inspecter le travail d'un des marins chargés d'assujettir les enfléchures du mât d'artimon. Il s'avança vers les deux hommes et tira sur les cordes pour vérifier les nœuds. L'un d'entre eux n'était pas aussi serré qu'il aurait dû l'être.

— « Vous appelez cela un nœud, Monsieur Petchnyoff ? » dit-il d'un air agressif. « Je croyais que vous étiez censé inspecter le travail ! »

— « C'est ce que je fais, mon capitaine. »

— « J'aimerais pouvoir avoir confiance en mes officiers, » dit Arflane avec un ricanement. « A l'avenir, veillez à ce que je sois satisfait. »

Il s'éloigna sur le pont. Petchnyoff laissa violemment

tomber sur le pont une boucle d'amarrage qu'il tenait à la main, manquant de peu l'homme d'équipage étonné.

Le soir même, Petchnyoff avait déjà empaqueté la moitié de ses affaires avant que Hinsen pût le convaincre de rester à bord.

Les semaines passèrent. Quatre punitions furent données pour des offenses mineures. C'était comme si Arflane faisait tout pour que son équipage l'abandonne avant que le navire ne mette à la voile. Pourtant, un bon nombre des hommes étaient fascinés par lui, et le fait qu'Urquart ait abandonné son destin à celui d'Arflane avait dû peser lourd dans la décision des baleiniers de rester à bord.

Manfred Rorsefne venait parfois à bord pour s'entretenir avec Arflane. Arflane avait tout d'abord dit qu'il lui faudrait une quinzaine pour préparer le navire, mais il avait sans cesse remis la date du départ pour telle ou telle raison, disant à Rorsefne qu'il ne serait pas satisfait tant que tout ce qui pourrait être fait ne serait pas fait et lui rappelant qu'un tel voyage exigeait un navire qui fût aussi parfait que possible.

— « C'est vrai, mais à ce train-là nous laisserons passer l'été, » lui rappela doucement Manfred Rorsefne. Arflane fronça les sourcils en guise de réponse et dit qu'il pouvait naviguer par n'importe quel temps. D'un côté sa prudence et de l'autre son insouciance apparente ne rassuraient que bien peu Manfred, mais il ne dit rien.

En fin de compte, il n'y eut absolument plus rien à faire à bord de la goélette des glaces. Elle avait une allure splendide : toutes ses pièces d'ivoire avaient été polies et brillaient, ses ponts avaient été briqués et recouverts d'os broyés. Ses quatre mâts rayonnaient de leur voilure blanche et ferlée ; les gréements étaient raides et tendus ; les barques, qui se balançaient aux bossoirs taillés dans des mâchoires de baleines, étaient solidement maintenues ; chaque fiche était à sa place et chaque pièce de mécanique se trouvait à l'endroit qui lui était désigné. Sur la proue, les crânes de baleines regardaient vers le Nord, semblant défier tous les dangers qui pouvaient les attendre. L'*Esprit des Glaces* était prêt à partir.

Toujours peu disposé à faire appeler ses passagers, Arflane se tint en silence sur le pont et regarda le navire. L'idée lui vint un instant qu'il pourrait l'emmener maintenant, laissant derrière Manfred Rorsefne et les Ulsenn. Devant lui, la glace était obscurcie par des nuages de neige que le vent soulevait et poussait vers l'avant du navire ; le ciel était gris et chargé. Tenant le bastingage de ses mains gantées, il savait qu'il ne serait pas difficile de partir sur la glace par un temps comme celui-là.

Il soupira et se tourna vers Kristoff Hinsen qui se tenait à ses côtés.

— « Envoyez un homme à la demeure des Rorsefne, Monsieur Hinsen. Dites-leur que si le vent se maintient, nous partirons demain matin. »

— « D'accord, mon capitaine. » Hinsen s'arrêta et ses traits burinés se creusèrent d'un air dubitatif. « Demain matin, mon capitaine ? »

Arflane tourna ses yeux sombres vers Hinsen. « J'ai dit demain matin. C'est le message à leur porter, Monsieur Hinsen. »

— « Très bien, Monsieur. » Hinsen quitta le pont à la hâte.

Arflane savait pourquoi Hinsen discutait ses ordres. Le temps était mauvais et empirait visiblement. Ils auraient une grande tempête de neige au matin ; la visibilité serait faible et les hommes éprouveraient de la difficulté à déployer la voilure. Mais Arflane avait pris sa décision ; il regarda au loin, en direction de la proue du navire.

Deux heures plus tard, il vit un traîneau couvert traverser la glace, tiré par des loups à la robe fauve dont les pattes glissaient sur la glace.

Un fort coup de vent souffla soudain de l'Ouest et frappa le flanc du navire de sorte qu'il se déplaça légèrement vers bâbord malgré ses amarres. Arflane n'eut pas besoin de commander qu'on vérifie les câbles. A l'instant même, plusieurs hommes d'équipage y coururent. C'était un équipage plus grand que celui qu'il aimait normalement commander mais il devait admettre, en dépit de sa mauvaise humeur, que leur discipline était très bonne.

Les loups s'arrêtèrent en désordre près du flanc du navire, Arflane jura et descendit de la passerelle ; il s'approcha de la rambarde et se pencha par-dessus. Le conducteur avait trop approché son attelage pour sa propre sécurité.

— « Reculez cela ! » cria Arflane. « Allez derrière les bittes d'amarrage. Vous n'avez rien de mieux à faire que de venir tout près d'un navire de cette taille quand une tempête est en train de souffler ? Si un câble lâche, vous allez vous faire écraser. »

Une tête emmitouflée apparut à la fenêtre du traîneau. « Nous sommes là, capitaine Arflane ! Manfred Rorsefne et les Ulsenn. »

— « Dites à votre conducteur de reculer ! Il devrait… » Un nouveau coup de vent frappa le flanc du navire et le rapprocha de quelques pieds de l'attelage jusqu'à ce que le jeu des câbles d'amarrage situés de l'autre côté fut rattrapé. Le conducteur parut surpris et fouetta ses loups pour leur faire faire demi-tour. Ils tirèrent sur leurs harnais et bondirent sur la glace, tirant leur charge derrière eux.

Arflane eut un sourire désagréable.

Avec un vent aussi irrégulier que celui-là, peu de capitaines auraient laissé leurs navires sortir de leurs amarres, mais il désirait partir, quelles que fussent les circonstances. Cela pourrait être dangereux, mais cela paraîtrait encore plus dangereux à Ulsenn et aux membres de sa famille.

Manfred Rorsefne et les Ulsenn étaient sortis du traîneau et se tenaient d'une manière mal assurée, regardant le navire et cherchant Arflane des yeux.

Arflane se détourna d'eux et revint sur la passerelle.

Fydur, le bosco du navire, le salua au moment où il commençait à grimper l'escalier des cabines. « Dois-je envoyer des hommes pour faire monter à bord les passagers, mon capitaine ? »

Arflane secoua la tête. « Ils n'ont qu'à se débrouiller

tout seuls, » dit-il au bosco. « Vous pouvez abaisser une planche d'embarquement si vous le désirez. »

Un peu plus tard, il regarda Janek Ulsenn que l'on aidait à monter sur la planche et à marcher sur le pont. Il vit Ulrica, complètement cachée par ses fourrures, se déplacer aux côtés de son mari. A un moment, elle regarda vers la passerelle et il aperçut ses yeux — la seule partie de son visage que sa capuche ne cachait pas. Manfred marchait derrière eux. Il eut un geste amical à l'adresse d'Arflane, mais il dut s'agripper à un cordage quand le navire se déplaça une fois de plus dans ses amarres. Un quart d'heure après, il le rejoignit sur la passerelle de commandement.

— « J'ai vu ma cousine et son mari s'installer dans leurs cabines respectives, capitaine, » dit-il. « J'en ai fait autant dans la mienne. Enfin, nous sommes prêts, n'est-ce pas ? »

Arflane grogna et suivit le bastingage jusqu'à bâbord, essayant visiblement d'éviter le jeune homme. Manfred ne parut pas s'en apercevoir ; il le suivit, tapant l'une sur l'autre ses mains gantées et regardant autour de lui. « Vous connaissez certainement vos navires, capitaine. Avant que vous en soyez le commandant, je croyais que l'*Esprit* était aussi propre que possible. Nous devrions avoir peu de difficultés pendant ce voyage, j'en suis sûr. »

Arflane se retourna.

— « Nous ne devrions en avoir aucune, » dit-il d'un ton sinistre. « J'espère que vous rappellerez aux membres de votre famille que je serai le seul commandant de ce navire à partir du moment où il appareillera. J'ai le pouvoir de prendre toutes les mesures que je penserai souhaitables pour assurer la bonne marche de ce vaisseau... »

— « Cela ne sera pas nécessaire, capitaine, » dit Rorsefne en souriant. « Nous acceptons cela, bien entendu. C'est la loi de la glace. Pas besoin de détailler : vous êtes le commandant, nous ferons ce que vous nous direz de faire. »

Arflane grogna. « Etes-vous certain que Janek Ulsenn comprendra cela ? »

— « J'en suis certain. Il ne fera rien pour vous offenser — sauf peut-être froncer les sourcils en vous regardant. De plus, ses jambes le tracassent toujours. Il n'est pas complètement d'aplomb ; je doute qu'on le voie sur le pont avant longtemps. » Manfred se tut, puis s'approcha beaucoup plus près d'Arflane. « Capitaine — vous ne semblez pas vous-même depuis que vous avez pris ce commandement. Est-ce qu'il y a quelque chose qui ne va pas ? Est-ce que l'idée de ce voyage vous dérange ? Il m'est arrivé de penser que vous pourriez croire qu'il y a là-dedans un certain... hmm... sacrilège. »

Arflane secoua la tête et regarda bien en face Manfred Rorsefne. « Vous savez que je ne le pense pas. »

Pendant un instant, Rorsefne parut déconcerté. Il plissa les lèvres. « Je ne souhaite pas entrer dans vos problèmes personnels... »

— « Merci. »

— « Je crois bien que la sécurité de ce navire repose presque entièrement sur vous. Si vous êtes de mauvaise humeur, capitaine, peut-être vaudrait-il mieux repousser encore un peu notre voyage ? »

Le vent gémissait dans les mâts de hune. Machinalement, Arflane leva la tête pour s'assurer que les vergues étaient bien tendues. « Je ne suis pas de mauvaise humeur, » dit-il d'un air distant.

— « Je pense que je pourrais vous aider... »

Arflane porta le mégaphone à ses lèvres et brailla un ordre à Hinsen qui traversait le gaillard d'arrière.

— « Monsieur Hinsen ! Postez quelques hommes dans le mât d'artimon aux vergues de perroquet et faites assurer cette voile qui claque ! »

Manfred Rorsefne ne dit plus rien. Il quitta le pont.

Arflane croisa les bras sur sa poitrine, le visage menaçant.

11

TOUTES VOILES DEHORS

A l'aube du matin suivant, le blizzard se mit à souffler et étendit un grand drap blanc sur la cité et sur la forêt de navires, amoncelant la neige sur les ponts de l'*Esprit des Glaces* jusqu'à ce que la goélette tirât sur ses amarres. On ne pouvait distinguer le ciel de la terre et on ne pouvait voir que rarement les mâts des autres vaisseaux qui se détachaient en sombre sur l'immense muraille de neige. La température était tombée au-dessous de zéro. De la glace s'était formée sur les gréements et dans les plis des voiles. Des cristaux de glace, soufflés par le vent, volaient dans l'air comme des boulets d'une artillerie hivernale. Il était presque impossible d'affronter la violence de la tempête. Des voiles trop lâches claquaient comme les nageoires brisées d'un phoque ; le vent sifflait et gémissait dans la mâture tandis que les barques se balançaient et craquaient dans leurs bossoirs.

Alors qu'un carillon feutré sonnait deux coups de la garde du matin, Konrad Arflane, portant un bandage sur la bouche et le nez et une visière pour protéger ses yeux de la neige, sortit de sa cabine située au-dessous de la passerelle. Il s'avança dans un brouillard de neige amoncelée jusqu'à la proue et regarda devant lui ; il était impossible de voir quelque chose avec ce mur blanc qui tourbillonnait. Il revint dans sa cabine et passa à côté de Petchnyoff, l'officier de garde, sans dire un mot.

Petchnyoff regarda fixement son capitaine quand la porte de la cabine se referma. Il y avait dans les yeux du premier officier un regard étrange et plein de ressentiment.

Vers six heures trente du matin, au moment où la cloche piqua cinq coups, la neige s'arrêta de tomber et un faible rayon de soleil filtra au travers des nuages. Hinsen se tenait sur la passerelle aux côtés d'Arflane, un mégaphone à la main. Les hommes d'équipage grimpaient dans les haubans, couverts de vêtements épais, escaladant lentement les enfléchures. Urquart, chargé de surveiller les hommes dans les vergues, se tenait sur le pont, près du grand mât, la tête couverte d'une vaste capuche. Les hommes chargés des ancres avaient pris place près des amarres, surveillant la passerelle, prêts à larguer.

Arflane jeta un regard à Hinsen. « Tout est prêt, Monsieur Hinsen ? »

Hinsen approuva de la tête.

Sachant très bien que Rorsefne et les Ulsenn dormaient encore au-dessous, Arflane dit : « Larguez les amarres ! »

— « Larguez les amarres ! » La voix d'Hinsen retentit au-dessus du navire et les hommes se précipitèrent pour relâcher les câbles. Les amarres tendues glissèrent brusquement et la goélette bondit en avant.

— « Déployez les perroquets avant ! »

L'ordre fut répété et exécuté.

— « Déployez les voiles d'étai ! »

Les voiles d'étai s'épanouirent.

— « Déployez les perroquets du grand mât et les grands huniers ! »

Les voiles ondoyèrent et se gonflèrent sous le vent, comme les ailes d'un oiseau monstrueux, entraînant le navire au loin. La neige jaillit quand les patins glissèrent sur la surface et que la goélette commença à s'éloigner du port, passant à côté des navires immobiles à l'ancre, abaissant son beaupré tout en s'engageant sur la douce pente de glace puis le relevant quand le terrain remonta de l'autre côté. Les milans criaient d'excitation, plongeant et tournoyant autour des mâts où l'étendard magnifique des Rorsefne claquait au vent. Le navire immense et gracieux laissait sur son passage de profondes cicatrices jumelles dans la neige battue et dans la glace tandis qu'il cinglait vers la sortie du port, en dépit de l'heure matinale et de sa faible voilure. L'*Esprit des Glaces* laissa bientôt Friesgalt derrière lui et partit vers le Nord sous un ciel bas, tandis que la glace des gréements fondait et pleuvait en une averse de diamants.

— « Mettez toutes voiles dehors, Monsieur Hinsen. »

Une par une, les voiles furent déployées jusqu'au moment où le navire glissa sur la glace toutes voiles dehors. Hinsen jeta à Arflane un regard interrogateur ; il n'était pas habituel de déployer autant de voilure au moment de quitter le port. Puis il vit le visage d'Arflane quand le navire commença à prendre de la vitesse. Le capitaine se détendait visiblement. Son expression s'adoucissait ; il semblait y avoir un léger sourire sur ses lèvres et ses yeux commençaient à briller. Il respira profondément et releva sa visière, ragaillardi par le vent qui fouettait son visage tandis que le pont roulait sous ses pieds. Pour la première fois depuis qu'Ulrica Ulsenn l'avait repoussé, il sentit un allégement du poids qu'il avait à supporter. Il eut un faible sourire à l'adresse d'Hinsen. « C'est un vrai navire, Monsieur Hinsen. »

Le vieux Kristoff, comblé de joie par le changement de son maître, fit un large sourire, qui était plus de soulagement que d'acquiescement. « Oui, mon capitaine. Il sait avancer. »

Arflane s'étira quand le navire s'élança sur le plateau de glace dont on ne semblait pas voir l'horizon et il perça du regard le mince rideau de neige. Au-dessous de lui, sur les ponts, et au-dessus, dans les gréements, des marins se déplaçaient au sein de la neige, semblables à de noirs fantômes. Ils travaillaient sous le regard calme et fixe d'Urquart-la-longue-lance qui arpentait le pont, son harpon niché comme à l'accoutumée au creux de son bras. Il sautait parfois dans les haubans inférieurs pour aider un homme en difficulté avec un cordage. Le froid et la neige, combinés au besoin de porter des gants particulièrement épais, rendaient le travail difficile, même aux baleiniers qui étaient pourtant mieux habitués à ces conditions que les marins des navires de commerce.

Arflane avait à peine adressé la parole à Urquart depuis qu'il était monté à bord pour s'engager. Il avait été content d'accepter ce harponneur et lui avait offert le poste de troisième officier. Il s'était vaguement demandé pourquoi Urquart voulait naviguer avec lui, puisque le grand harponneur ne pouvait avoir la moindre idée de la destination du navire, mais ses propres obsessions lui avaient fait oublier ces préoccupations. En cet instant où il se détendait, il jeta un regard curieux à Urquart. Celui-ci l'aperçut au moment où il se retournait après avoir donné des instructions à un marin. Il hocha gravement la tête en direction d'Arflane.

Arflane avait instinctivement fait confiance aux capacités de chef d'Urquart, sachant que le harponneur jouissait d'un grand prestige parmi les baleiniers ; il n'avait aucun doute sur la justesse de la décision qu'il avait prise mais il se demanda pourquoi Urquart avait rejoint le navire. Il était venu à la chasse à la baleine bien que n'y ayant pas été invité. Cela peut être compréhensible, mais il n'y avait aucune raison logique pour qu'un harponneur professionnel désire se lancer dans un mystérieux voyage d'exploration. Peut-être Urquart se sentait-il un devoir de protecteur envers la fille et le neveu de son père défunt ? Peut-être avait-il décidé de venir avec eux pour s'assurer de leur sécurité pendant le voyage ? L'image de Longue-lance au bord de la tombe du vieux Rorsefne revint soudain à l'esprit d'Arflane. Peut-être parce qu'Urquart ressentait de l'amitié pour lui personnellement ? Après tout, seul Urquart avait semblé respecter d'instinct pendant ces dernières semaines l'état d'esprit troublé d'Arflane et comprendre son besoin de solitude. De tout l'équipage du navire, Arflane ne ressentait d'amitié que pour Urquart qui, pourtant, lui était encore étranger. Il aimait et admirait Hinsen mais, depuis leur premier désaccord sur l'*Esprit des Glaces* plus de deux mois auparavant, il ne s'était pas senti capable d'éprouver pour lui la même chaleur qu'il aurait ressentie autrement.

Appuyé sur le bastingage, Arflane regardait les hommes au travail. Le navire ne courrait aucun risque avant de descendre le plateau, et ils n'atteindraient pas la crête avant plusieurs jours de navigation à pleine vitesse ; il s'accorda le plaisir d'oublier toute chose, sinon le mouvement du bâtiment sous ses pieds, la vue des embruns de neige qui jaillissaient des patins, les longues banderoles des nuages au-dessus de sa tête qui maintenant s'effilochaient, laissant apparaître les reflets du soleil matinal et des fragments de ciel rouge pâle et jaune.

Un vieux proverbe de marin disait que, sous un homme, un navire était aussi bon qu'une femme, et Arflane commençait à l'apprécier. Dès que la goélette avait quitté le port, son humeur s'était apaisée. Il pensait encore à Ulrica, mais il ne ressentait plus le même désespoir, la même haine envers l'humanité qui l'avaient envahi lors de la préparation du navire pour le voyage. A présent qu'il y repensait, il commençait à se sentir coupable de s'être si mal conduit envers ses officiers et d'avoir traité son équipage de façon aussi incohérente. Manfred Rorsefne avait pensé que cet état d'esprit continuerait. Arflane avait repoussé l'idée qu'il n'était pas dans son état normal mais il comprenait maintenant la justesse de ce que Rorsefne avait dit la nuit précédente ; il n'aurait pas été en état de commander le navire si son caractère n'avait pas changé. Il fut étonné qu'une simple sensation physique, comme le passage du navire sur la glace, pût changer en l'espace d'une heure les dispositions d'esprit d'un individu. Il était connu pour avoir toujours été dans le passé agité et de mauvaise humeur quand il n'était pas à bord d'un navire, mais il n'en était jamais arrivé au point de se conduire injustement envers les hommes qui servaient sous ses ordres. Il était fier de son sang-froid. Il l'avait perdu ; maintenant, il venait de le retrouver.

Peut-être ne se rendait-il pas compte qu'il ne lui faudrait jeter qu'un regard ou deux sur Ulrica pour lui faire perdre une nouvelle fois son sang-froid, d'une manière différente cette fois-ci. Même quand il se retourna pour Janek Ulsenn qui montait sur la passerelle avec l'aide de Petchnyoff il conservait son calme et sourit à Ulsenn avec une bonne humeur sardonique.

— « Eh bien, nous sommes partis, Seigneur Ulsenn. J'espère que nous ne vous avons pas réveillés. »

Petchnyoff parut surpris. Il s'était si bien habitué aux manières revêches du capitaine que le moindre signe de jovialité pouvait le terrasser.

— « Oui, vous nous avez réveillés, » commença Ulsenn, mais Arflane l'interrompit pour s'adresser à Petchnyoff.

— « Vous avez pris la garde cette nuit et la moitié de celle du matin, n'est-ce pas, Monsieur Petchnyoff ? »

Petchnyoff approuva. « Oui, mon capitaine. »

« J'avais pensé que vous auriez aimé vous trouver dans votre couchette à cette heure-ci, » dit Arflane de la manière la plus aimable possible. Il ne voulait pas qu'un de ses officiers soit à moitié endormi quand son tour de garde reviendrait.

Petchnyoff haussa les épaules. « J'avais décidé d'aller me reposer après avoir mangé, mon capitaine. Puis j'ai rencontré le Seigneur Ulsenn qui sortait de sa cabine... »

Arflane fit un geste de la main. « Je vois. Vous feriez mieux d'aller à votre couchette maintenant, Monsieur Petchnyoff. »

— « Très bien, mon capitaine. »

Petchnyoff descendit l'escalier des cabines et disparut. Ulsenn resta seul. Arflane l'avait délibérément ignoré et Ulsenn en était conscient ; il lui jeta un regard sombre.

— « Vous avez peut-être le commandement de ce navire, capitaine, mais il me semble que vous pourriez montrer de la courtoisie envers vos passagers et envers vos officiers. Petchnyoff m'a dit quel a été votre comportement depuis que vous avez reçu le commandement de ce navire. Votre grossièreté est connue dans tout Friesgalt. Ce n'est pas parce que l'on vous a confié une responsabilité qui vous élève au-dessus de vos semblables, que vous devez profiter de cette occasion pour... »

Arflane soupira. « Je me suis assuré que le navire est dans le meilleur état possible, si c'est ce que Petchnyoff veut dire, » expliqua-t-il d'une manière raisonnable. Il fut surpris que Petchnyoff ait pu montrer si peu de loyauté ; mais peut-être les liens de cet homme étaient-ils, après tout, plus étroits avec la classe dirigeante de Friesgalt qu'avec un capitaine étranger. Sa propre maussaderie des dernières semaines avait dû, en tout cas, aider Petchnyoff à se tourner contre lui. Il haussa les épaules. Si le premier officier était offensé, eh bien, il pouvait le rester, aussi longtemps qu'il ferait son devoir avec efficacité.

Ulsenn avait surpris son léger haussement d'épaules et il l'avait mal interprété. « Vous n'avez pas l'air de savoir ce que vos hommes disent de vous, capitaine. »

Arflane s'appuya un instant contre le bastingage, affectant de s'intéresser à la glace qui fuyait à bâbord. « Les hommes ont toujours des reproches à adresser à leur capitaine. Mais ce dont on doit s'inquiéter, c'est de l'importance de ces reproches et des conséquences qu'ils ont sur leur travail. J'ai engagé des baleiniers pour ce voyage, Seigneur Ulsenn — presque des sauvages. Je m'attendais évidemment à ce qu'ils se plaignent de quelque chose. »

— « Ils disent que vous portez malheur, » murmura Ulsenn en jetant à Arflane un regard rusé.

Arflane se mit à rire. « C'est une bande de superstitieux ! Croire aux malédictions leur fait du bien. Ils ne suivraient pas un capitaine dont le personnage ne serait pas coloré d'une manière ou d'une autre. Cela tient à leur sens de la comédie. Calmez-vous, Seigneur Ulsenn. Retournez dans votre cabine et reposez vos jambes. »

Le maigre visage d'Ulsenn se tordit de colère. « Vous êtes un rustre et un impertinent, capitaine. »

— « Je suis aussi inflexible, Seigneur Ulsenn. J'ai le plein commandement de cette expédition et toute tentative pour contrecarrer mon autorité sera traitée de la manière habituelle. » Arflane savoura cette occasion de menacer Ulsenn. « Ayez la bonté de quitter cette passerelle ! »

— « Et si les officiers et les hommes ne sont pas satisfaits de votre commandement ? S'ils sentent que vous dirigez mal ce navire ? » Ulsenn était penché en avant et sa voix était aiguë.

Ayant retrouvé son propre sang-froid si peu de temps auparavant, Arflane ressentit un plaisir quelque peu ignoble à voir Ulsenn perdre le sien. Il sourit de nouveau. « Calmez-vous, Mon Seigneur. Il y a une procédure reconnue qu'ils doivent suivre s'ils ne sont pas satisfaits de mon commandement. Ils peuvent se mutiner, ce qui ne serait pas très sage ; ou bien, ils peuvent voter un commandement temporaire et venir me demander d'abandonner mon poste. Dans ce cas, ils doivent abandonner l'expédition, revenir immédiatement dans une cité amie et faire un rapport précis. » Arflane fit un geste d'impatience. « Vraiment, Monsieur, vous devez accepter mes ordres une fois pour toutes. Notre voyage sera long et il vaudrait mieux éviter les conflits de ce genre. »

— « C'est vous qui avez créé ce conflit, capitaine. »

Arflane haussa les épaules de mépris et ne prit pas la peine de répondre.

« Je me réserve le droit de m'opposer à vos ordres si je sens qu'ils ne s'accordent pas avec les intérêts supérieurs de l'expédition, » continua Ulsenn.

— « Et je me réserve le droit, Monsieur, de vous pendre si vous essayez de faire cela. Je devrais avertir mon équipage de n'accepter d'ordres que de moi. Ce qui vous embarrasserait, je pense. »

Ulsenn fit entendre un reniflement. « Vous avez certainement conscience que la plupart de vos hommes, y compris vos officiers, sont des Friesgaltiens ? C'est moi qu'ils écouteront, avant de prendre des ordres d'un... étranger. »

— « C'est possible, » dit Arflane sur le même ton. « Dans une telle situation, mes droits de commandant de ce navire m'autorisent, comme je crois vous l'avoir déjà précisé, à punir toute tentative pour usurper mon autorité, qu'elle soit verbale ou de fait. »

— « Vous connaissez vos droits, capitaine, » lui rétorqua Ulsenn d'un ton qui se voulait sarcastique, « mais ils sont artificiels. Les miens sont des droits du sang — le droit de commander les hommes de Friesgalt. »

A côté d'Arflane, Hinsen eut un petit rire auquel personne ne s'était attendu. Les deux hommes se tournèrent vers lui. Hinsen porta son regard au loin et posa sa main gantée sur sa bouche de façon quelque peu voyante.

Cette interruption avait cependant produit son effet. L'assurance d'Ulsenn s'était complètement dégonflée. Arflane s'avança et lui prit le bras pour le reconduire vers l'escalier des cabines.

— « Il est possible que tous nos droits soient artificiels, Seigneur Ulsenn, mais les miens servent à maintenir la discipline sur un navire et à m'assurer qu'il marche aussi bien que possible. »

Ulsenn s'engagea dans l'escalier des cabines. Arflane fit signe à Hinsen de l'aider mais, quand le vieil homme voulut lui prendre le bras, Ulsenn se secoua et fit semblant de maîtriser sa douleur tandis qu'il se dirigeait en clopinant, seul, vers le pont.

Hinsen sourit à Arflane. Le capitaine pinça les lèvres de désapprobation. Maintenant, le ciel s'éclaircissait et devenait d'un bleu pâle et lumineux qui se refléta sur la glace lisse des deux côtés du navire quand les derniers lambeaux de nuages disparurent.

Le navire se déplaçait doucement, accompagné de sa silhouette sur le miroir du ciel et de la glace. Regardant devant lui, Arflane vit les hommes qui se reposaient ou se rassemblaient en petits groupes sur le pont. Urquart se frayait un chemin parmi eux, marchant d'un pas ferme en direction de la passerelle.

12

SUR LA CRÈTE

VAGUEMENT surpris, Arflane regardait le harponneur monter vers la poupe. Peut-être Urquart sentait-il que son humeur était maintenant différente et qu'il était prêt à le voir. Il fit un signe de tête poli à Hinsen et se présenta devant Arflane, frappant le pont du pommeau de son arme redoutable et s'y appuyant d'un air méditatif. Il rejeta le capuchon de son manteau, révélant ainsi la masse de ses cheveux noirs et nattés. Ses yeux bleus et vifs regardaient fixement Arflane ; son visage rouge et émacié était comme à l'ordinaire impassible. Il émanait de lui une légère pestilence de sang et de graisse de baleine.

— « Eh bien, mon capitaine ! (Il parlait d'une voix rude mais basse.) Nous sommes partis ! » Il y avait une note de curiosité dans le ton de sa voix.

— « Vous voulez savoir quel est le but de notre voyage, Monsieur Urquart ? » dit soudainement Arflane. « Nous allons à New York. »

Hinsen, qui se tenait derrière Urquart, leva les sourcils sous l'effet de la surprise. « New York ! »

— « Ceci est confidentiel, » l'avertit Arflane. « Je ne désire pas encore le révéler aux hommes. Seulement aux officiers. »

Un léger sourire se joua sur les traits sévères d'Urquart. Quand il fit tourner sa lance et la planta pointe la première dans le pont, cela parut un geste d'approbation. Le sourire disparut rapidement mais les yeux bleus étaient encore plus vifs. « Donc, nous faisons route vers la Glace-Mère, capitaine. » Il ne mettait pas en question l'existence de la cité mythique ; manifestement, il croyait fermement qu'elle était réelle. Mais le visage vieux et dur de Hinsen montra un scepticisme profond.

— « Pourquoi faisons-nous voile vers New York, mon capitaine ? Le voyage ne sert-il qu'à découvrir si un tel endroit existe vraiment ? »

Arflane, profondément absorbé dans l'étude des réactions d'Urquart, répondit d'une manière abstraite : « Le Seigneur Pyotr Rorsefne a découvert la cité mais a été forcé de faire demi-tour avant de pouvoir l'explorer. Nous avons des cartes. Je crois que cette cité existe. »

— « Et que la Glace-Mère y réside ? » Hinsen ne put éviter de glisser de l'ironie dans cette question.

— « Nous le saurons quand nous y serons, Monsieur Hinsen. » Pendant un instant, Arflane porta toute son attention sur l'officier en second.

— « Elle sera là, » dit Urquart avec conviction.

Arflane regarda d'une manière curieuse le grand harponneur puis s'adressa de nouveau à Hinsen : « Rappelez-vous, Monsieur Hinsen : ceci est confidentiel. »

— « Oui, mon capitaine. » Hinsen fit une pause. Puis il dit avec tact : « Je vais faire un tour sur le navire, mon capitaine, si Monsieur Urquart veut vous parler. Il vaut mieux que quelqu'un ait l'œil sur les hommes. »

— « Vous avez tout à fait raison, Monsieur Hinsen. Merci. »

Quand Hinsen eut quitté la passerelle, les deux hommes restèrent un instant silencieux, sans éprouver le besoin de parler. Urquart arracha son harpon du pont et s'avança vers le bastingage. Arflane l'y rejoignit.

— « Vous êtes content du voyage, Monsieur Urquart ? » demanda-t-il enfin.

— « Oui, mon capitaine. »

— « Vous pensez vraiment que nous trouverons la Glace-Mère ? »

— « Pas vous, capitaine ? »

Arflane fit un geste d'incertitude. « Il y a trois mois, Monsieur Urquart — il y a trois mois, j'aurais répondu oui, nous trouverions à New York de quoi confirmer la doctrine. Maintenant... » Il s'arrêta, désemparé. « On dit que les savants ont contredit la doctrine. La Glace-Mère est mourante. »

Urquart s'appuya sur son autre jambe. « Alors, mon capitaine, elle aura besoin de nous. Peut-être est-ce pour cela que nous naviguons. Peut-être est-ce la destinée. Peut-être nous appelle-t-elle. »

— « Peut-être. » Arflane n'avait pas l'air très convaincu.

— « Je le pense, capitaine. Pyotr Rorsefne était son messager, voyez-vous. Il vous a été envoyé — c'est pourquoi vous l'avez trouvé sur la glace — et après vous avoir livré son message, il est mort. Vous voyez, mon capitaine ? »

— « Cela pourrait être vrai, » acquiesça Arflane.

Le mysticisme d'Urquart était déconcertant, même pour Arflane. Il regarda en face le harponneur et lut le fanatisme sur son visage et une conviction profonde dans ses yeux. Il n'y avait pas si longtemps, il avait eu la même conviction. Il secoua tristement la tête.

— « Je ne suis plus le même, Monsieur Urquart. »

— « Non, mon capitaine. » Urquart semblait partager la tristesse d'Arflane. « Mais vous le redeviendrez pendant ce voyage. Vous retrouverez votre foi. »

Choqué sur l'instant par le caractère intime de la remarque d'Urquart, Arflane se reprit : « Peut-être n'ai-je plus besoin de cette foi, Monsieur Urquart. »

— « Peut-être en avez-vous surtout besoin maintenant, capitaine. »

La colère d'Arflane était passée. « Je me demande ce qui m'est arrivé, » dit-il d'un air pensif. « Il y a trois mois... »

— « Il y a trois mois, vous n'aviez pas encore rencontré la famille Rorsefne, capitaine. » Urquart parlait sévèrement, mais avec une certaine sympathie. « Leur faiblesse vous a contaminé. »

— « Je croyais que vous aviez une certaine loyauté — un certain rôle de protecteur envers cette famille, » dit Arflane d'un air surpris. Il comprit que cette idée avait été une hypothèse de sa part mais il avait alors été convaincu de sa justesse.

— « Je veux les garder vivants, si c'est ce que vous voulez dire, » dit Urquart sans s'engager.

— « Je ne suis pas sûr de vous comprendre... » commença Arflane, mais il fut coupé court quand Urquart se détourna de lui et porta son regard vers l'horizon.

Le silence devint gênant et Arflane se sentit embarrassé par la perte de la confiance d'Urquart. Le farouche harponneur ne développa pas sa remarque mais se retourna plusieurs fois vers Arflane tandis que son expression s'adoucissait progressivement.

— « C'est la volonté de la Glace-Mère, » dit-il. « Pour avoir le navire, vous aviez besoin de la famille. A partir de maintenant, évitez nos passagers autant que vous le pouvez. Ils sont faibles. Même le vieil homme était trop indulgent, et pourtant il était meilleur qu'aucun de ceux qui lui survivent... »

— « Vous avez dit que c'était la Glace-Mère, » répondit Arflane d'un air lugubre. « Je pense plutôt que c'est une force différente, mais tout aussi mystérieuse, qui m'a mis en rapport avec cette famille. »

— « Pensez ce que vous voulez, » dit Urquart avec impatience, « mais je sais ce qui est vrai. Je connais votre destin. Evitez la famille Rorsefne. »

— « Et le Seigneur Ulsenn ? »

— « Ulsenn n'est rien du tout, » ricana Urquart.

Impressionné par les avertissements d'Urquart, Arflane prit soin de ne plus rien dire sur la famille Rorsefne. Il avait déjà remarqué à quel point il était lié avec ces trois personnes. Pourtant, il y avait sûrement certaines forces chez chacun d'eux. Ils n'étaient pas aussi doux qu'Urquart le pensait. Même Ulsenn, qui pourtant était physiquement un lâche, avait sa propre forme d'intégrité, sa croyance dans son droit absolu à gouverner. Il était vrai que son association avec cette famille avait forcé Arflane à rejeter bon nombre de ses anciennes convictions et c'était là certainement un effet de sa propre faiblesse et non de la leur. Sans aucun doute, Urquart déplorait l'influence des Rorsefne. Peut-être avait-il raison.

Arflane soupira et épousseta le bastingage de sa main gantée. « J'espère que nous trouverons la Glace-Mère, » dit-il enfin. « J'ai besoin d'être rassuré, Monsieur Urquart. »

— « Elle sera là, capitaine. Bientôt, vous le saurez, vous aussi. » Urquart étendit la main et la referma sur l'épaule d'Arflane. Celui-ci fut surpris mais ne s'offusqua pas de ce geste. Le harponneur le regardait de ses yeux bleus éclairés par la certitude qu'il avait de ses propres idées. Il secoua son harpon. « C'est vrai, » dit-il avec passion. Il montra du doigt la glace. « Cela aussi est vrai. » Il abaissa son bras. « Retrouvez votre force, capitaine. Vous en aurez besoin pendant ce voyage. »

Le harponneur quitta la passerelle et disparut, laissant Arflane partagé entre l'inquiétude et un optimisme plus grand que celui qu'il avait pu ressentir depuis plusieurs mois.

A partir de ce moment, Urquart apparut fréquemment sur la passerelle. Il disait peu de chose ; simplement, il se tenait debout près du bastingage ou appuyé contre la timonerie, comme s'il cherchait à transmettre par sa présence sa force d'âme à Arflane. Il était en même temps le mentor silencieux et le soutien du capitaine, tandis que le navire avançait rapidement vers la crête du plateau.

Quelques jours plus tard, Manfred Rorsefne et Arflane se trouvaient dans la cabine de ce dernier et consultaient les cartes qu'ils avaient déployées sur la table.

— « Nous atteindrons la crête demain, » dit Rorsefne en montrant la carte du plateau (la seule carte détaillée qu'il possédât). « La descente devrait être difficile, n'est-ce pas, capitaine ? »

Arflane secoua la tête. « Pas nécessairement. A ce qu'il semble, il doit y avoir une descente facile à cet endroit. » Il posa un doigt sur la carte. « Votre oncle l'appelait : la Route du Grand Nord. »

— « C'est là qu'il a fait naufrage ? » demanda Rorsefne en faisant la grimace.

— « C'est bien là. » Arflane hocha la tête. « Si nous tenons une route Nord-Est-Nord par trois quarts Nord, nous devrions atteindre ce point où la pente est assez douce et régulière et où aucune colline ne se trouve sur notre chemin. La glace ne devient grossière qu'au pied de la crête, à ce moment-là, nous devrions avoir perdu assez de vitesse pour la traverser sans grande difficulté. Je crois que je pourrai piloter le navire jusqu'en bas. »

Rorsefne sourit. « Il semble que vous ayez recouvré votre assurance traditionnelle, capitaine. »

Arflane n'apprécia pas cette remarque. « Nous suivons la route tracée, » dit-il froidement.

Quand ils quittèrent la cabine et sortirent sur le pont, ils se heurtèrent presque à Janek et Ulrica Ulsenn. Elle l'aidait à marcher vers l'entrée du couloir qui menait à leurs cabines. Rorsefne s'inclina et leur fit un sourire mais Arflane fronça les sourcils. C'était la première fois depuis le début du voyage qu'il approchait cette femme de si près. Elle évita son regard et murmura un salut quand elle passa devant lui. Ulsenn, cependant, lança à Arflane un regard venimeux.

Les jambes légèrement chancelantes, Arflane grimpa l'escalier des cabines jusqu'à la passerelle de commandement. Urquart s'y trouvait, berçant son harpon et regardant à tribord. Il fit un signe de tête à Arflane quand les deux hommes pénétrèrent dans la timonerie.

L'homme de barre salua Arflane. La lourde roue se déplaça légèrement et l'homme corrigea sa position.

Arflane se pencha sur le compas rudimentaire. Le chronomètre qui se trouvait à côté avait plusieurs siècles d'âge et se montrait défaillant, mais cet équipement permettait de choisir une route avec suffisamment de précision. Arflane déroula la carte, fit quelques calculs puis hocha la tête, satisfait de ne pas s'être trompé.

« Il vaudrait mieux avoir un homme de plus à la barre, » décida-t-il. Il passa la tête par la porte de la timonerie et s'adressa à Urquart. « Monsieur Urquart ! Nous avons besoin d'un autre homme à la barre. Voulez-vous m'en envoyer un ? »

Urquart s'avança vers l'escalier des cabines.

« Et mettez quelques hommes de plus dans la mâture ! » cria Arflane. « Nous avons besoin de beaucoup de vigies. Nous serons bientôt sur la crête. »

Il retourna à la barre et y remplaça le timonier. Il tenait les manettes à deux mains, laissant tourner un peu la barre dont les chaînes subissaient la puissante traction des patins. Puis, un œil sur le compas, il fit virer l'*Esprit des Glaces* de plusieurs degrés vers tribord.

Quand il fut certain qu'ils étaient sur le nouveau cap, il rendit la barre au timonier, juste au moment où le second homme entra.

« Pour l'instant, vous aurez un travail facile, l'homme, » lui dit Arflane. « Je veux que vous restiez là pour aider à manœuvrer la barre si cela est nécessaire. »

Rorsefne suivit de nouveau Arflane sur la passerelle. Portant son regard en direction du gaillard d'arrière, il vit Urquart parler à un petit groupe d'hommes. Il désigna le harponneur. « Urquart semble s'être, lui aussi, attaché à vous, capitaine. Il doit vous considérer comme un membre de la famille. » Il n'y avait aucun sarcasme dans sa voix mais Arflane le regarda d'un œil soupçonneux.

— « Je n'en suis pas si sûr. »

Le jeune homme se mit à rire. « Ce qui est certain, c'est que Janek ne l'est pas du tout. Avez-vous remarqué le regard qu'il vous a jeté quand nous sommes passés à côté de lui ? Je ne sais pas du tout pourquoi il est venu faire ce voyage. Il déteste naviguer. Il a des responsabilités à Friesgalt. Peut-être était-ce pour protéger Ulrica des regards d'une bande de marins hirsutes ! »

Une fois de plus, Arflane se sentit gêné, ne sachant comment interpréter les paroles de Rorsefne. « Elle est en sécurité sur ce navire, » grogna-t-il.

— « J'en suis sûr, » acquiesça Manfred. « Mais Janek ne le sait pas. Il se montre jaloux envers elle. Elle serait un entrepôt plein de voiles, il ne lui accorderait pas plus de valeur ! »

Arflane haussa les épaules.

Manfred était appuyé contre le bastingage et regardait d'un air distrait les haubans où l'une des vigies désignées par Arflane grimpait déjà vers le nid-de-pie du grand cacatois.

« Je pense que c'est notre dernière journée sur la glace sûre, » dit-il. « Pour l'instant, ce voyage ne m'a semblé que trop monotone. J'espère que nous aurons des émotions quand nous atteindrons la crête. »

Arflane lui sourit d'un air sinistre. « Je doute que vous soyez déçu. »

Le ciel était encore clair, bleu et sans nuages. La glace scintillait sous le soleil et les voiles blanches et tendues du navire semblaient de grands miroirs. Parfois, les patins claquaient sur les aspérités du terrain et, parfois, une vergue craquait au-dessus d'eux. La vigie du grand mât avait atteint son poste et s'installait à présent dans le nid-de-pie.

Rorsefne sourit. « J'espère que je ne le serai pas. Vous non plus, je pense. Je me disais que vous aimeriez un peu d'aventures, vous aussi. Ce genre de voyage pourrait ne pas vous plaire tellement, cependant. »

Le jour suivant, la crête fut en vue. On eût dit que l'horizon s'était rapproché ou bien qu'il avait été coupé et Arflane, qui n'était passé près de la crête qu'une fois dans sa vie, se sentit frissonner quand il regarda devant lui.

La pente était pour le moment encore assez douce mais, d'où il se trouvait, on eût dit que le sol se terminait et que le navire allait plonger en avant et se fracasser. C'était comme s'ils avaient atteint la lisière du monde. Dans un sens, c'était bien cela ; le monde au-delà de la crête était complètement inconnu. Arflane ressentit alors une peur singulière à l'instant où la proue s'abaissait et où le navire commençait sa descente.

Dressé sur la passerelle, il emboucha son mégaphone.

— « Mettez quelques grappins sur le côté, Monsieur Petchnyoff, » cria-t-il au premier officier qui se trouvait sur le gaillard d'arrière. « Allez-y. »

Petchnyoff descendit à la hâte sur le pont inférieur pour y rassembler un groupe d'hommes et Arflane observa la manœuvre. Les pointes garnies de barbelures ralentiraient leur marche ; toutes les voiles principales avaient été ferlées.

Les grappins mordirent dans la glace en crissant, et le navire commença à perdre de la vitesse. Puis il se mit à tanguer dangereusement.

Hinsen criait depuis la timonerie : « Capitaine ! »

Arflane s'y précipita. « Qu'y a-t-il, Monsieur Hinsen ? »

Les deux hommes d'équipage étaient en sueur et s'accrochaient à la barre pour essayer désespérément de maintenir l'*Esprit des Glaces* dans la bonne direction.

— « Les patins continuent de tourner, mon capitaine, » dit Hinsen effrayé. « Rien qu'un peu, mais nous avons du mal à les maintenir. À ce train-là, nous pouvons verser. Ils mordent dans les rigoles de la glace, mon capitaine ! »

Arflane s'installa entre les deux hommes et se saisit de la barre. Il comprit tout à coup ce qu'Hinsen voulait dire. Les patins suivaient des rainures dans la glace, peu profondes mais très dures, qui avaient été créées depuis des siècles par la descente progressive des coulées de glace. Il y avait un réel danger que le navire se renverse et dévale la pente.

— « Il nous faut deux hommes de plus, » dit Arflane. « Trouvez deux des meilleurs hommes de barre que nous ayons, Monsieur Hinsen — et assurez-vous qu'ils aient des muscles ! »

Kristoff Hinsen sortit rapidement de la timonerie tandis qu'Arflane et les hommes s'accrochaient à la barre et la manœuvraient de leur mieux. Le navire commençait à rebondir avec violence et le pont tout entier vibrait.

Hinsen ramena avec lui les deux marins qui se mirent au travail. Même avec ces hommes supplémentaires, le navire continuait à cahoter et dériver sur la pente, menaçant d'échapper complètement à tout contrôle. Arflane regarda vers l'avant. Le bas de la pente était hors de vue et elle semblait se prolonger indéfiniment.

« Restez à votre poste, Monsieur Hinsen, » dit-il. « Je vais aller à l'avant pour essayer de voir quel genre de glace se trouve devant nous. »

Il quitta la passerelle et parcourut le pont tressautant jusqu'au gaillard d'avant. Devant lui, la glace semblait être la même que celle sur laquelle ils étaient pour l'instant. A chaque obstacle, le navire était secoué et déviait sa course. L'angle d'inclinaison semblait avoir augmenté et le pont était penché d'une manière non négligeable. Quand il se retourna, Arflane vit qu'Ulrica Ulsenn se tenait tout près de lui. Janek Ulsenn était un peu plus loin derrière, agrippé au bastingage de bâbord, les yeux dilatés par la peur.

« Il n'y a pas de quoi s'en faire, Ma Dame, » dit Arflane en s'approchant. « On s'en tirera d'une manière ou d'une autre. »

Janek Ulsenn leva les yeux et rappela sa femme auprès de lui. Elle regarda son mari d'un air pitoyable, rassembla ses jupes et s'éloigna d'Arflane en traversant le pont qui oscillait.

C'était la première fois depuis leur départ qu'il avait vu quelque émotion sur son visage. Il ressentit une certaine surprise. Préoccupé qu'il était par la sécurité du navire, il avait oublié les sentiments qu'il éprouvait pour elle et lui avait parlé comme à n'importe quel passager qu'il aurait voulu rassurer.

Il fut tenté de la suivre, mais le navire sortit soudainement de son chemin et parut en danger de glisser sur le côté.

Arflane regagna en courant la passerelle de commandement et se précipita dans la timonerie. Hinsen et les quatre marins luttaient avec la barre, le visage couvert de sueur et les muscles bandés. Arflane saisit une manette et se joignit à eux pour essayer de remettre le navire sur son chemin.

« On va beaucoup trop lentement ! » grogna-t-il. « Si on allait plus vite, on aurait une chance de passer par-dessus les rigoles ou même de les couper. »

Le navire fit une nouvelle embardée et ils s'accrochèrent à la barre. Arflane grinça des dents quand ils pesèrent tous ensemble sur la roue.

— « Faites enfoncer les fiches, mon capitaine ! » suppliait Hinsen. « Jetez les ancres principales ! »

Arflane le regarda d'un air menaçant. Un capitaine ne

jetait jamais les ancres principales aussi longtemps que la situation n'était pas désespérée.

— « A quoi cela nous sert-il de ralentir, Monsieur Hinsen ? » dit-il d'un ton acide. « Ce qu'il nous faut, c'est allez plus vite et non ralentir ! »

— « Faites arrêter le navire, mon capitaine — faites enfoncer la fiche de sécurité. C'est notre unique chance. C'est sûrement cela qui est arrivé au Seigneur Rorsefne quand il a fait naufrage. »

Arflane cracha sur la glace. « Les ancres principales — les fiches de sécurité — qu'on s'en serve ou non, on a autant de chances de faire naufrage ! Non, Monsieur Hinsen — nous descendrons toutes voiles dehors ! »

De nouveau, la surprise fit presque complètement perdre à Hinsen le contrôle de la barre. Il regardait son capitaine d'un air incrédule.

— « Toutes voiles dehors, mon capitaine ? »

La barre tourna de nouveau et les patins du navire grincèrent désagréablement quand il s'inclina sur le côté. Pendant quelques instants, ils tirèrent en silence sur la barre jusqu'à ce qu'ils aient remis le navire sur sa route.

— « Encore deux ou trois coups comme ça et on ne l'aura plus en main, » dit avec conviction l'homme d'équipage qui se trouvait à côté d'Arflane.

— « Oui, » grogna Arflane en jetant un regard à Hinsen. « Faites déployer la voilure, Monsieur Hinsen. »

Quand Hinsen hésita une fois de plus, Arflane quitta impatiemment la barre, saisit un mégaphone qui se trouvait accroché au mur et sortit sur la passerelle.

Petchnyoff était sur le gaillard d'arrière. Il semblait terrifié. Une atmosphère de panique silencieuse avait envahi le navire.

« Monsieur Petchnyoff ! » hurla Arflane dans son mégaphone. « Mettez les hommes dans les vergues ! Toutes voiles dehors ! »

Les visages surpris des hommes d'équipage se tournèrent vers lui. Le visage de Petchnyoff était incrédule. « Que dites-vous, mon capitaine ? »

— « Mettez toutes voiles dehors, Monsieur Petchnyoff ! Nous avons besoin de vitesse pour diriger ce navire ! »

L'*Esprit des Glaces* trembla violemment et quitta de nouveau sa route.

« Tous les hommes dans les haubans ! » cria Arflane qui lâcha son mégaphone et revint en courant à la timonerie pour se joindre aux hommes de barre. Hinsen évita son regard, visiblement convaincu que son capitaine était devenu fou.

Arflane vit par le hublot de la timonerie les hommes qui se démenaient en haut des mâts. Une fois de plus, ils réussirent *in extremis* à ramener le navire sur sa route. Les voiles commencèrent à se déployer en claquant et à se gonfler sous le vent. Le navire fila un peu plus vite sur la pente escarpée.

Arflane ressentit une intense satisfaction quand la barre devint moins dure à manier. Elle exigeait toujours beaucoup de vigilance de la part des hommes mais ils n'avaient pas de difficulté à garder le cap. Le danger, maintenant, était de rencontrer un obstacle et de s'y écraser.

« Allez sur le pont, Monsieur Hinsen, » ordonna-t-il à l'officier en second effrayé. « Dites à Monsieur Urquart de monter avec un mégaphone et de regarder droit devant nous ! »

Le navire prenait encore de la vitesse et la glace était maintenant indistincte sur l'un et l'autre bord. Arflane regarda par le hublot et vit Urquart grimper dans les vergues inférieures du mât de misaine.

L'immense navire s'élevait de la surface et retombait brutalement en faisant grincer ses patins, mais il était devenu progressivement plus facile à manier et aucun obstacle immédiat n'était en vue.

Le visage d'Urquart était calme quand il regarda vers la timonerie ; pourtant, l'équipage semblait toujours terrifié. Arflane prenait plaisir à voir leur crainte. Il fit un large sourire et sa gaieté de cœur se teinta de leur panique tandis qu'il guidait le navire dans sa descente.

Pendant une heure, la goélette continua sa descente rapide ; on eût dit qu'elle dévalait une pente qui n'avait ni début ni fin, car ceux-ci étaient complètement hors de vue. Le navire se laissait facilement mener et les patins semblaient à peine toucher la glace. Arflane décida qu'il pouvait rendre la barre à Hinsen. L'officier en second ne parut pas apprécier la responsabilité qui lui était confiée.

Arflane s'avança et grimpa dans les gréements pour s'accrocher aux enfléchures aux côtés d'Urquart.

Le harponneur lui fit un léger sourire. « Vous êtes d'une humeur sauvage, patron, » dit-il d'un air approbateur.

Arflane lui rendit son sourire. « Je n'ai fait que montrer à ces hommes des cavernes comment on conduit un navire, c'est tout. »

Devant eux, la glace en pente raide semblait s'étendre à l'infini. Elle défilait à toute vitesse de chaque côté du navire et les patins lançaient en l'air des embruns de glace qui venaient fouetter le pont. A un moment, un morceau de glace atteignit Arflane à la bouche ; un filet de sang coula, mais il ne sentit qu'à peine la blessure.

La pente commença bientôt à s'adoucir tandis que la glace devenait plus dure, mais la vitesse du navire ne diminua presque pas. Le puissant bâtiment rebondissait sur la glace, comme s'il était soulevé par des vagues énormes.

Cette sensation ajouta à la bonne humeur d'Arflane. Il commença à se détendre. Tout danger était maintenant écarté. Il se balança dans les enfléchures et fredonna une chanson. Il sentait que la tension nerveuse diminuait à bord.

Un peu plus tard, Urquart dit d'une voix calme : « Capitaine. » Arflane regarda l'homme et vit que ses yeux étaient fixés vers l'avant.

Arflane porta son regard au-delà des petites crêtes de glace et vit quelque chose qui ressemblait à une rayure vert sombre et qui traversait leur route, loin devant eux. Il ne pouvait y croire. Ce fut Urquart qui prononça le mot.

« Une crevasse, capitaine. Elle a l'air large. On ne la traversera jamais. »

Depuis que la dernière carte avait été tracée, une

crevasse avait bien pu se former dans la glace au pied de la pente. Arflane se maudit de n'avoir pas prévu quelque chose comme cela car les nouvelles crevasses étaient assez courantes, particulièrement sur un terrain comme celui-ci.

— « A cette vitesse, nous ne nous arrêterons jamais à temps. » Arflane redescendit des enfléchures; il essayait de paraître calme et espérait que les hommes ne verraient pas la crevasse. « Même les ancres principales ne pourraient nous arrêter — on ne ferait que basculer et tomber à l'envers. »

Il atteignit le pont, essayant de se forcer à quelque action, sachant bien cependant qu'il n'y avait strictement rien à faire.

A présent, les hommes pouvaient apercevoir la crevasse. Ils poussèrent un immense cri d'effroi en comprenant que le navire ne s'arrêterait pas à temps.

Arflane arriva à l'escalier qui menait à la passerelle à l'instant où Manfred Rorsefne et les Ulsenn débouchaient sur le pont. Manfred l'appela : « Que se passe-t-il, capitaine ? »

Arflane eut un rire amer. « Regardez devant ! »

Il arriva sur la passerelle et se précipita dans la timonerie pour prendre la barre à Hinsen dont le visage était maintenant blanc comme un linge.

Arflane secoua la tête.

— « Pouvez-vous le détourner, mon capitaine ? »

Le navire était presque sur la crevasse. Arflane ne fit aucune tentative pour modifier sa direction.

Hinsen pleurait presque de peur. « Mon capitaine, je vous en prie ! Essayez de le détourner ! »

Ils fonçaient à toute allure sur l'immense gouffre béant dont les flancs de glace vert sombre brillaient au soleil.

Arflane sentit la barre échapper à sa main; les patins avant quittèrent le sol et jaillirent au-dessus de la crevasse.

Arflane ressentit presque du soulagement en songeant au plongeon qu'ils allaient faire. Puis, soudain, il se mit à sourire. La goélette allait à une vitesse telle qu'elle pourrait atteindre l'autre bord qui se trouvait en contrebas.

Un instant, la goélette fut dans les airs au-dessus du vide, puis elle retomba de l'autre côté. Elle roula et menaça de se renverser. Arflane tituba mais parvint à rattraper la barre et à maintenir le navire dans la bonne direction. Le choc avait ralenti leur course et les patins grinçaient sur la glace.

« Tout va bien, mon capitaine ! » Hinsen arborait un large sourire. « Vous nous avez fait passer ! »

— « Pas moi, Monsieur Hinsen. Quelque chose plutôt. Reprenez la barre, voulez-vous ? »

Arflane sortit lentement sur la passerelle.

Des hommes qui étaient tombés essayaient de se remettre sur pied. L'un d'eux, pourtant, resta allongé sur le pont. Arflane quitta la passerelle et s'avança vers l'endroit où le marin était étalé. Il s'accroupit à son côté et le retourna. La moitié de ses os étaient brisés. Du sang coulait de sa bouche. L'homme ouvrit les yeux et eut un faible sourire.

— « Je crois que ce coup-ci, ça y est, mon capitaine, » dit-il. Ses yeux se fermèrent et son sourire s'effaça.

Arflane se leva en soupirant et se frotta le front. Il avait mal dans tout le corps. Il y eut une brève bousculade quand les marins se précipitèrent vers les bastingages pour regarder la crevasse, mais aucun d'eux ne prononça une seule parole.

Du mât de misaine dans lequel il était toujours, Urquart hurlait de rire, un rire rauque qui se répercuta par tout le navire et brisa le silence. Des hommes se mirent à rire et à crier, et ils se détournèrent des bastingages pour faire des signes à Arflane. Le visage sombre, celui-ci revint vers la passerelle et s'y tint un instant pendant que ses hommes continuaient de l'acclamer. Puis il ramassa son mégaphone et le porta à ses lèvres.

— « Tout le monde dans la mâture ! Repliez la voilure ! Montez vite ! »

Joyeux, les hommes se hâtèrent de lui obéir et les vergues furent bientôt recouvertes de marins qui prenaient les ris.

Petchnyoff apparut sur le gaillard d'arrière. Il regarda son patron d'un air étrange et sombre puis, passant sa manche sur son front, il descendit sur le pont inférieur.

« Vous feriez mieux de rentrer ces grappins, Monsieur Petchnyoff ! » lui cria Arflane. « Nous sommes maintenant hors de danger ! »

Il regarda derrière lui vers la crevasse qui disparaissait au loin et se félicita de sa bonne fortune. S'il n'avait pas décidé de descendre à toute vitesse, ils auraient atteint la crevasse et s'y seraient abîmés. Le navire avait dû faire un saut de près de quarante pieds, estima-t-il.

Il retourna à la barre pour la tester et pour voir si les patins fonctionnaient convenablement. Ils semblaient répondre normalement mais il devait s'assurer en personne qu'ils n'avaient subi aucun dommage.

Le navire allait s'arrêter, toutes voiles ferlées, et Arflane se prépara à enjamber le bastingage. Il descendit sur la glace par une échelle de corde. Les grands patins étaient rayés et entaillés par endroit mais ils n'étaient pas autrement endommagés. Arflane contempla le bâtiment d'un air admiratif. Il était convaincu qu'aucun autre vaisseau n'aurait supporté le choc après avoir sauté par-dessus cette crevasse.

Comme il remontait sur le pont, il rencontra Janek Ulsenn dont le visage lugubre était assombri par la colère. Derrière lui se tenait Ulrica, le visage rouge. A côté d'elle, Manfred Rorsefne paraissait aussi insouciant et amusé qu'à l'ordinaire. « Félicitations, capitaine, » murmura-t-il. « Belle prévision. »

Ulsenn se répandit en injures. « Vous êtes un fieffé imbécile, Arflane ! Vous nous avez presque tués ! Les hommes pensent peut-être que vous aviez prévu cette crevasse mais je sais que ce n'est pas vrai. Vous avez perdu leur confiance ! »

Cette affirmation était manifestement erronée. Arflane rit et parcourut le navire du regard.

— « Les hommes m'ont tout l'air d'être de bonne humeur. D'excellente humeur, en fait. »

— « Ce n'est qu'une réaction, maintenant que le danger est passé. Attendez un peu qu'ils se mettent à réfléchir à ce que vous avez failli leur faire subir ! »

— « Je suis enclin à penser, cousin, » dit Manfred, « que cet incident ne fera que ramener leur foi dans la chance de leur capitaine. Les marins donnent une grande importance à la bonne fortune de leur patron, vous savez. »

Arflane regardait Ulrica Ulsenn. Elle essaya de porter ses yeux au loin mais lui rendit tout de même son regard et Arflane pensa qu'il exprimait peut-être l'admiration qu'elle lui portait ; puis ses yeux redevinrent insensibles et il frissonna.

Manfred Rorsefne prit le bras d'Ulrica et la reconduisit dans l'escalier vers sa cabine, mais Ulsenn continuait de faire face à Arflane.

— « Vous nous tuerez tous, Brershillien ! » continua-t-il, apparemment inconscient du fait qu'Arflane ne s'occupait pas de lui. Sa peur lui avait fait oublier son humiliation passée. Arflane le regarda calmement.

— « Un de ces jours, je vais certainement tuer quelqu'un, » dit-il en souriant, puis il se dirigea vers le gaillard d'avant sous l'œil admiratif de son équipage et le regard furieux du Seigneur Janek Ulsenn.

Quand ils eurent quitté le plateau, la glace devint dure mais plus docile à la navigation pour autant que le navire maintînt une bonne vitesse. La ligne du plateau demeura visible pendant plusieurs jours encore, comme un immense mur de glace qui se dressait derrière eux jusqu'aux nuages. L'air était maintenant plus chaud et il y avait moins de neige. Arflane se sentait mal à l'aise. La chaleur augmentait et l'air vibrait, paraissant former d'étranges figures à partir du néant. Il y avait des glaciers de toute part et Arflane craignait, à cause de la chaleur, qu'ils ne heurtent une crevasse. Celles-ci se créaient quand la couche de glace s'amincissait au-dessus d'une rivière souterraine. N'ayant été nullement construit pour l'eau, un navire qui tomberait dans une crevasse coulerait rapidement.

Comme la goélette continuait sa course Nord-Ouest-Nord et approchait de l'Equateur, les hommes d'équipage et les officiers adoptèrent une vie beaucoup plus régulière. La mauvaise humeur d'Arflane était oubliée ;

on avait beaucoup de respect pour sa chance et il était devenu très populaire parmi les hommes.

Seul Petchnyoff surprit Arflane en refusant de lui pardonner son attitude passée. Il passa la plus grande partie de ses loisirs avec Janek Ulsenn ; on pouvait voir souvent les deux hommes marcher le long du pont. Leur amitié irritait quelque peu Arflane. Il sentait que, en un certain sens, Petchnyoff était en train de le trahir, mais il n'avait pas à s'occuper de la compagnie que recherchait le jeune officier tant que celui-ci ne manquait pas à ses devoirs. Arflane commença même à ressentir quelque sympathie pour Ulsenn ; il pouvait autoriser un ami à cet homme pendant le voyage.

Urquart avait gardé l'habitude de se tenir près de lui sur la passerelle, et le farouche harponneur était devenu un réconfort pour Arflane. Ils parlaient rarement, mais la camaraderie qui les unissait s'était renforcée.

Il était même possible qu'Arflane vît Ulrica sans essayer de tirer d'elle quelque réaction et il en était venu à tolérer les manières sardoniques de Manfred Rorsefne.

Maintenant, seule la chaleur l'incommodait. La température était montée à plusieurs degrés au-dessus de zéro et les hommes d'équipage travaillaient torse nu. Contre sa volonté, Arflane dut quitter sa lourde veste de fourrure. Cependant, Urquart avait refusé d'ôter un seul de ses vêtements et supportait stoïquement son état.

Arflane garda deux vigies en permanence pour surveiller l'épaisseur de la glace. La nuit, il faisait replier la voilure et jeter des grappins pour que le navire ne pût avancer que très lentement.

Le vent était faible et, durant le jour, la vitesse était très réduite. De temps en temps, ils pouvaient observer des mirages, la plupart du temps sous la forme de glaciers à l'envers, et Arflane eut beaucoup de mal à expliquer ce phénomène aux marins superstitieux qui les considéraient comme de mauvais présages.

Jusqu'au jour où le vent tomba complètement et où le navire s'arrêta.

13

LE HARPON

Ils restèrent ainsi une semaine, souffrant de la chaleur. Le ciel et la glace brillaient comme du plomb sous le soleil. Les hommes étaient assis par petits groupes, jouant d'un air triste ou bavardant à voix basse. Bien que débarrassés de la plupart de leurs vêtements, ils portaient toujours leurs visières ; vus de loin, ils ressemblaient à des oiseaux maladroits rassemblés sur le pont.

Les officiers essayaient de leur trouver une occupation mais il n'y avait pas grand-chose à faire. Quand Arflane donnait un ordre, les hommes obéissaient moins promptement qu'avant ; le moral n'était plus aussi bon.

Arflane se sentait frustré et il recommençait à avoir les nerfs à vif. Ses gestes redevinrent nerveux et le ton de sa voix plus rude.

Comme il arpentait le pont inférieur, Fydur, le bosco du navire, un individu hirsute aux sourcils en broussaille, s'approcha de lui.

— « Excusez-moi, mon capitaine, désolé de vous déranger, mais avez-vous une petite idée sur le nombre de jours que… »

— « Demandez-le à la Glace-Mère, pas à moi ! » Arflane repoussa Fydur et le laissa, l'air revêche.

On ne pouvait voir aucun nuage et aucun signe n'indiquait que le temps dût changer. Arflane, qui pensait de nouveau à Ulrica Ulsenn, déambulait sur le navire, le visage grimaçant.

Un jour, de la passerelle, il vit Janek Ulsenn et

Petchnyoff qui parlaient avec quelque animation à Fydur et à un groupe de marins. Comme certains d'entre eux jetaient parfois des coups d'œil vers la passerelle, il put comprendre quel était l'objet de leur conversation. Il lança un regard interrogateur à Urquart qui était appuyé contre la timonerie : le harponneur haussa les épaules.

— « Il faut leur donner quelque chose à faire, » murmura Arflane. « Ou bien leur dire quelque chose qui les mettra de meilleure humeur. Il y a un début de mutinerie dans ce petit groupe, Monsieur Urquart. »

— « Oui, mon capitaine, » dit Urquart d'un air presque suffisant.

Arflane fronça les sourcils puis prit sa décision. Il appela l'officier en second qui était à son poste sur le gaillard d'arrière.

— « Faites rassembler les hommes, Monsieur Hinsen. Je veux leur parler. »

— « Tout le monde en ligne ! » cria Hinsen dans son mégaphone. « Tout le monde devant la passerelle. Le capitaine va parler. »

De mauvaise grâce, les hommes d'équipage commencèrent à se rassembler; certains d'entre eux ne se gênaient pas pour décocher à Arflane des regards menaçants.

Le petit groupe qui était avec Ulsenn et Petchnyoff resta en arrière.

— « Monsieur Petchnyoff, voulez-vous monter ! » Arflane jeta un regard vif à son premier officier. « Monsieur Hinsen, vous aussi, s'il vous plaît ! Bosco — à votre poste ! »

Petchnyoff obéit avec lenteur au commandement et Fydur, avec autant de bonne volonté, prit sa place en face des hommes.

Quand tous les officiers furent derrière lui sur la passerelle, Arflane s'éclaircit la voix et empoigna le bastingage pour se pencher en avant et regarder ses hommes.

« Vous êtes de mauvaise humeur, les gars, hein ? Il y a trop de soleil et pas assez de vent. Je ne peux strictement rien faire pour me débarrasser du premier ou pour ramener le second. On est arrêtés, c'est tout ce qu'il y a à en dire. Je vous ai déjà vus une ou deux fois dans l'embarras — vous allez peut-être pouvoir m'aider à nous en tirer. Tôt ou tard, le vent reviendra. »

— Mais *quand, mon capitaine* ? » dit un des hommes. C'était un de ceux qui avaient parlé avec Ulsenn.

Arflane jeta un regard sévère à Fydur. Le bosco montra du doigt le marin. « Tiens ta langue ! »

Arflane n'était pas d'humeur à répondre directement à une telle remarque. Il reprit : « Peut-être aurons-nous un peu de vent quand il y aura un peu plus de discipline sur ce navire. Mais je ne peux pas vous prédire le temps. Si certains d'entre vous sont tellement désireux de bouger, je leur suggère de descendre sur la glace et de tirer ce baquet jusqu'à sa destination ! »

Un autre homme d'équipage se mit à murmurer. Fydur le fit taire. Arflane se pencha. « Qu'y a-t-il, bosco ? »

— « L'homme voulait savoir quelle était notre destination, mon capitaine, » répondit Fydur. « Je crois que beaucoup d'entre nous... »

— « C'est pour cela que je vous ai rassemblés, » continua Arflane. « Nous sommes en route pour New York ! »

Quelques marins se mirent à rire. Aller à New York était une métaphore voulant dire mourir — rejoindre la Glace-Mère.

« New York, » répéta Arflane en les regardant fixement. « Nous avons des cartes qui montrent la position de la cité. Nous allons au Nord vers New York. Des questions ? »

— « Oui, mon capitaine ! On dit que New York n'existe pas dans ce monde, mon capitaine. On dit qu'elle est dans le ciel... ou quelque part... » Le grand marin qui avait parlé avait une piètre conception de la métaphysique.

— « New York est aussi réelle que vous et existe sur la glace, » le rassura Arflane. « Le Seigneur Pyotr

Rorsefne l'a vue. C'est de là qu'il venait quand je l'ai trouvé. Il disait dans son testament que nous devions y aller. Vous vous souvenez du testament ? Il a été lu publiquement peu après la mort du Seigneur. »

Les hommes hochèrent la tête et murmurèrent.

— « Est-ce que cela veut dire que nous verrons la cour de la Glace-Mère ? » demanda un autre marin.

— « Peut-être, » dit gravement Arflane. Les hommes se mirent à bavarder de plus en plus fort. Arflane les laissa faire un moment. La plupart d'entre eux avaient tout d'abord reçu ces nouvelles avec quelque scepticisme mais maintenant certains hommes dont l'imagination s'était mise à travailler souriaient d'excitation.

Arflane dit enfin au bosco de les calmer. Avant que les murmures cessent et qu'il ait pu reprendre la parole, une voix claire et hautaine résonna au-dessus des têtes des marins. Celle de Janek Ulsenn. Il était appuyé contre le mât d'artimon et jouait avec un morceau de cordage. « Peut-être est-ce pour cela que nous sommes arrêtés, capitaine ? »

Arflane fronça les sourcils. « Que voulez-vous dire par là, Seigneur Ulsenn ? »

— « Je me suis demandé si, en fait, nous n'avions pas de vent parce que la Glace-Mère ne voulait pas nous en envoyer. Elle ne veut pas que nous lui rendions visite à New York ! » Ulsenn misait volontairement sur les superstitions des marins. Cette nouvelle idée provoqua en eux une nouvelle discussion.

Cette fois-ci, Arflane hurla pour les faire taire. Il regarda Ulsenn de travers, incapable de penser à une réponse qui satisferait ses hommes.

Urquart s'avança et appuya son harpon sur le bastingage. Toujours vêtu de ses fourrures emmêlées, le regard bleu et froid, il ressemblait à quelque demi-dieu de la glace. Les hommes se turent.

— « De quoi souffrons-nous ? » s'écria-t-il d'une voix rauque. « D'un froid impossible à supporter ? Non ! Nous souffrons de *la chaleur* ! Est-ce l'arme de la Glace-Mère ? Se servirait-elle de son ennemi pour nous arrêter ? Non ! Vous êtes idiots si vous croyez qu'elle est contre nous. Depuis quand la Glace-Mère a-t-elle décrété que les hommes ne devaient pas aller à New York ? Jamais ! Je connais la doctrine mieux que quiconque à bord. Je suis le fidèle serviteur de la Glace-Mère : ma foi en elle est plus forte que tout ce que vous pourriez ressentir. *Je sais* ce que désire la Glace-Mère : elle veut que nous allions à New York. Elle veut que nous allions l'adorer pour pouvoir faire taire tous ceux qui doutent d'elle quand nous reviendrons dans les Huit Cités ! Par le capitaine Arflane, elle accomplira sa volonté ! C'est pour cela que nous naviguons avec lui ! C'est pour cela que nous naviguons tous avec lui ! Telle est notre destinée ! »

La voix rude et passionnée d'Urquart avait fait taire les hommes d'équipage mais n'avait eu aucun effet apparent sur Ulsenn.

— « Vous écoutez parler un fou ! » cria-t-il. « Et un autre fou vous commande. Si nous suivons ces deux imbéciles, nous n'aurons pour destinée qu'une mort solitaire sur la glace. »

Il y eut un geste, un bruit sourd : le grand harpon d'Urquart vola par-dessus les têtes des marins et se planta dans le mât à un pouce de la tête d'Ulsenn. Le visage du Seigneur devint livide et il recula en titubant, les yeux écarquillés. Il bredouilla quelque chose mais Urquart, sautant par-dessus le bastingage de la passerelle, se fraya un chemin parmi la foule pour affronter l'aristocrate.

— « Vous parlez avec aisance de la mort, Seigneur Ulsenn ! » dit-il sauvagement. « Mais vous feriez mieux d'en parler à voix basse ; sinon, la Glace-Mère pourrait peut-être avoir envie de vous emporter dans son sein plus tôt que vous ne le souhaiteriez. » Il arracha son harpon du mât. « C'est pour le salut de votre race que nous naviguons. Il vaudrait mieux donner un peu de votre sang ce soir, mon gentil petit Seigneur, pour consoler la Glace-Mère, autrement, *tout* votre sang pourrait bien se répandre avant la fin de ce voyage. »

Des larmes de rage dans les yeux, Ulsenn se jeta sur l'énorme harponneur. Urquart sourit et empoigna l'homme pour le rejeter sur le pont, presque avec douceur. Ulsenn tomba face en avant et roula, le nez en sang. Il s'éloigna en rampant du géant qui souriait toujours. Les hommes riaient, à présent, comme soulagés.

Un semblant de sourire se forma sur les lèvres d'Arflane ; mais toute sa bonne humeur disparut quand Ulrica Ulsenn traversa le pont pour se précipiter vers son mari blessé, s'agenouilla à côté de lui et essuya le sang de son visage.

Manfred Rorsefne s'avança sur la passerelle.

— « Capitaine, ne devriez-vous pas avoir un peu plus d'emprise sur vos officiers ? » suggéra-t-il timidement.

Arflane se retourna pour le regarder en face. « Urquart sait ce que je veux, » dit-il.

Hinsen fit un geste de la main en direction du Sud. « Capitaine ! De gros nuages arrivent ! »

En l'espace d'une heure, les voiles se gonflèrent sous un vent qui apporta avec lui une neige fondue glaciale, obligeant les hommes à remettre leurs fourrures.

Ils furent bientôt en route dans le matin gris. Les hommes d'équipage étaient redevenus les hommes d'Arflane. Ulsenn et sa femme avaient disparu et Manfred Rorsefne les avait accompagnés ; mais, pour l'instant, Arflane insista pour que tous ses officiers restent avec lui sur la passerelle tandis qu'il ferait déployer la voilure et qu'il enverrait les vigies dans la mâture.

Hinsen et Petchnyoff attendirent impatiemment qu'il voulût bien s'occuper d'eux. Pendant un instant, il regarda Petchnyoff d'un air sombre ; la tension augmenta entre eux jusqu'à ce qu'il se retournât en haussant les épaules. « Très bien, vous pouvez partir. »

Son compagnon silencieux, Urquart, était à ses côtés ; Arflane rit doucement quand le navire prit de la vitesse.

Deux nuits plus tard, allongé sur sa couchette, il attendait le sommeil, prêtant l'oreille au bruit des patins sur la glace inégale, au sifflement du vent chargé de neige dans les gréements et au craquement des vergues. Tous les bruits étaient normaux ; pourtant, un sixième sens lui apprit que quelque chose n'allait pas. Il bondit de sa couchette, enfila ses vêtements, attacha son coutelas à dépecer et sortit sur le pont. Il s'attendait à toutes sortes d'ennuis depuis qu'il avait vu Petchnyoff, Ulsenn et Fydur parler ensemble. Le discours d'Urquart avait eu peu d'effet sur eux, de cela il pouvait être sûr. Fydur redeviendrait peut-être loyal, mais Ulsenn ne le serait jamais ; à chacune de ses rares apparitions sur le pont, il était invariablement accompagné de Petchnyoff.

Arflane leva la tête vers le ciel. Il était encore couvert et peu d'étoiles étaient visibles. La seule lueur venait de la lune et des lampes qui brûlaient faiblement dans la timonerie. Il ne pouvait que distinguer les silhouettes des vigies en haut de la mâture et les formes volumineuses de celles qui étaient à l'avant ou à l'arrière du navire. Il regarda de nouveau vers la timonerie. Petchnyoff aurait dû être de garde, mais il ne pouvait voir personne sur la passerelle, sinon le timonier.

Il monta l'escalier et se précipita dans la timonerie. L'homme lui fit un signe de tête. « Mon capitaine. »

— « Où se trouve l'officier de garde ? »

— « Je crois qu'il est allé à l'avant, mon capitaine. »

Arflane pinça les lèvres. Il n'avait vu personne à l'avant du navire, sinon l'homme de garde. Il s'approcha lentement du compas et compara le cap avec la carte.

Il y avait trois bons degrés de différence. Arflane jeta un regard vif au timonier. « Trois degrés de différence, l'homme. Avez-vous dormi ? »

— « Non, mon capitaine ! » Le timonier parut blessé. « Monsieur Petchnyoff a dit que nous suivions la bonne route, mon capitaine. »

— « Vraiment ? » Le visage d'Arflane devint sombre. « Changez de cap, timonier. Trois degrés à tribord. »

Il quitta la passerelle et chercha Petchnyoff sur tout le navire. Il demeurait introuvable. Arflane descendit sur le pont inférieur où les marins dormaient dans leurs hamacs. Il tapa sur l'épaule du plus proche. L'homme grogna et jura.

— « Qu'est-ce qu'il y a ? »

— « C'est le capitaine. Allez sur le pont avec le timonier. Vous connaissez un peu la navigation ? »

— « Un peu, mon capitaine, » marmonna l'homme qui descendit de son hamac en se grattant la tête.

— « Ensuite, vous irez sur la passerelle. Le timonier vous dira quoi faire. »

Arflane revint à pas bruyants dans les coursives assombries jusqu'à ce qu'il eût atteint les appartements des passagers. La cabine de Janek Ulsenn était en face de celle de sa femme. Arflane hésita, puis frappa lourdement sur la porte d'Ulsenn. Il n'y eut pas de réponse. Il tourna la poignée. La porte n'était pas fermée. Il entra.

La cabine était vide. Arflane s'était attendu à y trouver Petchnyoff. Les deux hommes devaient donc se trouver en un autre lieu du navire. Aucune cabine n'était allumée.

Sa colère augmentant à chaque pas qu'il faisait, Arflane revint sur le gaillard d'arrière, écoutant soigneusement chaque murmure de conversation qui pourrait lui indiquer où se trouvaient les deux hommes.

Quelqu'un l'appela de la passerelle.

— « Des ennuis, mon capitaine ? »

C'était Petchnyoff.

— « Pourquoi avez-vous quitté votre garde, Monsieur Petchnyoff ? » cria Arflane. « Venez ici tout de suite ! »

Petchnyoff le rejoignit. « Désolé, mon capitaine, je... »

— « Depuis combien de temps avez-vous quitté votre poste ? »

— « Depuis peu, mon capitaine. J'avais à me soulager. »

— « Venez avec moi sur la passerelle, Monsieur Petchnyoff ! » Arflane grimpa l'escalier des cabines et entra dans la timonerie. Il était près du compas au moment où Petchnyoff entra. Les deux hommes de barre regardèrent avec curiosité le premier officier.

« Pourquoi avez-vous dit à cet homme que nous étions sur la bonne route quand nous avions dévié de trois degrés ? » tonna Arflane.

— « Trois degrés, mon capitaine ? » Petchnyoff parut offensé. « Nous n'avons pas dévié. »

— « Ah non ! Monsieur Petchnyoff ? Voudriez-vous consulter les cartes ? »

Petchnyoff alla jusqu'à la table et déroula une des cartes. Il dit d'un air triomphant : « Qu'est-ce qui ne va pas, mon capitaine ? Voilà la route que nous suivons. »

Arflane fronça les sourcils et s'approcha pour regarder la carte. En l'examinant de très près, il put voir qu'une ligne avait été gommée et qu'une autre avait été tracée. Il regarda la carte qu'il avait consultée un peu plus tôt. Elle indiquait bien la route originale. Pourquoi quelqu'un cherchait-il à maquiller les cartes ? Et si c'était le cas, pourquoi une telle modification qui devait fatalement être découverte ? Peut-être Ulsenn essayait-il de semer la révolte, pensa Arflane. A moins que ce ne fût Petchnyoff ?

— « Pouvez-vous m'expliquer comment on a pu modifier cette carte, Monsieur Petchnyoff ? »

— « Non, mon capitaine. Je ne le savais pas. Qui aurait pu… »

— « Quelqu'un est-il venu ici cette nuit — un passager, peut-être ? Quelque membre de l'équipage qui n'aurait rien eu à faire ici ? »

— « Seul Manfred Rorsefne est venu un peu plus tôt, mon capitaine. Personne d'autre. »

— « Etiez-vous présent à ce moment-là ? »

— « Non, mon capitaine. J'étais allé inspecter les hommes de garde. »

Petchnyoff pouvait facilement mentir. De tous, il était celui qui aurait pu le plus facilement maquilller la carte. Pourtant le timonier avait pu se laisser soudoyer par Manfred Rorsefne afin de le laisser consulter les cartes. On ne pouvait en aucune façon savoir qui était coupable.

Arflane pianota de ses doigts gantés sur la table des cartes.

— « Nous verrons cela demain matin, Monsieur Petchnyoff. »

— « Très bien, mon capitaine. »

Comme il quittait la timonerie, Arflane entendit crier la vigie. La voix du marin paraissait ténue en comparaison dans le grondement du vent de neige. Les mots, cependant, étaient bien distincts.

— « *Une crevasse ! Une crevasse !* »

Arflane courut jusqu'au bastingage et essaya de distinguer quelque chose. Une crevasse était encore plus dangereuse de nuit que de jour. Le navire se déplaçait lentement ; on aurait peut-être assez de temps pour jeter des grappins. Il hurla en direction de la passerelle : « Tout le monde sur le pont ! Tout le monde sur le pont, Monsieur Petchnyoff ! »

Aussitôt, Petchnyoff répéta les ordres d'Arflane dans le mégaphone.

Des hommes commençaient à apparaître en désordre dans le noir. Puis le navire bascula d'un côté et Arflane fut jeté sur le pont. Il glissa en avant, empoigna le bastingage et se remit sur ses pieds, essayant désespérément de marcher sur le pont en pente pendant que les hommes criaient de panique.

Couvrant le bruit des voix, Arflane entendit la glace qui craquait en cédant sous le poids du navire qui continuait de s'enfoncer à bâbord.

Arflane jura violemment et revint en titubant vers la timonerie. Il était trop tard pour jeter les ancres principales ; elles ne serviraient qu'à enfoncer le bâtiment profondément dans la glace.

Dans l'obscurité, autour de lui, des morceaux de glace précipités dans les airs retombaient sur le pont. Il y eut un sifflement et un bouillonnement d'eau, puis un autre craquement quand la glace la plus récente céda.

Arflane se précipita dans la timonerie, saisit un mégaphone qui était accroché au mur et revint sur la passerelle en courant.

« Tout le monde aux amarres ! Tout le monde à tribord ! Une crevasse ! Une crevasse ! »

A un autre endroit, Petchnyoff criait des ordres particuliers aux marins qui tiraient des amarres et couraient à tribord. Ils savaient ce qu'ils avaient à faire. Ils devaient passer par-dessus le bastingage et essayer de tirer à la main le navire hors de la glace tendre. C'était la seule chance de le sauver.

De nouveau, la glace craqua et s'effondra. De l'eau

jaillit ; des plaques de glace se redressèrent et se pressèrent en étau contre les flancs du navire. De l'eau commença à déferler sur le pont.

Arflane enjamba le bastingage de la passerelle et sauta sur le pont. Les patins de bâbord étaient en l'air ; l'*Esprit des Glaces* était en grand danger de se renverser.

Hinsen, à moitié vêtu, apparut derrière Arflane. « Ce n'est pas facile, mon capitaine ! Je crois bien qu'on est trop enfoncés. Si la glace qui est juste au-dessous de nous lâche, nous n'avons aucune chance... »

Arflane fit un bref signe de tête. « Enjambez le bastingage et aidez-les à tirer. Est-ce que quelqu'un s'occupe des passagers ? »

— « Je crois, mon capitaine. »

— « Je vais vérifier. Faites de votre mieux, Monsieur Hinsen. »

Arflane glissa vers la porte qui se trouvait sous la passerelle, l'ouvrit d'un coup et descendit en titubant l'escalier qui menait aux cabines des passagers.

Il passa devant la cabine de Manfred Rorsefne et devant celle d'Ulsenn. Quand il atteignit celle d'Ulrica Ulsenn, il l'ouvrit d'un coup de pied et s'y précipita.

Il n'y avait personne.

Il se demanda si ses passagers n'avaient pas quitté le navire avant que celui-ci ne rencontre la crevasse.

14

LA CREVASSE

UNE fois de plus, l'énorme bâtiment bascula, rejetant Arflane sur la porte de la cabine d'Ulrica Ulsenn.

La porte de Manfred Rorsefne s'ouvrit. Le jeune homme était échevelé et haletant ; sur son visage coulait le sang d'une blessure qu'il avait à la tête. Il essaya de sourire à Arflane, sortit en titubant dans la coursive et fut précipité sur la cloison.

— « Où sont les autres ? » cria Arflane par-dessus les craquements de la glace. Rorsefne secoua la tête.

Arflane parcourut avec difficulté la coursive pour atteindre enfin la poignée de la porte de la cabine de Janek Ulsenn. Le navire pencha, à bâbord cette fois-ci, au moment où il ouvrit la porte, et il vit Ulsenn et sa femme appuyés contre la cloison opposée. Ulsenn geignait et Ulrica essayait de le remettre sur pied. « Je ne peux pas le déplacer, » dit-elle. « Qu'est-il arrivé ? »

— « Une crevasse ! » dit sèchement Arflane. « Le navire est déjà à moitié dans l'eau. Il faut que tout le monde aille par-dessus bord. Dites-lui ça. » Puis il grogna d'impatience et saisit Ulsenn par le devant de sa veste pour le hisser, tremblant de terreur, sur ses épaules. Il fit un geste en direction de la coursive. « Ulrica, pouvez-vous aider votre cousin — il est blessé. »

Elle hocha la tête, se remit sur pied et le suivit hors de la cabine.

Manfred essaya de leur sourire quand ils sortirent, mais son visage était gris et il avait à peine la force de se tenir. Ulrica le prit par le bras.

Urquart les rejoignit alors qu'ils se frayaient un passage vers le pont cahotant : le harponneur mit sa lance sur son épaule et aida Ulrica à soutenir Manfred qui semblait sur le point de s'évanouir.

Dans les ténèbres, des morceaux de glace continuaient de s'écraser sur le pont, mais le navire ne s'enfonçait plus.

Arflane les conduisit jusqu'au bastingage, saisit un cordage qui pendait, et se balança, ainsi que son fardeau, jusqu'en bas du navire, sautant pour franchir la petite distance qui le séparait de la glace. Des silhouettes indistinctes se pressaient autour d'eux. Audessus d'Arflane, les amarres qui pendaient du bastingage claquaient dans l'obscurité. Urquart et Ulrica Ulsenn essayaient maladroitement de déposer Rorsefne sur le sol. Arflane attendit qu'ils fussent tous ensemble puis rejeta de ses épaules la forme tremblante de Janek Ulsenn qu'il laissa tomber sur le sol. « Debout ! » dit-il sèchement. « Si vous voulez vivre, vous devez aidez les hommes à tirer sur les cordages. Si le navire s'enfonce, nous sommes perdus. »

Janek Ulsenn se remit sur pied : il jeta un regard noir à Arflane et regarda autour de lui d'un air furieux jusqu'à ce qu'il vît Ulrica et Manfred aux côtés d'Urquart. « Cet homme, » dit-il en désignant du doigt Arflane, « cet homme a mis une fois de plus nos vies en danger par sa stupidité ! »

— « Faites ce qu'il dit, Janek, » dit Ulrica sur un ton d'impatience. « Venez. Nous aiderons tous les deux à tirer sur les cordages. »

Elle s'éloigna dans les ténèbres. Pendant un instant, Ulsenn contempla Arflane avec une haine brûlante, puis la suivit. Manfred resta indécis, un peu comme s'il cherchait à s'excuser. « Pardonnez-moi, capitaine. Je crois... »

— « Restez à l'écart jusqu'à ce que nous ayons fait notre travail, » ordonna Arflane. « Urquart — allons-y ! »

Accompagné du harponneur, il se fraya un chemin parmi les hommes qui tiraient sur les cordages pour enfin trouver Hinsen en train d'enfoncer un pieu d'amarrage.

« Quelles chances avons-nous ? » demanda Arflane.

— « Le glissement s'est arrêté, mon capitaine. Ici, la glace est dure et nous avons mis quelques pieux. On devrait y arriver. » L'officier en second se redressa. Il désigna du doigt un groupe d'hommes qui, à côté de lui, luttaient avec leur cordage. « Excusez-moi, mon capitaine. Je dois aller les aider. »

Tout en marchant, Arflane inspecta les groupes de marins qui dérapaient et glissaient sur la glace, parfois tirés en avant par le poids du navire ; l'angle d'inclinaison de celui-ci était maintenant inférieur à quarante-cinq degrés et Arflane comprit qu'il avait quelques chances de sauver l'*Esprit des Glaces*. Il s'arrêta pour les aider à tirer sur un cordage et Urquart alla jusqu'au groupe suivant pour en faire autant.

Lentement, le navire se redressait. Les hommes poussèrent des hourrah ! puis les clameurs se turent quand l'*Esprit des Glaces*, tiré par les cordages, continua de glisser vers eux sur l'impulsion acquise.

— « Reculez ! » cria Arflane. « Sauvez-vous ! »

Pris de panique, les hommes d'équipage s'enfuirent en courant et en glissant sur la glace. Arflane entendit le cri d'un homme qui était tombé sous les patins du navire. D'autres moururent de la même manière avant que la goélette ne s'arrête.

Arflane s'avança, tout en lançant par-dessus son épaule : « Monsieur Urquart ! Voulez-vous vous occuper des funérailles de ces hommes ? »

— « Très bien, mon capitaine ! » répondit Urquart dans les ténèbres.

Arflane fit le tour du navire et alla à bâbord pour inspecter les dégâts. Ils ne semblaient pas être très importants. Un des patins était légèrement faussé, mais il pourrait facilement être réparé. Le navire pourrait continuer son voyage sans difficulté.

« Très bien ! » cria-t-il. « Tout le monde à bord, sauf ceux qui vont s'occuper des funérailles. Il y a un patin de faussé et il faut tout de suite un groupe pour le réparer. Monsieur Hinsen, voulez-vous faire le nécessaire ? »

Il grimpa le long d'une amarre et regagna le pont de dunette. Il prit un mégaphone. « Monsieur Petchnyoff ! Montez sur la passerelle, s'il vous plaît ! »

Petchnyoff arriva quelques minutes après, l'air interrogateur. Arflane pensa qu'il avait un visage d'imbécile et il se demanda vaguement si Petchnyoff n'était pas un instable. Si c'était le cas, il était possible que le premier officier ait changé lui-même la route du navire, et cela sans autre raison que la rancune ou le désir de créer des ennuis à un capitaine qu'il détestait.

« Avant que les hommes ne commencent les réparations, assurez-vous que le navire est bien amarré, Monsieur Petchnyoff. »

— « Très bien, mon capitaine. » Petchnyoff s'éloigna.

— « Et quand cela sera fait, Monsieur Petchnyoff, je veux que tous les officiers et passagers se rassemblent dans ma cabine. »

Petchnyoff lui lança un regard interrogateur.

« Veillez-y, s'il vous plaît, » conclut Arflane.

— « Très bien, mon capitaine. » Petchnyoff quitta la passerelle.

Peu avant l'aube, les trois officiers, Petchnyoff, Hinsen et Urquart ainsi que les Ulsenn et Manfred Rorsefne se tenaient dans la cabine d'Arflane. Le capitaine, assis à sa table, étudiait les cartes qu'il avait rapportées de la timonerie.

La blessure de Manfred Rorsefne n'était pas aussi sérieuse qu'on avait pu le penser ; il portait un bandage autour de la tête et ses couleurs étaient revenues. Ulrica Ulsenn se tenait à quelque distance de son mari qui était appuyé contre la cloison aux côtés de Petchnyoff. Urquart et Hinsen, l'un à côté de l'autre, les bras croisés, attendaient avec patience que leur capitaine prenne la parole.

Enfin, Arflane, qui était resté volontairement silencieux pendant plus de temps que nécessaire, leva les yeux et montra un visage sinistre. « Vous savez pourquoi ces cartes sont ici, Monsieur Petchnyoff, » dit-il. « Nous en avons déjà discuté. Mais la plupart d'entre vous ne sont pas au courant. » Il inspira profondément. « Une des cartes a été falsifiée pendant la nuit. Le timonier a été trompé et a changé notre course de trois bons degrés. Le résultat a été que nous sommes tombés dans une crevasse et que nous avons failli nous tuer. Je ne pense pas que quelqu'un ait pu savoir que nous nous dirigions vers cette crevasse, c'est pourquoi il est évident que ce besoin d'altérer la carte est venu de quelque désir irresponsable de me mettre en colère et de me causer des ennuis — ou peut-être de nous retarder pour des raisons qui me sont étrangères. Manfred Rorsefne a été vu dans la timonerie et... »

— « Vraiment, capitaine ! » Manfred Rorsefne fit semblant d'être offensé. « J'étais dans la timonerie mais je ne suis pas capable de distinguer un point d'un autre sur le compas ! Je n'aurais vraiment pas pu faire cela ! »

Arflane hocha la tête. « Je n'ai pas dit que je vous suspectais, mais il n'y a aucun doute que c'est l'un d'entre vous qui a fait ces changements. Personne d'autre n'a accès à la timonerie. C'est pour cela que je vous ai tous rassemblés ici, pour que celui qui a altéré les cartes me le dise. Dans ce cas, je ne prendrai aucune sanction disciplinaire. Je vous demande cela pour que je puisse punir le timonier s'il a été menacé ou acheté pour que quelqu'un ait la possibilité d'altérer les cartes. Dans l'intérêt de nous tous, c'est à moi qu'il revient de découvrir qui a fait cela. »

Après un instant, une voix s'éleva. « C'est moi. Et je n'ai pas acheté le timonier. J'ai altéré la carte il y a plusieurs jours, quand elle était encore dans votre cabine. »

— « C'était vraiment stupide, » dit Arflane d'un ton sec. « Mais je pensais que c'était vous. Vous avez dû faire cela quand vous vouliez nous obliger à faire demi-tour. »

— « Je pense toujours que nous devrions faire demi-tour, » dit Ulsenn. « De même que j'ai altéré cette carte, je ferai tout ce qui est en mon pouvoir pour vous convaincre, vous ou vos hommes, de la folie de cette aventure. »

Arflane se leva, un regard meurtrier dans les yeux.

Puis il se reprit et s'appuya sur la table, portant le poids de son corps sur les paumes de ses mains. « Si j'ai encore à bord d'autres histoires de ce genre, Seigneur Ulsenn, » dit-il sur un ton glacial, « je ne ferai pas d'enquête. Mais je ne laisserai pas non plus l'affaire de côté. Je n'essaierai pas d'être juste. Je vous mettrai simplement aux fers pour le reste du voyage. »

Ulsenn haussa les épaules et se gratta la joue d'un air hautain.

« Très bien, » reprit Arflane. « Vous pouvez partir. Je m'attends à ce que les officiers fassent attention à tout acte inhabituel du Seigneur Janek Ulsenn et je veux que cela me soit rapporté. J'apprécierais aussi la coopération des autres passagers. Désormais, je considérerai Ulsenn comme un fou irresponsable — mais il pourra rester libre aussi longtemps qu'il ne nous mettra pas en danger une fois de plus. »

Courroucé par cet affront, Ulsenn sortit de la cabine et claqua la porte au visage de sa femme et de Manfred Rorsefne qui essayaient de le suivre.

Hinsen partit en souriant, mais les expressions de Petchnyoff et d'Urquart demeurèrent figées, sans aucun doute pour des raisons très différentes.

15

LES CRAINTES D'URQUART

Le navire continua sa course et les hommes d'équipage demeurèrent convaincus de la chance immense de leur capitaine. Le temps était beau, le vent fort et constant, et la goélette avançait à grande allure. La glace n'était embarrassée ni par des glaciers ni par d'autres obstacles, aussi longtemps qu'ils suivirent de près la carte du vieux Rorsefne et furent ainsi capables de naviguer de jour comme de nuit.

Une nuit qu'Arflane se tenait sur la passerelle en compagnie d'Urquart, ils virent à l'horizon une lueur qui ressemblait aux prémices de l'aube. Arflane consulta le grand chronomètre ancien de la timonerie. Il n'était que quelques minutes avant les six coups de la garde intermédiaire — trois heures du matin.

Arflane rejoignit Urquart sur la passerelle. Le harponneur semblait troublé. Il humait l'air de la nuit, tournant la tête de tous côtés dans le cliquetis de ses boucles d'oreilles en os. Arflane, lui, ne sentait rien.

— « Vous savez ce que c'est ? » demanda-t-il à Urquart.

Urquart poussa un grognement et se frotta le menton. Comme le navire se rapprochait de la source de la lueur rouge, Arflane commença lui aussi à noter une légère différence dans l'air, mais il ne pouvait définir ce que c'était.

Sans un mot, Urquart quitta la passerelle et s'en alla vers l'avant, soupesant son harpon de sa main droite. Il paraissait anormalement nerveux.

Une heure après, la lueur à l'horizon emplissait la moitié du ciel et illuminait la glace de rayons rouge sang. C'était un spectacle étrange : l'odeur que portait le vent était devenue beaucoup plus forte, une odeur âcre de moisi complètement inconnue d'Arflane. Il fut troublé à son tour. L'air semblait être plus chaud et le pont tout entier était inondé de l'étrange clarté. Les vergues d'ivoire, les bittes d'amarrage, les écoutilles et les crânes de baleines sur la proue, tout reflétait cette lueur ; dans la timonerie, le visage de l'homme de barre était rouge, de même que ceux des hommes de garde qui posaient sur Arflane des regards perplexes. La nuit s'était virtuellement transformée en jour, bien que le ciel fût d'un noir profond — plus noir que d'habitude, eût-on dit, à cause du contraste qu'il faisait avec la lueur sinistre qui s'étalait devant eux.

Hinsen sortit sur le pont et monta l'escalier des cabines pour rejoindre Arflane. « Que se passe-t-il, mon capitaine ? » Il frissonna violemment et s'humecta les lèvres.

Arflane l'ignora, rentra dans la timonerie et consulta la carte de Rorsefne. Il ne s'était pas servi de la carte originale du vieillard mais d'une copie plus propre. Il déroulait maintenant la carte originale et la scrutait dans la lueur rouge et vacillante qui venait de l'horizon. Hinsen s'approcha et regarda la carte par-dessus son épaule.

— « Bon sang ! » murmura Arflane. « C'est là et nous ne l'avions pas vu. Cette écriture est si difficile à lire. Est-ce que vous pouvez lire ce qui est écrit, Monsieur Hinsen ? »

Les lèvres d'Hinsen bougeaient tandis qu'il essayait de déchiffrer les mots minuscules que Rorsefne avait écrits de sa main tremblante peu avant de mourir. Il secoua la tête et fit un sourire d'excuse. « Désolé, mon capitaine. »

Arflane posa deux doigts sur la carte. « Il nous faut un homme d'études. »

— « Manfred Rorsefne, mon capitaine ? Je crois qu'il pourrait faire l'affaire. »

— « Allez le chercher, Monsieur Hinsen. »

Hinsen hocha la tête et quitta la timonerie. L'air portait maintenant une incroyable puanteur. Arflane avait des difficultés à respirer car de la poussière se collait dans sa bouche et dans sa gorge.

La lueur, teintée à présent de rayons jaunes, était instable. Elle vacillait sur la glace et sur le navire. Parfois, une partie de la goélette se trouvait dans l'ombre, parfois elle était tout entière illuminée.

Arflane se souvint de quelque chose qui l'avait terrifié longtemps auparavant. Il commençait à deviner le sens de l'inscription du vieux Rorsefne quand Manfred Rorsefne apparut dans la timonerie, se frottant les yeux.

— « C'est comme un grand feu, » dit-il. Il regarda la carte qu'Arflane lui montrait, le doigt posé sur un nom.

— « Est-ce que vous comprenez ? Pouvez-vous lire mieux que nous l'écriture de votre oncle ? »

Manfred fronça un instant les sourcils puis son visage s'éclaira. « Des montagnes de feu, » dit-il. « C'est cela. Dans le temps, on les appelait des volcans. J'avais raison. C'est du feu ! » Il regarda Arflane avec quelque anxiété ; son air insouciant avait complètement disparu.

— « Du feu... » Arflane n'essaya pas non plus de cacher l'horreur qu'il ressentait. Dans la Mythologie de la Glace, le feu était le pire ennemi de la Glace-Mère. Le feu était le Mal. Le feu détruisait. Il faisait fondre la glace. Il réchauffait les choses qui auraient normalement dû être froides.

— « Il vaudrait mieux jeter les grappins, capitaine, » dit Hinsen d'une voix lourde.

Mais Arflane consultait la carte. Il secoua la tête. « Tout ira bien, Monsieur Hinsen, du moins je l'espère. Cette route nous mène entre les montagnes de feu, pour autant que je puisse dire. On ne s'en approchera pas — du moins pas assez pour qu'il y ait quelque danger pour nous. Jusqu'à présent, les cartes de Rorsefne ont été bonnes. Nous continuerons sur cette route. »

Hinsen le regarda d'un air nerveux mais ne dit rien.

L'angoisse initiale de Manfred Rorsefne semblait avoir disparu. Il regardait l'horizon avec une certaine curiosité. « Des montagnes flamboyantes ! » s'écria-t-il. « Que de merveilles nous voyons, capitaine ! »

— « Je me sentirai mieux quand ces merveilles-là seront passées, » dit Arflane en essayant de faire de l'humour. Il s'éclaircit deux fois la voix, se tapa sur la cuisse et fit les cent pas dans la timonerie. Son attention fut attirée par le visage du timonier : c'était une parodie de la peur. Quand il vit cela, Arflane oublia sa propre nervosité et se mit à rire. Il frappa l'homme sur l'épaule. « Souriez un peu, mon gars ! Si cette carte dit vrai, nous passerons à plusieurs milles à tribord de la plus proche de ces montagnes ! » Rorsefne se mit aussi à rire et même Hinsen commença à sourire.

— « Mon capitaine, je prendrai la barre, si vous le voulez bien, » dit Hinsen. Arflane hocha la tête et frappa le timonier sur le bras.

— « Très bien, mon gars ! » lui dit Arflane tandis qu'Hinsen le remplaçait. « Descendez ! Vous ne voulez pas vous aveugler ? »

Il sortit sur la passerelle, regardant l'horizon, le visage tendu.

Bientôt ils purent voir les montagnes se détacher au loin. Des flammes rouges et jaunes et des volutes de fumée noire s'échappaient de leurs cratères tandis qu'une lave pourpre et lumineuse coulait le long de leurs flancs ; la chaleur était effroyable et l'air empoisonné leur piquait les poumons. De temps en temps, le navire traversait un nuage de fumée, et des jeux étranges de lumières et d'ombres couraient sur les ponts et les voiles. Le sol tremblait et la glace leur apportait l'écho du grondement des volcans.

La scène était si inhabituelle qu'ils pouvaient à peine croire à la réalité : on eût dit un paysage de cauchemar. La nuit était presque aussi claire que le jour et ils pouvaient voir à plusieurs milles de tous côtés, mais la lueur était blafarde et vacillante ; quand la fumée se dégageait, ils retrouvaient le ciel noir, la lune et les étoiles.

Arflane remarqua que les autres suaient autant que lui. Il chercha Urquart du regard et vit, à l'avant du navire, la silhouette du harponneur tenant près de lui son harpon hérissé de pointes. Il quitta la passerelle et s'avança vers lui dans l'étrange clarté qui allongeait et déformait son ombre.

Avant d'atteindre Urquart, il le vit s'effondrer à genoux sur le pont, près de la proue. Le harpon tomba devant lui. Arflane se hâta et vit, même avec cette lumière, que le visage d'Urquart était aussi blanc que la glace. L'homme marmonnait quelque chose, les yeux fermés, et son corps était agité de soubresauts violents. Peut-être était-ce dû à la nature de cette lumière mais Urquart paraissait incroyablement petit, comme si le feu l'avait fait fondre. Arflane lui toucha l'épaule, étonné d'un tel changement chez un homme qu'il tenait pour un modèle de courage et de sang-froid.

« Urquart ? Etes-vous malade ? »

Les paupières du harponneur s'ouvrirent, découvrant des yeux blancs qui roulaient dans leurs orbites. Son visage, battu par la neige, le froid et le givre, était agité de tics.

Pour Arflane, une telle attitude était proche de la trahison. Il avait pris Urquart pour modèle. Il tendit le bras et saisit les larges épaules du harponneur, le secouant furieusement. « Urquart ! Allez, bon sang ! Secouez-vous un peu ! »

Les yeux se refermèrent et l'étrange murmure continua. Arflane frappa violemment le visage du harponneur du revers de la main. « Urquart ! »

Urquart sursauta sous le coup mais ne fit rien ; puis il se jeta face la première sur le pont, les bras en croix, comme s'il se prosternait devant le feu. Arflane se retourna et se demanda pourquoi il dérangeait un homme en proie à une telle émotion. Il revint rapidement sur la passerelle et ne dit rien à Manfred Rorsefne quand il l'eut rejoint. Des hommes d'équipage se montraient maintenant sur le pont ; ils semblaient à la fois terrifiés et fascinés quand ils reconnaissaient la source de la lueur et de la puanteur.

Arflane porta le mégaphone à ses lèvres.

« Retournez à vos postes, les gars ! On va passer loin de ces montagnes et à l'aube elles seront derrière nous. Retournez à vos couchettes ! Vous devrez être frais et dispos pour le travail du matin ! »

A contrecœur, en murmurant, les marins regagnèrent leurs quartiers. Comme le dernier groupe d'hommes s'engageait dans l'escalier des cabines, Janek Ulsenn apparut sous la passerelle de commandement. Il jeta un bref regard à Arflane puis parcourut le pont pour s'arrêter près du mât d'artimon. Petchnyoff sortit quelques secondes plus tard et se dirigea lui aussi vers le mât d'artimon. Arflane lui cria dans le mégaphone : « Retournez à votre couchette, Monsieur Petchnyoff ! Ce n'est pas votre tour de garde ! Les passagers peuvent faire ce qu'ils veulent — mais vous devez vous souvenir de votre devoir ! »

Petchnyoff s'arrêta et regarda Arflane d'un air de défi. Arflane brandit son mégaphone. « Nous n'avons pas besoin de votre aide ! Je vous remercie. Retournez dans votre cabine. »

Petchnyoff se tourna alors vers Ulsenn, comme s'il attendait un ordre. Ulsenn lui fit un signe de la main et Petchnyoff redescendit l'escalier de mauvaise grâce. Ulsenn le suivit peu après. Arflane pensa qu'ils ruminaient probablement ensemble leurs funestes pensées mais, aussi longtemps qu'aucun incident n'affectait le voyage, il se moquait de ce que les deux hommes pouvaient comploter.

Un peu plus tard, il ordonna le changement de garde et recommanda aux nouvelles vigies de surveiller plus particulièrement tout signe d'une crevasse ou d'une traînée de vapeur qui indiquerait la présence d'un de ces petits lacs chauds formés par des geysers souterrains qui existaient sans aucun doute dans cette région. Cela fait, il décida de s'accorder un peu de sommeil. Hinsen s'était levé bien avant le début de son tour de garde ; c'est pourquoi Manfred Rorsefne accepta de partager avec lui la garde du matin.

Avant d'ouvrir la porte de sa cabine, Arflane jeta un dernier coup d'œil sur le pont. L'étrange lumière rouge jouait toujours sur la forme prosternée d'Urquart comme si elle exécutait une danse de victoire. Arflane passa la main dans sa barbe, hésita, puis entra dans sa cabine et ferma la porte derrière lui. Il enleva sa veste et la posa sur le couvercle du coffre, puis il s'approcha d'un tonneau qui se trouvait dans un coin de la cabine, versa de l'eau dans un baquet et nettoya la sueur et la poussière qui couvraient son visage. L'image d'Urquart lui revint à l'esprit : il ne pouvait comprendre pourquoi cet homme était affecté à ce point par les montagnes de feu. Il était normal que tout le monde fût troublé par le feu, puisqu'il était l'ennemi héréditaire, mais la terreur d'Urquart était vraiment hystérique.

Il retira ses bottes et ses jambières, puis nettoya le reste de son corps. Ensuite, il s'allongea sur sa couchette et trouva difficilement le sommeil. En fin de compte, il eut un sommeil agité et se leva dès que le cuistot frappa à la porte pour lui apporter le petit déjeuner. Il mangea peu, se lava de nouveau et s'habilla, puis sortit sur le pont et remarqua aussitôt qu'Urquart n'y était plus.

Le ciel matinal était couvert de nuages et l'on pouvait encore voir au loin les montagnes de feu ; à la lumière du jour, elles ne paraissaient pas si terribles. Arflane vit que les voiles avaient été noircies par la fumée et que le pont était recouvert d'une cendre grise, fine et collante.

Le navire se déplaçait lentement car les patins étaient gênés par les cendres qui recouvraient la glace sur plusieurs milles alentour, mais les montagnes de feu étaient bel et bien derrière eux. Arflane, qui se sentait las et malade, se traîna péniblement dans l'escalier qui menait à la passerelle de commandement. Sur le pont et dans les vergues, les hommes se déplaçaient avec la même léthargie. Sans aucun doute, ils souffraient tous des effets des vapeurs qu'ils avaient respirées la nuit précédente.

Petchnyoff fit son apparition sur la passerelle. Le premier officier venait prendre son tour de garde et il ne fit pas mine de le saluer ; Arflane l'ignora, entra dans la timonerie et prit la mégaphone qui était accroché au mur. Il revint sur la passerelle et appela le bosco qui était de service sur le pont intermédiaire : « Bosco ! Arrangez-moi ce navire comme il faut ! Quand vous le pourrez, vous ferez nettoyer chaque pouce de pont et de voilure. »

D'un mouvement de la main, Fydur montra qu'il avait compris les ordres d'Arflane. « Très bien, mon capitaine. »

— « Il vaudrait mieux jeter les grappins par-dessus bord, » continua Arflane. « Nous resterons à l'arrêt pendant que le navire sera nettoyé. Il doit y avoir des étangs chauds quelque part. Nous enverrons un groupe d'hommes à leur recherche et ils nous rapporteront de la viande de phoque. »

Le visage de Fydur s'illumina à l'évocation de la chair fraîche. « Oh, oui, mon capitaine ! »

Depuis la période de calme plat, Fydur semblait éviter la compagnie de Petchnyoff et d'Ulsenn ; Arflane était sûr que le bosco n'était plus dans leur clan.

Suivant les instructions de Fydur, la voiture fut repliée et les grappins jetés par-dessus bord. Leurs pointes acérées mordirent dans la glace et la goélette s'arrêta lentement. Puis un groupe de marins fut envoyé pour enfoncer les pieux qui immobiliseraient l'*Esprit des Glaces* jusqu'au moment où il serait prêt à repartir.

Dès que les hommes eurent commencé à nettoyer la goélette et que les volontaires furent appelés pour partir à la recherche des étangs chauds et des phoques qui s'y trouveraient, Arflane descendit l'escalier et frappa à la porte de la petite cabine d'Urquart. On bougea à l'intérieur et il y eut un coup sourd, mais aucune réponse.

« Urquart, » dit timidement Arflane. « Puis-je entrer ? C'est Arflane. »

Un autre bruit parvint de la cabine et la porte s'ouvrit tout à coup, laissant apparaître un Urquart furieux. Le harponneur était torse nu. Ses longs bras vigoureux étaient couverts de tatouages minuscules et son torse musclé ressemblait à une masse de cicatrices blanchâtres. Mais ce fut la blessure récente qu'il portait à l'avant-bras qu'Arflane remarqua tout d'abord. Il fronça les sourcils et la montra du doigt.

« Comment cela est-il arrivé ? »

Urquart grogna et recula dans la cabine encombrée qui était un peu plus grande qu'une armoire. Une cloison était occupée par le coffre contenant ses affaires tandis que l'autre était réservée à la couchette. Des fourrures étaient jetées sur la couchette et sur le sol. Dominant la cabine minuscule, l'énorme Urquart était appuyé sur la paroi d'en face. Sur le haut du coffre étaient posés un couteau et, à côté dc celui-ci, un bol de sang.

C'est alors qu'Arflane comprit ce qui s'était passé : Urquart avait donné son sang pour la Glace-Mère. C'était une coutume qui avait presque disparu pendant les dernières générations. Quand un homme avait blasphémé ou offensé de quelque façon la Glace-Mère, il faisait couler son sang et le versait sur la glace, donnant ainsi un peu de sa chaleur et de sa vie à la divinité. Arflane se demanda quel blasphème Urquart croyait avoir pu commettre, bien que cela fût sans doute en rapport avec sa crise d'hystérie de la nuit précédente.

Arflane fit un signe de tête interrogateur en direction du bol. « Que s'est-il passé la nuit dernière ? » demanda-t-il de la manière la plus banale possible. « Avez-vous péché contre la Glace-Mère ? »

Urquart lui tourna le dos et remit ses fourrures aux poils emmêlés. « J'ai été faible, » grogna-t-il. « Je me suis couché devant l'ennemi. »

— « Il ne nous a fait aucun mal, » lui dit Arflane.

— « Je sais quel mal il a fait, » dit Urquart. « J'ai agi ainsi que je croyais devoir agir. J'espère que c'est assez. » Il noua les cordons de sa veste, s'approcha du hublot et l'ouvrit ; puis il prit le bol et jeta le sang sur la glace.

Après avoir refermé le hublot, il rejeta le bol sur le coffre, traversa la pièce pour prendre son harpon et s'arrêta, le visage aussi impassible qu'à son habitude, attendant qu'Arflane le laissât passer.

Arflane demeura immobile.

— « Je ne vous le demande que par camaraderie, Urquart, » dit-il. « Si vous pouviez me dire ce qui s'est passé la nuit dernière... »

— « Vous *devriez* le savoir, » grogna Urquart. « C'est vous qui êtes son élu, pas moi. » Le harponneur se référait à la Glace-Mère, mais Arflane était toujours intrigué. Il était cependant évident qu'Urquart ne désirait rien dire de plus. Arflane fit demi-tour et sortit dans la coursive. Urquart le suivit en se baissant un peu pour ne pas cogner sa tête aux poutres. Ils montèrent sur le pont. Urquart s'avança sans un mot et se mit à grimper dans les gréements du mât de misaine. Arflane le regarda jusqu'à ce qu'il eût atteint les vergues supérieures, tenant toujours son harpon sous son bras, et qu'il se fût accroché aux cordages pour regarder les montagnes de feu qui se trouvaient maintenant très loin d'eux.

Arflane eut un geste d'impatience, offensé par l'air bourru du harponneur, et il retourna sur la passerelle.

Quand le soir vint, le navire était débarrassé de toute trace de la cendre qui l'avait souillé mais l'expédition n'était pas encore revenue de la chasse. Arflane aurait voulu donner aux hommes des instructions plus précises pour qu'ils regagnent le bord avant la tombée du jour, mais il avait pensé qu'il n'y aurait aucune difficulté à trouver un étang. Ils avaient pris une petite barque et avaient dû avancer à une bonne vitesse ; l'*Esprit des Glaces* devait maintenant attendre jusqu'à leur retour et, comme il était peu probable qu'ils voyagent la nuit, la matinée serait sans doute utilisée de la même façon. Une fois de plus, Arflane devait prendre la garde intermédiaire et se mettre en service à minuit. Alors que la cloche sonnait les quatre coups qui terminaient le premier petit quart, il décida qu'il essaierait de dormir pour rattraper le sommeil qu'il n'avait pas pu avoir la nuit précédente.

La soirée était calme ; il fit un tour rapide sur le pont avant d'aller à sa cabine. On n'entendait que les bruits discrets de quelques marins au travail, quelques conversations à mots couverts mais rien ne venait troubler la paix qui régnait sur le navire.

Quand il arriva près du gaillard d'avant, Arflane leva les yeux. Urquart était toujours là-haut dans les gréements, et immobile comme s'il était gelé. Il était bien plus difficile de comprendre cet étrange harponneur qu'il ne l'avait cru, se dit-il. Mais il était maintenant trop las pour s'en préoccuper. Il revint vers la passerelle et entra dans sa cabine. Il s'endormit rapidement.

16

L'ATTAQUE

ARFLANE se réveilla machinalement au moment où les sept coups furent piqués, se donnant ainsi une demi-heure de liberté avant de prendre son tour de garde. Il se lava, s'habilla, et se prépara à quitter sa cabine par la porte qui donnait sur le pont ; c'est alors que l'on frappa à la porte qui donnait sur la coursive.

« Entrez ! » dit-il brusquement.

La poignée de la porte tourna et Ulrica Ulsenn apparut. Son visage était quelque peu empourpré mais elle le regarda bien en face. Il sourit, ouvrit les bras pour l'enlacer mais elle secoua la tête en fermant la porte derrière elle.

— « Mon mari a décidé, avec Petchnyoff, de... de vous tuer, Konrad. » Elle appuya sa main sur son front. « Je l'ai entendu parler avec Petchnyoff dans sa cabine. Leur plan est de vous tuer et d'enterrer votre corps ce soir dans la glace. »

Elle ne le quittait pas du regard. « Je suis venue vous le dire, » dit-elle, d'un air presque provocant.

Arflane croisa les bras et sourit. « Merci. Petchnyoff sait que je vais bientôt être de garde. Ils essaieront sans aucun doute de me tuer quand je ferai mon tour d'inspection sur le pont. Je me demandais si cela leur viendrait à l'esprit. Eh bien... » Il s'approcha de son coffre, en sortit la ceinture pourvue du coutelas à dépecer dans son fourreau et la boucla autour de sa taille. « Peut-être cela va-t-il enfin les arrêter. »

— « Vous allez le tuer ? » demanda-t-elle doucement.

— « Tous les deux. Ce sera plus juste. »

Il s'avança vers elle, mais elle recula. Il étendit la main et la prit par la nuque, l'attirant à lui. Elle vint à lui à contrecœur, puis passa ses bras autour de sa taille comme il caressait ses cheveux. Il l'entendit pousser un soupir profond et déchirant.

« Je ne m'attendais vraiment pas à ce qu'il aille si loin, » dit Arflane après un instant. « Je croyais qu'il avait quelque sens de l'honneur. »

Elle leva vers lui des yeux pleins de larmes. « Vous le lui avez pris, » dit-elle. « Vous l'avez trop humilié… »

— « Ce n'était pas par plaisir, » dit-il. « Seulement pour me protéger. »

— « C'est vous qui le dites, Konrad. »

Il haussa les épaules. « Peut-être. Mais s'il m'avait défié ouvertement, j'aurais refusé. Je peux le tuer très facilement. J'aurais refusé cette chance. Mais maintenant… »

Elle gémit et s'éloigna brusquement de lui pour se jeter sur la couchette, le visage dans les mains. « Quoi que vous fassiez, ce sera un meurtre, Konrad. C'est vous qui l'avez poussé à faire cela ! »

— « Il s'y est poussé lui-même. Restez ici. »

Il quitta la cabine et s'avança doucement sur le pont, regardant autour de lui avec désinvolture. Puis il fit demi-tour et monta l'escalier des cabines qui accédait à la passerelle. Manfred Rorsefne se trouvait là. Il fit un signe de tête à Arflane. « J'ai envoyé Hinsen se coucher il y a une heure. Il avait l'air fatigué. »

— « Vous avez bien fait, » dit Arflane. « Savez-vous si les chasseurs sont revenus ? »

— « Pas encore. »

Arflane murmura quelques mots vagues en portant son regard vers les gréements.

« Je crois que je vais retourner à ma couchette, » dit Rorsefne. « Bonne nuit, capitaine. »

— « Bonne nuit. » Arflane regarda Rorsefne descendre sur le pont intermédiaire et disparaître dans l'escalier.

La nuit était calme et le vent très doux. Arflane

entendit l'homme de garde sur le gaillard d'avant taper ses pieds engourdis sur le pont.

Il ne prendrait son second tour que dans une heure. Il devina que ce serait à ce moment-là que Petchnyoff et Ulsenn essaieraient de l'attaquer. Il entra dans la timonerie. Comme le navire était à l'ancre, l'homme de barre ne se trouvait pas là ; c'était sans aucun doute la raison pour laquelle les deux hommes avaient choisi cette nuit pour le tuer ; il n'y aurait pas de témoin.

Il descendit sur le pont intermédiaire et observa les lueurs lointaines des montagnes de feu. Il repensa alors à Urquart et leva les yeux. Le harponneur était toujours accroché en haut des gréements du mât de misaine. Il ne devrait espérer aucune aide d'Urquart cette nuit.

Il y eut au loin quelques mouvements d'agitation : il courut au bastingage et distingua malgré l'obscurité quelques silhouettes qui couraient désespérément vers le navire. Comme elles s'approchaient, il reconnut certains membres de l'expédition de chasse. Ils poussaient des cris incohérents. Il se précipita sur la boîte de cordages la plus proche, en fit sauter le couvercle et en tira une échelle. Il revint en courant au bastingage et lança l'échelle. Mettant ses mains en cornet devant sa bouche, il cria : « Par ici ! »

Le premier marin se mit à courir, saisit l'échelle et commença à grimper. Arflane entendit son souffle haletant. Il se pencha et aida l'homme à monter à bord ; il était épuisé, ses fourrures étaient en lambeaux et sa main droite saignait, profondément entaillée.

— « Que s'est-il passé ? » demanda Arflane.

— « Des sauvages, mon capitaine ! Je n'avais jamais rien vu de tel ! Ils ne ressemblent en rien à des hommes. Ils ont un camp près des étangs chauds. Ils nous ont aperçus avant que nous ayons pu les voir… Ils se servent de… de *feu,* mon capitaine ! »

Arflane pinça les lèvres et donna au marin une claque dans le dos. « Descendez avertir les autres ! »

A cet instant un trait de flamme jaillit dans la nuit et toucha l'homme de garde sur le gaillard d'avant. Arflane vit que c'était une flèche enflammée. L'homme cria, essayant de happer les flammes de ses mains gantées, puis il bascula en arrière et tomba mort sur le pont.

Tout à coup, les ténèbres s'emplirent de flèches enflammées. Fous de terreur, les marins se jetaient à plat ventre sur le pont, en proie à une peur due à plusieurs siècles de conditionnement. Les flèches qui tombaient sur le pont se consumaient sans causer de dégâts mais certaines d'entre elles se fichèrent dans la voiture et quelques toiles ferlées se mirent à brûler. Les marins hurlaient lorsque les flèches les frappaient et mettaient le feu à leurs fourrures. Un homme transformé en torche vivante passa à côté d'Arflane en se débattant. Partout sur le navire, de petits foyers d'incendie s'étaient déclarés.

Arflane se précipita sur la passerelle, se mit à sonner furieusement la cloche d'alarme et cria dans son mégaphone : « Tout le monde sur le pont ! Amenez les armes ! Préparez-vous à vous défendre ! »

Il pouvait voir de la passerelle ceux qui venaient en tête des sauvages. Leurs silhouettes étaient humaines mais ils étaient complètement recouverts de poils blancs argentés ; autrement, ils avaient l'air d'être nus. Certains tenaient des tisons enflammés. Tous portaient des carquois de flèches à l'épaule et brandissaient des arcs d'os à l'aspect redoutable.

Comme les marins revenaient sur le pont, armés d'arcs, de harpons et de coutelas, Arflane ordonna aux archers de viser les sauvages qui portaient les tisons. Un peu plus bas sur le pont, Petchnyoff commandait un groupe chargé de faire la chaîne pour éteindre le feu qui détruisait les voiles.

Arflane se pencha sur le bastingage de la passerelle et appela Fydur qui courait, les bras chargés d'arcs et d'une demi-douzaine de carquois plein de flèches. « Montez-en ici, bosco ! »

Le bosco s'arrêta pour choisir une arme et un carquois ; il les lança à Arflane qui les attrapa, passa aussitôt le carquois à son épaule, encocha une flèche sur la corde et tendit son arc. Il visa un des sauvages porteurs de tisons et vit l'homme tomber sur la glace, la flèche plantée dans la bouche.

Une flèche enflammée vola dans sa direction. Il ressentit un léger choc quand elle se planta dans son épaule gauche mais, dans sa panique, il ne ressentit pas la douleur. Les flammes lui firent perdre son sang-froid. D'une main tremblante, il arracha la flèche et la jeta loin de lui, puis frappa sa veste jusqu'à ce que les flammes soient éteintes. Il dut alors saisir le bastingage de sa main droite pour garder son équilibre et il eut un haut-le-cœur.

Après un instant, il ramassa l'arc et encocha une autre flèche. On ne pouvait plus voir que deux ou trois tisons et les sauvages semblaient reculer. Il en visa un et manqua son but, mais une autre flèche vint frapper le sauvage. Sans cesse d'autres jaillissaient des ténèbres, mais la plupart d'entre elles n'étaient pas enflammées. Avec leurs toisons argentées, les sauvages faisaient d'excellentes cibles et ils tombaient maintenant en grand nombre sous le tir des archers d'Arflane.

L'attaque s'était produite à bâbord ; pourtant, quelque prémonition fit se retourner Arflane et regarder à tribord.

Près d'une douzaine de sauvages vêtus de fourrures blanches avaient réussi à monter à bord sans se faire remarquer. Ils traversaient le pont en courant, leurs yeux lançant des éclairs, leurs lèvres retroussées par la colère. Arflane en tua un et se baissa pour prendre son mégaphone afin de donner l'alerte. Puis il jeta son arc, tira son coutelas et enjamba le bastingage de la passerelle pour sauter sur le pont.

Un des sauvages lui décocha une flèche qui le manqua. Arflane le frappa au visage de la garde de son arme puis se jeta sur un autre et sentit la lame acérée mordre dans la chair de son cou. D'autres marins l'avaient rejoint et affrontaient les sauvages dont les arcs étaient inutiles en combat rapproché. Arflane vit que Manfred Rorsefne était à ses côtés ; il lui adressa un sourire.

— « Ça vaut mieux comme ça, n'est-ce pas, capitaine ? »

Arflane se jeta sur les adversaires, frappa brutalement l'un d'eux à la poitrine et l'abattit. Partout les marins massacraient les derniers sauvages qui étaient maintenant écrasés par le nombre.

Les bruits de la bataille se turent et il n'y eut bientôt plus aucun assaillant sur pied. A la droite d'Arflane, un homme se mit à hurler. C'était Petchnyoff. Il avait reçu deux flèches enflammées, l'une dans l'aine et l'autre près du cœur. De petites flammes brûlaient ses vêtements et son visage était noirci par la fumée. Il mourut à l'instant où Arflane arriva près de lui. Arflane revint sur la passerelle. « Déployez la voilure ! Fichons le camp d'ici ! »

Aussitôt, des hommes grimpèrent dans les mâts pour déployer les voiles qui n'avaient pas été endommagées. D'autres larguèrent les amarres et le navire démarra doucement. Quelques dernières flèches s'abattirent sur le pont. Les silhouettes blanches des sauvages disparurent rapidement quand la goélette prit de la vitesse.

Arflane regarda en arrière ; il respirait difficilement et serrait dans sa main son épaule blessée. Il ne souffrait pas vraiment. Il était pourtant raisonnable de penser que la souffrance allait empirer. Hinsen arriva sur le pont. « Prenez le commandement, Monsieur Hinsen, » dit-il. « Je vais me reposer. »

Quand il arriva à la porte de sa cabine, il eut une hésitation puis changea d'avis et franchit la porte principale qui donnait sur la coursive où les passagers avaient leurs cabines. Ulrica rejoignait la coursive où se trouvait sa propre cabine mais il ne voulait pas la voir pour l'instant. Il traversa le couloir sombre et arriva devant la porte d'Ulsenn.

Il essaya de tourner le bouton. La porte était fermée à clef. Il s'appuya contre la cloison et donna un violent coup de pied dans le battant. Sous l'effort, son épaule blessée se mit à l'élancer douloureusement. Il comprit alors que sa blessure était plus sérieuse qu'il ne l'avait pensé.

Ulsenn fit volte-face quand Arflane entra. Il s'était tenu près du hublot pour regarder au-dehors.

— « Que veut dire cette ?... »

— « Je vous arrête ! » dit Arflane d'une voix déformée par la douleur.

— « Pour quelle raison ? » Ulsenn se redressa. « Je... »

— « Pour avoir comploté de m'assassiner. »

— « Vous mentez ! »

Arflane n'avait pas l'intention de mentionner le nom d'Ulrica. Il dit : « Petchnyoff me l'a appris. »

— « Petchnyoff est mort ! »

— « Il me l'a dit en mourant ! »

Ulsenn essaya de hausser les épaules mais son geste fut pathétique. « Alors, Petchnyoff vous a menti. Vous n'avez aucune preuve. »

— « Je n'en ai pas besoin. Je suis le capitaine. »

Le visage d'Ulsenn frémit comme s'il allait se mettre à pleurer. Il semblait complètement vaincu. Une nouvelle fois il haussa les épaules mais c'était un geste de désespoir. « Qu'attendez-vous de moi, Arflane ? » dit-il péniblement.

Pendant un instant, Arflane le regarda et il eut pitié de lui, une pitié teintée de sa propre culpabilité. Ulsenn avait un air presque implorant. « Où est ma femme ? » demanda-t-il.

— « Elle est en sécurité. »

— « Je veux la voir. »

— « Non ! »

Ulsenn s'assit au bord de sa couchette et se cacha la tête dans les mains. Arflane sortit alors de la cabine et referma la porte. Il gagna celle qui donnait sur le pont et appela deux marins. « La cabine du Seigneur Ulsenn est la troisième à droite. Il est en état d'arrestation. Je veux que vous mettiez une barre en travers de sa porte et que vous montiez la garde jusqu'à ce que l'on vous relève. Je resterai ici pendant que vous irez chercher les outils nécessaires. »

Quand le travail eut été achevé et que la barre fut mise en place et reliée à la porte par une chaîne, il revint à sa propre cabine.

Ulrica s'était endormie sur sa couchette. Il l'y laissa, se rendit dans sa cabine, mit ses objets personnels dans son coffre et le tira dans le couloir sous les regards curieux des marins qui montaient la garde à la porte d'Ulsenn. Il apporta le coffre dans sa cabine personnelle et l'installa à côté du sien ; puis il enleva ses vêtements et regarda son épaule. La blessure avait beaucoup saigné mais l'hémorragie s'était maintenant arrêtée. Tout irait bien jusqu'au matin.

Il s'allongea à côté d'Ulrica.

17

LA DOULEUR

Au matin, son épaule lui faisait plus mal. Avec une grimace de douleur, il ouvrit les yeux.

Ulrica était déjà debout et tournait le robinet du grand tonneau d'eau pour y humecter un morceau de tissu. Elle revint à la couchette, le visage pâle et impassible, et posa sa compresse sur l'épaule enflammée, ce qui eut pour effet d'aviver la douleur.

— « Vous feriez mieux d'appeler Hinsen, » lui dit-il. « Il saura comment soigner cette blessure. »

Elle hocha la tête en silence et voulut se lever. Il tendit la main droite et la prit par le bras.

« Ulrica... Savez-vous ce qui s'est passé la nuit dernière ? »

— « Une attaque des sauvages, n'est-ce pas ? » dit-elle d'une voix blanche. « J'ai vu du feu. »

— « Je veux dire avec votre mari — ce que j'ai fait. »

— « Vous l'avez tué, » dit-elle sans conviction.

— « Non. Il ne m'a pas assailli comme il le voulait. L'attaque est arrivée trop tôt. Il est dans sa cabine — enfermé jusqu'à la fin du voyage. »

Elle eut un sourire légèrement ironique. « Vous êtes généreux, » dit-elle finalement. Elle fit demi-tour et quitta la cabine.

Un peu plus tard, elle revint avec Hinsen. L'officier en second fit ce qui était nécessaire et elle l'aida à panser l'épaule d'Arflane. L'infection était rare dans les étendues glaciaires mais la blessure demanderait quelque temps pour se cicatriser.

— « Trente hommes sont morts la nuit dernière, mon capitaine, » dit Hinsen, « et nous avons six blessés. Le travail va être plus difficile maintenant que l'équipage est réduit. »

Arflane grogna un acquiescement. « Nous en parlerons plus tard, Monsieur Hinsen. Nous aurons besoin de l'avis de Fydur. »

— « Il est parmi les morts, mon capitaine, ainsi que Monsieur Petchnyoff. »

— « Je vois. Vous serez donc premier officier et Urquart sera second. Il faudrait trouver un homme de valeur pour remplacer le bosco. »

— « J'ai un nom à l'esprit, mon capitaine — Rorchenof. Il était bosco sur l'*Ildiko Ulsenn.* »

— « Très bien. Où se trouve Monsieur Urquart ? »

— « Dans le gréement avant, mon capitaine. Il y était pendant le combat et il n'en a pas bougé depuis. Il n'a pas répondu quand je l'ai appelé, mon capitaine. Si je n'avais pas vu son souffle, j'aurais cru qu'il était gelé. »

— « Voyez si vous pouvez le faire descendre. Sinon, j'essaierai plus tard. »

— « Très bien, mon capitaine. » Hinsen s'éloigna.

Ulrica se tenait près de sa couchette et le regardait d'un air pensif.

— « Pourquoi êtes-vous si déprimée ? » dit-il en tournant sa tête sur l'oreiller et en la regardant en face.

Elle haussa les épaules, poussa un soupir, s'assit sur la couchette et croisa les bras sous sa poitrine. « Je me demande dans quelle mesure nous sommes impliqués là-dedans, » dit-elle.

— « Que voulez-vous dire ? »

— « Janek — la manière dont il s'est conduit. N'aurions-nous pu le forcer à agir comme il l'a fait pour ensuite croire que nous avons agi comme il le fallait ? Cette situation tout entière n'aurait-elle pu être créée entièrement par nous ? »

— « Au début, je ne voulais pas de lui à bord. Vous le savez. »

— « Mais il n'avait pas le choix. Ce sont nos *propres* actions qui l'ont obligé à se joindre à nous. »

— « Je ne lui ai pas demandé de vouloir me tuer. »

— « Peut-être l'y avez-vous poussé. » Elle pressa ses deux mains l'une contre l'autre. « Je ne sais pas. »

— « Que voulez-vous que je fasse, Ulrica ? »

— « Je veux que vous ne fassiez plus rien. »

— « Nous sommes ensemble. »

— « Oui. »

Arflane s'assit sur sa couchette. « C'est ce qui est arrivé, » dit-il presque sur la défensive. « Que pouvons-nous y changer maintenant ? »

Au-dehors, le vent soufflait et la neige se précipitait sur le hublot. Le navire se balançait doucement, suivant le mouvement des patins sur la glace ; Arflane souffrait de son épaule. Plus tard, elle vint s'allonger à côté de lui et ils écoutèrent ensemble la tempête qui faisait rage.

Quand, en fin d'après-midi, il eut quitté sa cabine et monté avec difficulté l'escalier glissant jusqu'à la passerelle où se tenait Manfred Rorsefne, Arflane sentit la neige qui cinglait son visage et son corps et il se sentit mieux.

— « Comment allez-vous, capitaine ? » lui demanda Rorsefne. Sa voix était à la fois lointaine et amicale.

— « Je vais bien. Où sont les officiers ? »

— « Monsieur Hinsen est dans la mâture et Urquart est descendu. Je surveille la passerelle. Je me sens presque du métier. »

— « Comment va le navire ? »

— « Bien, étant donné les circonstances. » Rorsefne montra du doigt les gréements qui étaient en partie cachés par la neige. Des formes noires vêtues de fourrures se déplaçaient dans la mâture. Des marins prenaient les ris. « Vous avez choisi un bon équipage, capitaine Arflane. Comment va ma cousine ? » dit Manfred d'un air détaché. L'insinuation n'échappa pas à Arflane.

Le navire commençait à ralentir. Arflane jeta un regard vers la timonerie avant de répondre à Rorsefne. « Elle va bien. Vous savez ce qui est arrivé ? »

— « Je l'avais prévu, » dit doucement Rorsefne, puis il leva la tête pour observer la mâture.

— « Vous... » Arflane était incapable de formuler sa question. « Comment ?... »

— « Cela ne me regarde pas, capitaine, » l'interrompit Rorsefne. « Après tout, vous êtes le seul maître à bord de cette goélette. » L'ironie était évidente. Rorsefne fit un signe de tête, quitta la passerelle et descendit avec précaution l'escalier des cabines.

Arflane haussa les épaules et le regarda cheminer dans la neige qui s'amoncelait sur le pont intermédiaire. Le temps empirait et il ne s'améliorerait pas ; l'hiver arrivait avec le Nord. Privés d'un tiers de l'équipage, ils allaient au-devant de sérieuses difficultés, à moins qu'ils ne puissent naviguer vers New York le plus rapidement possible. Il haussa une nouvelle fois les épaules. Il se sentait fatigué mentalement et physiquement, vulnérable à la plus légère angoisse.

Comme la dernière lumière s'éteignait, Urquart sortit de dessous la passerelle et le regarda. Le harponneur semblait s'être ressaisi ; il plaça sa lance dans le creux de son bras, monta l'escalier des cabines et vint aux côtés d'Arflane, près du bastingage. Il savourait d'une manière presque sensuelle la morsure du vent et de la neige sur son visage et sur son corps. « Vous êtes maintenant avec cette femme, capitaine ? » demanda-t-il d'une voix faible.

— « Oui. »

— « Elle vous détruira. » Urquart cracha dans le vent et fit demi-tour. « Je vais faire nettoyer les écoutilles. »

Tout en le regardant surveiller le travail sur le pont, Arflane se demanda soudain si les avertissements du harponneur n'étaient inspirés que par la jalousie que les relations d'Arflane avec celle qui était sa demi-sœur éveillaient en lui. Cela pouvait également expliquer le dégoût profond qu'il ressentait pour Ulsenn.

Arflane demeura encore une demi-heure sur le pont sans rien faire, puis descendit dans sa cabine.

18

LE BROUILLARD

L'AUTOMNE se transforma rapidement en hiver au fur et à mesure que le navire avançait vers le Nord. Pendant les semaines qui suivirent, le temps empira et, surchargés de travail, les hommes d'équipage de la goélette des glaces eurent de plus en plus de difficultés à diriger le navire d'une manière efficace. Urquart seul avait l'air résolument décidé à s'assurer que le navire suive sa route et avance du mieux qu'il pût. Le navire progressait lentement à cause des tempêtes de neige presque permanentes ; New York était encore à plusieurs centaines de milles.

Il était la plupart du temps impossible de voir devant soi ; quand la neige ne tombait pas, le navire était entouré de brouillards et de brumes si denses que la visibilité était réduite à moins de deux mètres. Dans la cabine d'Arflane, les amants étaient serrés l'un contre l'autre, unis autant par leur malheur que par leur passion. Manfred Rorsefne était le seul qui eût daigné rendre visite à Janek Ulsenn ; il raconta à Arflane que son cousin avait l'air de supporter son emprisonnement avec courage sinon avec bonne humeur. Arflane ne fit aucun commentaire. Son naturel taciturne se manifestait de nouveau. Certains jours, il ne prononçait pas une parole et restait allongé, immobile sur sa couchette du matin jusqu'au soir. Quand il était dans cet état, il ne mangeait pas et Ulrica demeurait allongée à ses côtés, reposant sa tête sur son épaule, n'écoutant que le bruit des patins sur la glace, le craquement des vergues et le bruit de la neige qui tombait sur le pont. Quand le brouillard feutrait ces bruits, on eût dit que la cabine était complètement indépendante du reste du navire. Pendant de tels instants, Arflane et Ulrica sentaient leur passion revenir en force et faisaient l'amour avec violence, comme si ce devait être la dernière fois. Après quoi, Arflane sortait sur la passerelle perdue dans le brouillard et s'informait auprès d'Hinsen, d'Urquart ou de Manfred Rorsefne de la distance qu'ils avaient parcourue. Il était devenu pour les hommes d'équipages un personnage de mauvais augure et même les officiers, à l'exception d'Urquart, se sentaient gênés en sa présence. Ils remarquèrent combien Arflane paraissait vieilli : son visage était ridé et ses épaules s'étaient affaissées. Il ne les regardait presque jamais en face mais perdait ses regards dans la neige ou dans le brouillard. De temps en temps, et apparemment sans s'en rendre compte, il poussait un profond soupir et faisait un geste nerveux, comme par exemple de faire tomber le givre de sa barbe ou frapper le bastingage du plat de la main. Alors qu'Hinsen et Rorsefne se sentaient solidaires de leur patron, Urquart affectait un air dédaigneux et l'indifférence. Arflane, quant à lui, avait l'air de se moquer complètement de rencontrer Hinsen ou Rorsefne, mais il faisait des efforts évidents pour éviter Urquart à chaque fois qu'il le pouvait. Plusieurs fois, se trouvant sur la passerelle et voyant Urquart s'approcher, il avait descendu l'escalier des cabines en toute hâte avant que l'officier en second n'ait pu l'atteindre. La plupart du temps, Urquart ne semblait pas remarquer sa fuite mais on le vit une fois sourire d'une manière quelque peu sinistre quand la porte de la cabine d'Arflane se referma brutalement au moment où le harponneur apparaissait sur la passerelle.

Hinsen et Rorsefne discutaient souvent ensemble. Rorsefne était le seul homme à bord à qui Hinsen pouvait confier sa propre angoisse. L'ambiance parmi les hommes n'était pas tendue mais plutôt apathique, une apathie qui se reflétait dans l'avance sporadique du navire.

— « Je pense souvent que nous allons nous arrêter

définitivement, » dit Hinsen, « et que nous allons passer le reste de notre vie dans un éternel linceul de brouillard. Tout est devenu si brumeux... »

Rorsefne approuva par sympathie. Le jeune homme n'avait pas l'air d'être aussi déprimé ni aussi soucieux de leur destin.

— « Courage, Monsieur Hinsen ! Tout ira bien. Ecoutez Monsieur Urquart : C'est notre destin que d'atteindre New York... »

— « Je voudrais bien que le capitaine le dise aux hommes, » dit Hinsen d'un air sombre. « Je voudrais bien qu'il leur dise quelque chose — n'importe quoi. »

Rorsefne hocha la tête d'un air soudainement pensif.

19

LA LUMIÈRE

Le matin qui suivit la conversation entre Rorsefne et Hinsen, Arflane fut réveillé par des coups frappés à la porte de sa cabine. Il se leva lentement et reposa les fourrures sur le corps endormi d'Ulrica. Il mit sa veste et ses jambières et déverrouilla la porte.

Manfred Rorsefne était là ; derrière lui, le brouillard tourbillonnait et pénétrait dans la cabine. Le jeune homme avait les bras croisés et affichait un air dédaigneux. « Puis-je vous parler, capitaine ? »

— « Plus tard, » grogna Arflane en jetant un coup d'œil vers la couchette où remuait Ulrica.

— « C'est important, » dit Manfred en s'avançant.

Arflane haussa les épaules et recula pour laisser entrer Rorsefne ; à ce moment, Ulrica ouvrit les yeux et les vit tous les deux. Elle fronça les sourcils. « Manfred... »

— « Bonjour, cousine, » dit Rorsefne. Sa voix était teintée d'un léger humour que ni Arflane ni Ulrica ne purent comprendre. Ils le regardèrent avec circonspection.

« Ce matin, j'ai parlé à Monsieur Hinsen, » dit Rorsefne en s'avançant vers l'endroit où se trouvaient les deux coffres d'Ulrica et d'Arflane. « Il croit que le temps va bientôt s'éclaircir. » Il s'assit sur un coffre. « S'il a raison, nous allons rapidement reprendre de la vitesse. »

— « Qu'est-ce qui lui permet de penser cela ? » demanda Arflane sans s'y intéresser beaucoup.

— « Le brouillard a l'air de se dissiper. La neige tombe moins depuis quelques jours. L'air est plus sec. Je crois que Monsieur Hinsen a assez d'expérience pour tirer des conclusions justes d'après de tels signes. »

Arflane approuva mais se demanda quelle pouvait bien être la véritable raison de la visite de Rorsefne. Ulrica s'était retournée, avait enfoui son visage dans les oreillers de fourrure et tiré les couvertures sur son cou.

« Comment va votre épaule ? » demanda négligemment Rorsefne.

— « Ça va, » grogna Arflane.

— « Vous n'avez pas l'air très bien, capitaine. »

— « Je n'ai rien du tout, » dit Arflane sur la défensive. Il redressa un peu son dos voûté et alla lentement vers la cuvette qui se trouvait près du tonneau d'eau. Il tourna le robinet, et nettoya son visage ridé.

— « Le moral n'est pas bon à bord, » continua Rorsefne.

— « C'est ce qu'il semble. »

— « Urquart donne toujours aux hommes quelque chose à faire mais ils ont besoin de quelqu'un de plus expérimenté, qui saurait tirer d'eux le maximum, » dit Rorsefne avec une intention marquée.

— « Urquart a l'air de très bien se débrouiller, » dit Arflane.

— « Bien sûr — mais ce n'est pas ce que je veux dire. Vous le savez. »

Surpris par la franchise de Rorsefne, Arflane fit volte-face et s'essuya la figure sur sa manche. « Cela ne vous regarde pas, » dit-il.

— « Vous avez raison. C'est bien entendu le rôle du capitaine que de s'occuper des problèmes de son navire. Mon oncle vous a offert ce commandement parce qu'il croyait que vous étiez le seul homme capable de conduire l'*Esprit des Glaces* jusqu'à New York. »

— « C'était il y a longtemps, » dit Arflane d'une façon évasive.

— « Je vous rafraîchis la mémoire, capitaine. »

— « Est-ce bien cela que votre oncle voulait ? Il me semble qu'il a très bien envisagé ce qui allait se produire pendant ce voyage. Il n'a fait que m'offrir sa fille,

Rorsefne, et cela juste avant de mourir. » Ulrica s'enfouit encore plus dans les oreillers de la couchette.

— « Je sais. Mais je ne pense pas qu'il ait très bien compris la complexité de votre caractère et du sien. Il croyait que cela allait arriver tout naturellement. Il ne croyait pas que Janek viendrait avec nous. Je me demande si mon oncle savait ce que voulait dire *conscience*, au sens propre du mot. Il n'a pas compris à quel point un sentiment de culpabilité pouvait conduire à l'apathie et à l'autodestruction. »

Arflane lui répondit, sur la défensive : « Vous me parlez premièrement du moral à bord et ensuite, vous me parlez de mes sentiments et de ceux d'Ulrica. Qu'est-ce que vous êtes venu faire ici ? »

— « Toutes ces choses sont liées. Vous le savez très bien, capitaine, » dit Rorsefne en se redressant. Bien qu'étant de taille inférieure, il avait l'air de dominer Arflane. « Vous êtes malade et votre mal est mental et émotionnel. Les hommes le comprennent, même s'ils sont incapables de le dire. Nous manquons désespérément d'hommes d'équipage. Quand nous demandons à un marin de faire le travail de deux, nous voyons qu'il fait à peine ce qu'on exigeait normalement de lui avant l'attaque. Les hommes respectent Urquart mais ils le craignent aussi. C'est un étranger. Ils ont besoin d'un homme avec qui ils puissent se sentir quelque affinité. Vous étiez celui-là. Maintenant, ils commencent à croire que vous êtes aussi étranger qu'Urquart. »

Arflane se frotta le front. « Qu'est-ce que cela peut faire maintenant ? Par ce temps, le navire peut à peine avancer. Que croyez-vous que je vais faire, sortir sur le pont et les remplir de confiance pour qu'ils puissent chanter des chansons en chœur au lieu de ronchonner en attendant que le brouillard se lève ? Quel bien cela leur fera-t-il ? De quelle *action* ont-ils besoin ? D'aucune ! »

— « Je vous ai dit qu'Hinsen pensait que le temps allait s'améliorer, » dit Rorsefne d'un air patient. « De plus, vous savez vous-même l'importance des attitudes du capitaine, et cela, quelle que soit la situation. Vous ne devriez pas tant vous dévoiler, capitaine. »

Arflane commença à nouer lentement les cordons de sa veste. Il secoua la tête et soupira une fois de plus.

Rorsefne se rapprocha de lui. « Promenez-vous sur le navire, capitaine Arflane. Voyez si le marin que vous êtes est satisfait de son état. Les voiles sont mal ferlées, les ponts sont couverts de neige sale, les écoutilles ne sont pas attachées et les gréements ne sont pas liés. Le navire est aussi malade que vous-même. Il est sur le point de pourrir ! »

— « Laissez-moi, » dit Arflane en tournant le dos à Rorsefne. « Je n'ai pas besoin que vous me fassiez de la morale. Si vous compreniez le problème… »

— « Je m'en fiche. Ce qui m'intéresse, c'est le navire, ceux qu'il transporte et sa mission. Ma cousine vous a aimé parce que vous étiez meilleur qu'Ulsenn. Vous aviez la force qu'elle ne trouvait pas en Ulsenn. Mais maintenant, vous n'êtes pas meilleur que lui. Vous n'avez plus droit à son amour. Vous ne comprenez pas ? »

Rorsefne se dirigea vers la porte de la cabine, l'ouvrit, sortit d'un air digne et la claqua derrière lui.

Ulrica se retourna dans sa couchette et regarda Arflane d'un air interrogateur.

— « Vous pensez vraiment ce qu'il dit, n'est-ce pas ? » dit Arflane.

— « Je ne sais pas. C'est plus compliqué… »

— « C'est vrai, » murmura Arflane d'un air amer. Sa colère augmentait ; elle semblait donner une nouvelle vie à ses mouvements et il se déplaçait avec dignité dans la cabine pour rassembler ses vêtements.

— « Il a raison, » dit-elle d'un air songeur, « de vous rappeler vos devoirs de capitaine. »

— « Ce n'est qu'un passager — un poids inutile — il n'a pas le droit de me dire ce que je dois faire ! »

— « Mon cousin est intelligent. De plus, il vous aime, il a de la sympathie pour vous… »

— « Ce n'est pas évident. Il critique sans comprendre… »

— « Il fait ce qu'il croit être son devoir — dans votre intérêt. Il ne s'occupe pas de lui. Il ne s'en est jamais occupé. Pour lui, la vie est un jeu qu'il croit devoir jouer jusqu'au bout. Le jeu doit être supporté, mais il ne s'attend pas à y trouver du plaisir. »

— « Je ne m'intéresse pas au caractère de votre cousin. Et je veux qu'il cesse de s'intéresser au mien. »

— « Il voit que vous êtes en train de vous détruire — et moi avec, » dit-elle avec quelque insistance. « C'est plus compliqué que vous ne le croyez. »

Arflane s'arrêta, déconcerté. « Vous le pensez aussi ? »

— « Oui. »

Tout à coup, il s'assit sur le bord de la couchette. Il la regarda ; elle lui rendit son regard, les yeux pleins de larmes. Il tendit la main et lui caressa le visage. Elle prit sa main dans les siennes et l'embrassa.

— « Oh ! Konrad, que s'est-il passé ?... »

Il ne dit rien mais se pencha sur elle, l'embrassa sur les lèvres et l'attira contre lui.

Une heure plus tard, il se releva et, immobile près de la couchette, il regarda le sol d'un air pensif.

— « Pourquoi votre cousin s'intéresse-t-il tant à moi ? » dit-il.

— « Je ne sais pas. Il vous a toujours aimé. » Elle sourit. « De plus, il est peut-être préoccupé par sa propre sécurité, s'il croit que vous ne dirigez pas le navire comme il le faudrait. »

Il hocha la tête. « Il a eu raison de venir ici, » dit-il finalement. « J'ai eu tort de me mettre en colère. J'étais faible, Ulrica. Je ne sais que faire. Aurais-je dû accepter ce commandement ? Aurais-je dû laisser mes sentiments pour vous prendre tant d'emprise sur moi ? Aurais-je dû emprisonner votre mari ? »

— « Ce sont des questions personnelles, » dit-elle doucement, « des questions qui ne regardent ni le navire ni ses passagers, mais seulement nous-mêmes. »

— « Vraiment ? » Il pinça les lèvres. « On le dirait bien pourtant. » Il se redressa. « Néanmoins, Manfred avait raison. Vous avez raison. Je devrais avoir honte... »

Elle montra du doigt le hublot. « Regardez, » dit-elle. « Il y a plus de lumière. Allons sur le pont. »

Il ne subsistait que de légers lambeaux de brouillard et de timides rayons de soleil commençaient à percer les nuages. Le navire avançait lentement, avec seulement un tiers de voilure.

Arflane et Ulrica se promenèrent sur le pont la main dans la main.

Les blancs et les bruns des mâts et des gréements, le jaune de l'ivoire, tout était adouci par la lumière du soleil. On entendait parfois un bruit sourd quand les patins rencontraient une irrégularité dans la glace et aussi la voix lointaine d'un marin qui, dans les gréements, appelait son compagnon. L'air était chaud et odorant. Même la mauvaise tenue des ponts donnait au navire un air délabré et désinvolte qui ne choquait pas Arflane comme il l'aurait cru. Le soleil apparut bientôt au travers des nuages et les dispersa jusqu'à ce que l'horizon tout entier fût visible depuis le bastingage. Ils traversaient une étendue de glace bordée au loin par une barrière sans faille de glaciers dont l'aspect était inconnu d'Arflane. Ils étaient hauts, noirs et déchiquetés. De tous côtés, la glace se tachetait de jaune quand les nuages se brisaient et que le ciel bleu pâle apparaissait.

Ulrica le prit par le bras et désigna le côté de tribord. Dans le ciel qui se dégageait, une nuée d'oiseaux apparut soudain, comme libérée par l'éclatement des nuages ; leurs silhouettes sombres tournoyaient et plongeaient vers le navire.

« Regardez leur couleur ! » s'écria Ulrica.

Arflane vit la lumière jouer dans le plumage frissonnant des oiseaux les plus proches et lui aussi fut étonné. Leur couleur prédominante était un vert éclatant. De toute sa vie, il n'avait jamais rien vu de tel ; tous les animaux qu'il connaissait avaient perdu leurs couleurs pour survivre dans un monde de glace. L'aspect de ces oiseaux le troublait. La nuée étincelante qui se dirigeait vers les noirs glaciers de l'horizon les eut bientôt dépassés. Arflane la suivit du regard en se demandant d'où venaient les oiseaux de couleur et pourquoi leur apparition l'avait tant affecté.

Derrière lui, une voix résonna depuis la passerelle :

« Déployez la voilure ! Tout le monde dans la mâture ! » La voix d'Urquart.

Arflane ôta doucement de son bras la main d'Ulrica et se dirigea vers la passerelle d'un air décidé. Il grimpa l'escalier des cabines et prit le mégaphone des mains du harponneur stupéfait. « Très bien, Monsieur Urquart. Je vais vous remplacer. »

Urquart poussa une sorte de grognement et prit son harpon qui était posé sur la timonerie. Il descendit lourdement l'escalier des cabines et prit position sur le gaillard d'arrière, tournant le dos à Arflane.

« Monsieur Hinsen ! » Arflane essaya de mettre une note de confiance et de force dans sa voix quand il s'adressa au premier officier qui se trouvait près d'une des écoutilles avant. « Voulez-vous faire monter le bosco ? »

Hinsen fit un signe de la main pour montrer qu'il avait compris et appela un homme qui se trouvait dans les haubans supérieurs du grand mât. L'homme descendit alors sur le pont en se balançant ; il se dirigea vers la passerelle en même temps qu'Hinsen. Il était grand et solidement bâti, et portait une barbe soigneusement taillée aussi rousse que celle d'Arflane.

« Vous êtes Rorchenof, ancien bosco de l'*Ildiko Ulsenn,* hein ? » dit Arflane quand ils arrivèrent sur le gaillard d'arrière.

— « C'est cela, mon capitaine — avant que je ne parte à la chasse à la baleine. » Il y avait de la force dans la voix de Rorchenof et il parlait d'un air presque de défi, avec une trace de fierté.

— « Bon. Donc, quand je demanderai de déployer la voilure, vous saurez ce que cela veut dire. Nous avons l'occasion de gagner de la vitesse. Je veux que ces vergues soient chargées de toute la voilure que vous pourrez y mettre. »

— « Très bien, mon capitaine, » dit Rorchenof en hochant la tête.

Hinsen donna une claque amicale sur l'épaule du bosco qui partit prendre son poste. Puis le premier officier regarda Arflane d'un air suspicieux, comme s'il n'avait plus guère confiance dans ses décisions.

— « Restez là, Monsieur Hinsen. » Arflane regarda Rorchenof rassembler les hommes puis les envoyer dans les gréements. Les enfléchures furent bientôt pleines de marins. Quand Arflane vit qu'ils étaient prêts, il porta le mégaphone à ses lèvres.

« Déployez la voilure ! » cria-t-il. « Du foc à l'artimon, des huniers aux misaines ! »

Le navire fut bientôt recouvert d'une voûte de voiles que le vent gonflait et, en quelques minutes, il doubla, quadrupla sa vitesse, et bondit sur la glace étincelante.

Hinsen avait entrepris de refaire l'épissure d'un cordage. Maintenant que le brouillard avait disparu, il pouvait voir qu'il y avait sur le navire un bon nombre de cordages mal épissés ; il faudrait s'en occuper avant la tombée de la nuit.

Un peu plus tard, alors qu'il s'occupait d'un second nœud, Urquart s'approcha près de lui et le regarda.

— « Eh bien, Monsieur Urquart — le capitaine est redevenu lui-même, hein ? » Hinser étudia soigneusement la réaction d'Urquart.

Un léger sourire apparut sur le visage émacié du harponneur. Il jeta un regard vers le ciel rouge et jaune. Les voiles immenses empêchaient sa vision ; elles se déployaient, larges et gonflées, semblables au ventre d'une baleine repue. Le navire avançait à une vitesse qu'il n'avait plus connue depuis la descente du plateau. Son ivoire brillait, ainsi que son métal, et ses voiles réfléchissaient la lumière. Mais ce n'était plus le fier navire du jour de son départ. Il transportait bien trop de neige sale, ses écoutilles ne fermaient plus aussi bien qu'avant et ses barques ne pendaient plus aussi nettement dans leurs bossoirs.

Urquart tendit une main dégantée et ses doigts rouges et osseux caressèrent les pointes de son harpon. Il avait toujours sur les lèvres son étrange sourire mais n'essayait même pas de répondre à Hinsen. Il tourna la tête vers la passerelle et Hinsen vit que Manfred Rorsefne se tenait aux côtés du capitaine. Rorsefne venait tout juste d'arriver ; ils le virent taper sur l'épaule d'Arflane et s'appuyer négligemment sur le bastingage, puis tourner la tête de droite à gauche pour inspecter le navire.

Hinsen fronça les sourcils, incapable de deviner ce qu'Urquart essayait de lui dire. « Qu'est-ce que Rorsefne a à faire là-dedans ? » demanda-t-il. « Puisque vous me le demandez, c'est lui que nous devons remercier de la nouvelle humeur du capitaine. »

Urquart cracha sur un tas de neige qui fondait à côté de lui. « Maintenant, ce sont eux qui dirigent le navire, » dit-il. « C'est comme un de ces jouets que l'on fait pour les enfants avec des bébés phoques. On passe une ficelle dans les muscles de la gueule et, quand on tire dessus, la créature sourit ou grimace. Chaque muscle a une ficelle. Il y en a une pour relever les lèvres, une autre pour les abaisser. Parfois, on change les ficelles. »

— « Vous voulez parler d'Ulrica Ulsenn et de Manfred Rorsefne ? »

Urquart frotta d'un air pensif sa tête le long de la lourde hampe du harpon. « Avec l'aide de la Glace-Mère, il leur échappera, » dit-il. « Nous avons le devoir de faire de notre mieux. »

Hinsen se gratta la tête. « J'aimerais bien pouvoir mieux vous comprendre, Monsieur Urquart. Vous croyez donc que le capitaine va garder sa bonne humeur ? »

Urquart haussa les épaules et s'éloigna d'un pas long et bondissant, comme à son habitude.

20

LES OISEAUX VERTS

MALGRÉ l'atmosphère tendue qui régnait à bord du navire, celui-ci conservait une vitesse excellente et s'approchait de plus en plus des rangées de glaciers. Au-delà se trouvait New York. Ils suivaient maintenant une route Est-Nord et cela signifiait que le but de leur voyage était en vue. Le beau temps se maintenait, bien qu'Arflane pensât qu'il n'était pas censé croire que cela durerait jusqu'à New York.

Parcourant des étendues de glace bleue sous un ciel calme et pur, l'*Esprit des Glaces* continuait son voyage, évitant adroitement quelques crevasses, rencontrant parfois des tribus de sauvages. Les nomades aux fourrures argentées ne présentaient plus aucun danger et ils étaient rapidement oubliés.

Urquart reprit la position habituelle à côté du capitaine sur la passerelle de commandement, mais les relations entre les deux hommes n'étaient plus les mêmes qu'avant : il s'était passé trop de choses pour qu'ils ressentent le même esprit de camaraderie l'un envers l'autre.

Laissant derrière elle deux traces noires dans la neige et la glace, la goélette des glaces, ses voiles gonflées, sa coque ornée d'ivoire brillant d'un éclat nouveau, ses ponts délabrés lavés de la neige sale, continuait sa route vers les glaciers lointains.

Ce fut Urquart qui vit le troupeau le premier. Il était loin devant eux, à tribord, mais il n'y avait aucun doute sur sa nature. Urquart pointa sa lance en direction des baleines et Arflane réussit, en se couvrant les yeux de la main, à distinguer des formes noires qui se détachaient sur le bleu pâle du ciel.

— « Je ne connais pas cette race, » dit Arflane, et Urquart hocha la tête pour montrer son acquiescement. « Mais leur chair nous serait bien utile, » ajouta le capitaine.

— « Oui, » grogna Urquart en touchant une de ses boucles d'oreilles d'os. « Irai-je dire au timonier de changer la direction, patron ? »

Arflane décida que, indépendamment des raisons pratiques, il vaudrait mieux arrêter le navire pour offrir une diversion aux hommes d'équipage. Il fit un signe de tête à l'adresse d'Urquart qui entra dans la timonerie et remplaça le timonier à la barre.

Ulrica monta sur le pont et lança un regard à Arflane. Il lui sourit et lui fit signe de venir le rejoindre. Elle se rendait compte de l'antipathie d'Urquart et, pour cette raison, ne venait que rarement sur la passerelle. Elle monta l'escalier à contrecœur et hésita quand elle vit que le harponneur était dans la timonerie. Elle leva les yeux puis s'approcha d'Arflane. « C'est Janek, Konrad, » dit-elle. « Il a l'air d'être malade. Aujourd'hui, j'ai parlé aux gardes. Ils m'ont dit qu'il n'avait rien mangé. »

Arflane se mit à rire. « Il doit faire cela par rancune, » dit-il. Puis il remarqua son air soucieux. « Très bien. J'irai le voir quand j'aurais le temps. »

A présent, le navire virait de bord et se rapprochait du troupeau de baleines de terre. Elles étaient beaucoup plus petites que toutes celles qu'Arflane connaissait ; leurs têtes étaient réduites en proportion de leurs corps et elles étaient d'un jaune brun. La plupart d'entre elles sautaient sur la glace et se projetaient en avant grâce à des nageoires anormalement larges. Pourtant, elles n'avaient pas l'air dangereuses. Arflane se dit qu'ils auraient de la chair fraîche avant longtemps.

Urquart rendit la barre au timonier et se dirigea vers la proue. Il sortit un rouleau de cordage d'une boîte, en attacha un bout à l'anneau de son harpon, puis enroula le reste de la corde et le posa à ses pieds. Plusieurs marins se rassemblèrent autour de lui et il leur montra le troupeau du doigt. Ils descendirent alors dans leurs quartiers pour prendre leurs propres armes.

Urquart se dirigea vers le bastingage et l'enjamba avec précaution, posant soigneusement ses pieds sur le rebord minuscule qui surplombait la coque. A un moment, le navire eut un soubresaut et il fut presque éjecté.

Les baleines à l'aspect étrange commençaient à s'éparpiller devant la proue décorée de l'immense goélette qui, grinçant sur ses patins, poursuivait le gros du troupeau.

Urquart, souriant, était accroché sur le rebord du bastingage, tenant celui-ci d'une main et son harpon de l'autre. S'il dérapait ou si le navire faisait un mouvement soudain, il pourrait lâcher le bastingage et être broyé sous les patins.

Le navire suivait maintenant un gros mâle qui faisait des bonds frénétiques et qui changea de direction quand ses yeux minuscules aperçurent l'*Esprit des Glaces* non loin de lui. Urquart leva son harpon, visa et frappa l'animal au cou. Puis le navire dépassa le monstre. La corde qui était reliée au harpon se dévida ; l'animal se cabra, sautant sur ses nageoires arrière, et se roula plusieurs fois sur lui-même en faisant claquer ses mâchoires. Les dents de la baleine étaient bien plus grandes que ne l'avait cru Arflane.

La corde se déroulait rapidement et elle menaça d'éjecter Urquart de l'endroit peu confortable qu'il occupait quand le navire se mit à virer de bord.

D'autres baleiniers étaient maintenant accrochés par un bras au bastingage et tenaient leurs harpons en arrière tandis que le navire se rapprochait du troupeau. La poursuite continua dans les craquements du navire et les coups sourds des nageoires sur la glace.

A l'instant même où Arflane était certain qu'Urquart allait être éjecté du bastingage par la corde, le harponneur noua la dernière longueur de cordage à la plus proche épontille. Arflane se retourna et vit la baleine agonisante tirée derrière le navire par le harpon d'Urquart. Les autres harponneurs lancèrent leurs harpons, mais la plupart d'entre eux n'avaient pas la précision phénoménale d'Urquart. Quelques baleines seulement furent touchées et moins d'une douzaine furent tirées sur la glace dans le sillage du navire ; leurs corps se heurtaient et saignaient en rebondissant.

Une nouvelle fois, le navire vira de bord, ralentit, et des marins se préparèrent à hisser les proies à bord. Des ancres furent jetées. La goélette s'arrêta par saccades et les marins descendirent sur la glace, armés de leurs coutelas et prêts à dépecer leurs prises.

Urquart les rejoignit après avoir emprunté un couteau à un des marins. Arflane et Ulrica, près du bastingage, regardaient les hommes découper les cadavres, les bras s'élever et retomber pour dépecer les proies dont le sang giclait sur la glace tandis que le soleil couchant, rouge comme le sang, projetait sur l'étendue blanche les ombres vives des marins. L'odeur âcre du sang et de la graisse des baleines s'élevait dans l'air du soir et elle leur ramena le souvenir de l'instant où ils s'étaient enlacés pour la première fois.

Manfred Rorsefne apparut et il sourit en voyant travailler les marins vêtus de fourrures comme l'on sourit aux jeux des enfants. Il n'y avait pas un homme qui ne fût couvert de sang épais des mains aux épaules ; beaucoup en étaient complètement enduits et se léchaient les lèvres de satisfaction.

Rorsefne désigna du doigt la grande silhouette d'Urquart qui retirait son harpon de sa proie, traçant dans l'air un signe mystérieux de la main droite.

— « Votre Urquart a l'air d'être dans son élément, capitaine Arflane, » dit-il. « Et les autres sont satisfaits, n'est-ce pas ? Nous avons eu de la chance de voir ce troupeau. »

Arflane approuva tout en regardant Urquart commencer à dépecer sa baleine. Il y avait quelque chose de si primitif et de si transcendant dans la manière dont Urquart attaquait la baleine morte qu'Arflane pensa une fois de plus à la forte ressemblance qui existait entre le harponneur et un demi-dieu de la glace ou un ancien membre du panthéon de la Glace-Mère.

Rorsefne regarda pendant quelques minutes avant de

s'éloigner en murmurant une excuse. Arflane devina en le regardant que le jeune homme n'appréciait pas ce genre de spectacle.

Avant la tombée de la nuit, la viande fut détachée des os et le lard et l'huile mis dans des tonneaux que l'on avait accrochés au bout des vergues inférieures. Seuls les squelettes des baleines tuées restaient sur la glace souillée et leurs ombres formaient d'étranges dessins à la lueur du soleil couchant.

Comme ils se préparaient à descendre, Arflane vit du coin de l'œil quelque chose qui bougeait. Il leva les yeux vers le ciel écarlate et découvrit plusieurs formes qui volaient dans leur direction, avec rapidité ; c'étaient les mêmes oiseaux verts qu'ils avaient observés plusieurs jours auparavant. Ils ressemblaient à des albatros, avec des becs longs et recourbés et de vastes ailes. Ils tournoyèrent pour se poser sur les os des baleines, scrutant de leurs yeux perçants la glace ensanglantée avant de venir piller les déchets de viande et de lard que les marins avaient laissés derrière eux.

Ulrica serra le bras d'Arflane, visiblement aussi dérangée que lui par cette apparition. Un des charognards, au bec duquel pendait un morceau d'entrailles, tourna la tête et eut l'air de les fixer un instant du regard avant de déployer ses ailes et de traverser la glace.

Cette fois-ci, les oiseaux étaient venus du Nord. Quand Arflane les avait vus pour la première fois, ils se dirigeaient du Sud vers le Nord. Il se demanda où leurs nids pouvaient bien se trouver. Peut-être dans la chaîne de glaciers qui se trouvait devant eux, la chaîne qu'ils auraient à franchir avant de pouvoir atteindre New York.

Penser à ces montagnes le déprima ; il ne serait pas facile de triompher de l'étroit passage qui était indiqué sur la carte de Rorsefne.

Quand le soleil se coucha, les oiseaux verts continuèrent leur repas. Ils se déplaçaient parmi les squelettes des baleines comme une armée victorieuse inspectant les cadavres des vaincus.

21

LE NAUFRAGE

LA collision se produisit à l'aube. Konrad Arflane quittait sa cabine, dans l'intention d'aller voir Janek Ulsenn et de décider s'il était vraiment malade, quand un grand choc parcourut toute la longueur du navire et jeta Arflane par terre.

Du sang coulait de son nez. Il se releva et revint en hâte trouver Ulrica dans sa cabine. Elle était assise sur la couchette, l'air effrayé.

— « Que se passe-t-il, Konrad ? »

— « Je vais aller voir ! »

Il sortit en courant sur le pont. Partout des hommes étaient étendus. Certains étaient tombés des gréements et avaient été tués, d'autres n'étaient qu'étourdis et se relevaient déjà.

Dans la lumière pâle du soleil, il regarda vers la proue mais ne put voir aucun obstacle. Il courut vers l'avant pour essayer de distinguer quelque chose par-dessus le beaupré décoré de crânes de baleines. Il vit que les patins avant s'étaient coincés dans une crevasse peu profonde que l'on ne pouvait voir d'en haut. Ce n'était pas la faute des vigies si l'obstacle n'avait pas été signalé. La crevasse ne faisait peut-être que dix pieds de large et un pied de profondeur mais elle avait presque réussi à naufrager le navire. Arflane jeta une corde et descendit au bord de l'ouverture pour inspecter les patins.

Ils n'avaient pas l'air d'être trop endommagés. Le bord de l'un d'eux était brisé et un petit morceau qui s'était détaché était tombé au fond de la crevasse, mais cela n'était pas suffisant pour compromettre leur expédition.

La crevasse se terminait à quelques pieds à tribord. C'était vraiment un manque de chance si la goélette était passée à cet endroit. On pourrait tirer le navire, remettre les patins dans la bonne position et reprendre la route.

Hinscn regardait par-dessus le bastingage avant. « Qu'y a-t-il, mon capitaine ? »

— « Rien de grave, Monsieur Hinsen. Mais les hommes vont avoir un rude travail à faire ce matin. Il va falloir tirer le navire en arrière. Dites au bosco d'inverser la voilure. Cela les aidera si l'on peut avoir assez de vent. »

— « Très bien, mon capitaine. » Hinsen disparut aussitôt.

Comme Arflane commençait à monter la corde à la force du poignet, Urquart s'approcha du bastingage et l'aida à passer par-dessus. Le harponneur au visage émacié désigna du doigt le Nord-Ouest sans dire une parole. Arflane regarda et jura.

Une cinquantaine de sauvages chevauchaient rapidement dans leur direction. Ils avaient l'air d'être montés sur des animaux semblables à des ours ; ils étaient assis sur la croupe large, leurs jambes pendant devant eux, et tenaient des rênes qui étaient attachées à la tête des animaux. Leurs armes étaient des javelots et des épées d'os. Ils étaient vêtus de fourrures mais, à part cela, ressemblaient à des hommes ordinaires, à la différence des créatures qu'ils avaient rencontrées auparavant.

Arflane se précipita sur la passerelle et ordonna dans son mégaphone que tous les marins aillent chercher des armes et se préparent au combat.

Les premiers sauvages étaient presque sur le navire. L'un d'entre eux criait avec un étrange accent, répétant sans cesse les mêmes mots. Tout à coup, Arflane les comprit.

— « Vous avez tué les dernières baleines ! Vous avez tué les dernières baleines ! »

Les cavaliers se dispersèrent quand ils arrivèrent près

du navire, ayant visiblement décidé d'attaquer de tous côtés. Arflane aperçut des visages fins et aquilins sous les capuchons ; puis des javelots commencèrent à s'abattre sur le pont.

La première vague ne frappa personne.

Arflane ramassa dans chaque main un de ces javelots finement taillés et les relança sur les sauvages qui s'approchaient rapidement. Lui aussi rata son but. Les javelots n'étaient pas faits pour ce genre de combat et, à cette distance, les sauvages étaient plutôt un ennui qu'un danger véritable.

Mais ils furent bientôt très près du navire et Arflane vit un des marins tomber avant de pouvoir tirer la flèche qu'il avait préparée.

Deux autres membres de l'équipage furent tués par des javelots bien envoyés mais les plus sévères représailles vinrent des ponts du navire et les attaquants durent payer leur tribut. Plus de la moitié des sauvages tombèrent de leurs montures, frappés par des flèches, avant que les survivants ne se retirent et se regroupent pour une nouvelle attaque sur le côté bâbord.

Arflane avait maintenant un arc et, avec Hinsen et Manfred Rorsefne, il se tenait prêt à subir le prochain assaut. Urquart se trouvait un peu plus loin, le long du bastingage. Une demi-douzaine de javelots d'os étaient rangés à côté de lui et il avait momentanément abandonné son propre harpon, dont le poids et la taille étaient doubles de ceux des armes des sauvages.

Les pattes puissantes des créatures semblables à des ours se mirent à bouger avec agilité et les sauvages se ruèrent sur le navire en poussant des hurlements. Une nuée de javelots s'éleva en sifflant ; une nuée de flèches lui répondit. Deux sauvages moururent sous les traits d'Urquart et quatre autres furent sérieusement blessés. La plupart des autres tombèrent sous les flèches. Arflane se retourna pour sourire à Hinsen mais celui-ci était mort, transpercé de part en part par un javelot en os. Les yeux du premier officier étaient grands ouverts et embués tandis que sa main, qui se tenait au bastingage et le maintenait encore debout, se relâchait lentement. Il tomba sur le pont.

Rorsefne murmura à l'oreille d'Arflane : « Urquart est blessé, je crois. »

Arflane parcourut des yeux le bastingage, s'attendant à trouver Urquart étendu sur le sol, mais, au lieu de cela, le harponneur arrachait un javelot de son bras et sautait par-dessus le bastingage, suivi par un groupe de marins hurlants.

Les sauvages se regroupaient une fois de plus, mais seulement cinq d'entre eux étaient encore indemnes. Quelques autres, encore en selle, étaient hérissés de flèches.

Urquart, à la tête de son groupe, invectivait les quelques survivants. Il tenait dans sa main droite son harpon d'un air menaçant et, dans sa main gauche, une paire de javelots. Les sauvages hésitèrent ; l'un d'eux tira son épée. Puis ils firent faire demi-tour à leurs étranges montures et s'enfuirent à toute allure sur la glace tandis qu'Urquart gesticulait et hurlait derrière eux d'un air triomphant.

L'attaque était terminée ; il n'y avait même pas dix blessés et seulement quatre morts, dont Hinsen. Arflane jeta un regard au corps du vieil homme et soupira. Il ne ressentait aucune rancune envers les sauvages. S'il avait bien entendu ce que criait l'un d'entre eux, leur chasse à la baleine avait détruit les moyens de subsistance de ces sauvages.

Il vit que Rorchenof, le nouveau bosco, arrivait sur le pont et il lui fit signe d'approcher. Le bosco, découvrant le cadavre d'Hinsen, secoua la tête d'un air lugubre puis regarda Arflane comme s'il lui en voulait personnellement pour l'attaque des sauvages. « C'était un bon marin, mon capitaine. »

— « C'est vrai, bosco. Je veux que vous conduisiez un groupe chargé d'ensevelir les morts dans cette crevasse. Cela gagnera du temps. Faites-le maintenant, voulez-vous ? »

— « Très bien, mon capitaine. »

Arflane regarda derrière lui et vit qu'Urquart et sa bande massacraient les sauvages blessés avec exactement le même plaisir qu'ils avaient eu à dépecer les baleines la nuit précédente. Il haussa les épaules et regagna sa cabine.

Ulrica s'y trouvait. Il lui dit ce qui s'était passé. Elle parut soulagée et demanda : « Avez-vous parlé à Janek ? Vous deviez le faire ce matin. »

— « J'y vais maintenant. » Il sortit de la cabine et suivit la coursive. Il n'y avait qu'un seul garde en faction ; Arflane pensait qu'il n'était pas nécessaire d'en mettre plus. Il fit signe au garde de défaire le cadenas qui maintenait la porte enchaînée à la barre. La porte s'ouvrit vers l'intérieur et Arflane vit qu'Ulsenn était allongé sur sa couchette, l'air pâle mais apparemment bien portant.

« Vous ne mangez pas beaucoup, m'a-t-on dit, » dit Arflane. Il n'entra pas dans la cabine mais s'appuya sur la barre pour parler à Ulsenn.

— « Je n'ai pas spécialement envie de manger, » dit celui-ci froidement. Il regardait Arflane fixement. « Comment va ma femme ? »

— « Bien. » Ulsenn eut un sourire amer. Son visage ne reflétait plus rien de la faiblesse qu'Arflane y avait lue auparavant. Cet emprisonnement semblait avoir durci son caractère.

« Y a-t-il quelque chose que vous désiriez ? » demanda Arflane.

— « Bien sûr, capitaine ; mais je ne pense pas que vous soyez prêt à me le donner maintenant. »

Arflane comprit le sous-entendu. Il fit un bref signe de tête, tira la porte et fixa lui-même le cadenas.

La goélette des glaces avait repris sa route mais les hommes étaient épuisés. Une atmosphère particulièrement étrange s'était emparée du navire au moment où le jour pointa et où Arflane ordonna de déployer la voilure.

La goélette s'avança en direction des glaciers dont on pouvait maintenant distinguer tous les détails.

Les angles et les courbes des montagnes de glace scintillaient dans le soleil, reflétant les couleurs du ciel dans un jaillissement de nuances allant du bleu ou du jaune pâle à des noirs, des verts ou des pourpres semblables à du marbre. Le passage devint bientôt visible ; c'était une ouverture très étroite dans de gigantesques falaises. Selon la carte de Rorsefne, il faudrait plusieurs jours pour le traverser sans encombre.

Arflane observa attentivement le ciel, l'air soucieux. Il semblait qu'il y eût du mauvais temps devant eux, mais il passerait probablement sans les toucher. Il hésita et se demanda s'il devait pénétrer dans la gorge ou bien attendre ; puis il haussa les épaules : New York était presque en vue ; il ne voulait plus perdre de temps. Dès qu'ils seraient dans la passe, leur voyage serait presque terminé : la cité était à moins de cent milles de l'autre côté des glaciers.

Comme ils se déplaçaient entre les plus petites collines, évitant de trop les approcher, Arflane ordonna de faire replier la majeure partie de la voilure et commanda à six hommes de monter la garde sur la proue pour transmettre toutes les informations relatives à des obstacles à la timonerie et aux quatre timoniers de service.

L'atmosphère irréelle parut augmenter encore comme l'*Esprit des Glaces* approchait de plus en plus des falaises de glace. Les cris des vigies de proue résonnaient maintenant sur toute la longueur du navire, comme si le monde entier était habité de voix moqueuses et sépulcrales.

Konrad Arflane, les jambes solidement campées sur la passerelle, tenait fermement le bastingage de ses mains gantées. Ulrica Ulsenn était à sa droite, le visage paisible et absent, vêtue de ses plus belles fourrures ; à ses côtés se trouvait Manfred Rorsefne, qui avait l'air d'être le seul à ne pas être affecté par cette aventure ; sur la gauche d'Arflane, Urquart, son harpon dans le creux des bras, cherchait avidement du regard les montagnes.

Le navire pénétra dans la gorge profonde, s'avançant entre d'immenses falaises qui n'étaient séparées que par un quart de mille à peine. Le sol de la gorge était lisse et la vitesse du navire augmenta quand les patins rencontrèrent une glace vierge. Sous l'effet du bruit de leur course, un morceau de glace se détacha du flanc des falaises de tribord. Il rebondit plusieurs fois avant de s'écraser sur le sol dans un nuage de particules scintillantes.

Arflane se pencha en avant pour s'adresser à Rorchenof qui se tenait sur le gaillard d'arrière et regardait le paysage avec quelque inquiétude.

— « Dites aux vigies de parler le plus doucement possible, bosco, sinon, nous pourrions bien nous trouver ensevelis avant même d'avoir pu réaliser ce qui nous arrive. »

Rorchenof hocha la tête d'un air lugubre et se dirigea vers l'avant du navire pour prévenir les vigies de proue. Il paraissait troublé.

Arflane lui-même songeait qu'il se sentirait mieux quand ils auraient atteint l'autre côté de la passe. Il avait l'impression, à côté de ces montagnes, d'être devenu minuscule. Il décida que la passe était assez large pour permettre d'augmenter la vitesse du navire sans trop de danger.

« Toutes voiles dehors, Monsieur Rorchenof ! » cria-t-il soudain.

Rorchenof manifesta quelque surprise mais ne posa pas de question.

L'*Esprit des Glaces* bondit toutes voiles dehors entre les murailles jumelles du canyon, passant devant d'étranges formes aux sombres couleurs que le vent avait sculptées dans la glace qui, la plupart du temps, offrait l'aspect d'un verre noir et menaçant.

Vers le soir, le navire eut plusieurs soubresauts et sa course se fit saccadée.

— « Ce sont les patins, mon capitaine ! » cria Rorchenof à Arflane qui regardait droit devant lui. Il faisait plus froid et le vent s'élevait ; plus vite ils seraient sortis de cette passe, mieux cela vaudrait.

« On pourrait glisser, mon capitaine, et s'écraser sur une falaise. On pourrait tout faire écrouler sur nous. »

— « Je jugerai moi-même du danger que nous courons, bosco. »

Les trois personnes qui se tenaient à ses côtés sur la passerelle le regardèrent curieusement mais ne dirent rien.

Rorchenof se gratta la tête, étendit les bras et revint vers l'avant du navire.

La goélette vacillait dangereusement tandis que le ciel s'assombrissait et que les hautes falaises semblaient se refermer sur eux. Arflane ne fit pourtant aucune tentative pour ralentir leur course.

Peu avant la tombée de la nuit, Rorchenof s'avança sur le pont, suivi d'un groupe de marins.

— « Capitaine Arflane ! »

Konrad Arflane les regarda d'un air presque tranquille. Le navire était maintenant secoué sans cesse de brefs soubresauts et les timoniers avaient de la difficulté à manœuvrer les patins avant d'une manière suffisamment rapide.

— « Qu'y a-t-il, bosco ? »

— « Pouvons-nous jeter les ancres, mon capitaine, et réparer les patins ? A ce train-là, nous allons tous être tués. »

— « Il n'y a rien à craindre, bosco. »

— « Nous sentons qu'il y a du danger, mon capitaine ! » C'était la voix d'un des marins. Un murmure d'assentiment s'éleva autour de lui.

— « Retournez à vos postes, » dit Arflane sur le même ton. « Vous n'avez pas encore compris la nature de ce voyage. »

— « Nous comprenons quand nos vies sont menacées, mon capitaine ! » s'écria un autre marin.

— « Il ne vous arrivera rien, » les rassura Arflane.

Tandis que la lune se levait, le vent se mit à mugir plus fort, gonflant les voiles et augmentant la vitesse du navire qui filait en trépidant au long du canyon, passant à toute allure devant les falaises blanches et étincelantes dont les sommets se perdaient dans les ténèbres.

Rorchenof regarda autour de lui d'un air affolé ; un précipice apparut non loin du navire, mais celui-ci le contourna tandis que les patins continuaient de heurter la glace et de zigzaguer. « C'est de la folie » ! cria-t-il. « Donnez-nous les barques ! Vous pouvez emmener le navire où vous voulez — nous fichons le camp ! »

Urquart brandit son harpon. « Vous allez y avoir

droit si vous ne retournez pas à vos postes. La Glace-Mère nous protège — ayez confiance ! »

— « La Glace-Mère ! » Rorchenof cracha. « Vous êtes complètement fous tous les quatre. Nous voulons faire demi-tour ! »

— « Nous ne pouvons pas ! » cria Urquart qui se mit à rire comme un fou. « Cette passe est trop étroite pour faire demi-tour, bosco ! »

Le bosco à la barbe rousse montra le poing au harponneur. « Alors, jetez les ancres principales ! Arrêtez le navire et donnez-nous les barques ; nous rentrerons par nos propres moyens. Vous pouvez continuer. »

— « Nous avons besoin de vous pour manœuvrer, » leur dit Arflane comme pour les raisonner.

— « Vous êtes devenus fous — tous ! » s'écria Rorchenof, de plus en plus désespéré. « Qu'est-il arrivé à ce navire ? »

Manfred Rorsefne se pencha sur le bastingage. « Vos nerfs ont craqué, bosco, c'est tout. Nous ne sommes pas fous — mais vous êtes hystérique ! »

— « Mais les patins — il faut les surveiller ! »

— « J'ai dit non, » dit Arflane. Il sourit à Urquart et passa son bras autour des épaules d'Ulrica pour la maintenir en équilibre malgré les mouvements du navire.

Le vent hurlait maintenant dans le canyon et tendait les voiles qui semblaient sur le point d'être arrachées de leurs gréements. L'*Esprit des Glaces* zigzaguait entre les parois de la gorge, manquant à tout instant de s'écraser sur les immenses parois ébréchées des falaises.

Sans une parole, Rorchenof fit demi-tour et conduisit ses hommes dans leurs quartiers.

Rorsefne fronça les sourcils. « Ils n'ont pas dit leur dernier mot, capitaine Arflane. »

— « Peut-être. » Arflane s'agrippa au bastingage quand le timonier réussit de justesse à éviter les falaises de bâbord. Il jeta un regard vers la timonerie et cria des paroles d'encouragement aux hommes qui se démenaient avec la barre. Ils lui répondirent d'un regard apeuré.

Quelques instants plus tard, Rorchenof réapparut sur

le pont. Lui et ses hommes brandissaient des coutelas et des harpons.

« Bande d'imbéciles ! » leur cria Arflane. « Ce n'est pas le moment de se mutiner ! Il faut s'occuper du navire ! »

Rorchenof cria en direction des hommes qui se trouvaient dans les haubans : « Repliez la voilure, les gars ! »

Puis il se mit à hurler et recula en titubant, l'énorme harpon d'Urquart dans la poitrine. Il tomba sur le pont et, pendant un instant, les autres ne bougèrent plus, regardant avec horreur leur chef qui agonisait.

« Ça suffit ! » commença Arflane. « Retournez à vos postes. »

Le navire eut de nouveau des soubresauts et un bruit métallique s'éleva de dessous quand les chaînes de direction ne réussirent pas à mordre dans les engrenages des patins. Les falaises de glace se dressèrent une seconde droit devant puis disparurent quand les timoniers parvinrent à remettre l'*Esprit des Glaces* dans la bonne direction.

Les marins hurlèrent et se précipitèrent vers la passerelle de commandement. Arflane saisit Ulrica et la poussa dans la timonerie : il ferma la porte et se retourna pour voir qu'Urquart et Rorsefne avaient abandonné la passerelle en sautant par-dessus le bastingage et couraient maintenant sur le pont.

Se sentant trahi, Arflane se prépara à affronter les mutins. Il était désarmé.

Le navire semblait maintenant complètement à la merci du vent qui gémissait. Des bourrasques de neige se précipitaient dans les gréements et la goélette se balançait sur ses patins endommagés. Arflane était seul sur la passerelle et les premiers marins montaient déjà avec précaution l'escalier des cabines. Il attendit que le premier homme fût presque sur lui, le frappa au visage, lui arracha son coutelas et le lui enfonça jusqu'au manche dans le crâne.

Un paquet de neige traversa la passerelle et piqua les yeux des marins. Arflane se mit à hurler, frappant d'estoc et de taille. Puis, comme les hommes retombaient, le visage sanglant et les membres mutilés, Urquart et Rorsefne réapparurent derrière eux.

Urquart avait récupéré son harpon et Rorsefne était armé d'un arc et d'un coutelas. Il commença calmement à tirer des flèches dans le dos des mutins qui se retournèrent, en pleine confusion.

Le navire sursauta. Rorsefne fut jeté sur le côté ; Urquart réussit de peu à saisir un cordage pour garder son équilibre. La plupart des marins furent projetés dans toutes les directions et Arflane descendit en glissant l'escalier des cabines, s'accrochant à la rampe et lâchant son coutelas.

Une fois de plus, le navire fut agité d'une série de soubresauts. Arflane lutta pour remonter ; sa veste était déchirée par le vent et sa barbe ruisselait de neige. D'une main, il se tenait au bastingage, de l'autre il faisait des gestes en direction des marins.

« Rorchenof vous a trompés ! » cria-t-il. « Vous voyez maintenant pourquoi nous devons franchir cette passe le plus vite possible. Si nous n'y arrivons pas, le navire est fichu ! »

Le visage d'un marin s'avança ; ses yeux étaient aussi fous que ceux d'Arflane. « Pourquoi ? Pourquoi, patron ? »

— « La neige ! Si nous sommes pris dans le gros de la tempête, nous serons aveuglés et nous ne pourrons plus rien faire ! Des blocs de glace tomberont des falaises et bloqueront le passage. La neige s'amoncellera sur notre route et rendra tout mouvement impossible. Si nous ne nous écrasons pas sur les falaises, nous serons prisonniers de la neige et à bout de ressources ! »

Au-dessus de sa tête, une voile se détacha de ses anneaux et se mit à claquer violemment sur le mât. Le hurlement du vent augmenta encore ; le navire était poussé de côté vers la falaise et semblait se frotter aux parois avant de revenir au centre de la gorge.

— « Oui, mais si nous continuons d'avancer, nous allons nous écraser sur une falaise et nous tuer ! » cria un autre marin. « Qu'avons-nous à y gagner ? »

Arflane sourit et étendit les bras ; sa veste flottait derrière lui et ses yeux flamboyaient. « Une mort rapide au lieu d'une mort lente si la chance nous abandonne complètement. Si elle reste avec nous — et vous savez que j'ai de la chance — nous serons sortis à l'aube et New York ne sera plus qu'à quelques jours de voyage ! »

— « Vous *aviez* de la chance, patron ! » cria le marin. « Mais on dit que vous n'êtes plus l'élu de la Glace-Mère — que vous êtes allé contre sa volonté. Cette femme... »

Arflane éclata d'un gros rire. « Il vous faudra faire confiance à ma chance — c'est tout ce qui vous reste. Baissez les armes, les gars. »

— « Que le vent nous aide à traverser cette passe. C'est notre seule chance. » C'était la voix d'Urquart.

Les hommes se mirent à baisser leurs coutelas bien qu'ils ne fussent pas complètement convaincus.

— « Vous seriez plus utiles si vous étiez dans les haubans à surveiller la voilure ! » cria Manfred Rorsefne par-dessus le gémissement du vent.

— « Pourtant, les patins... » commença un marin.

— « On s'en occupera, » dit Arflane. « Retournez au travail, les gars. Aucun châtiment ne sera infligé quand nous aurons traversé cette passe, je vous le promets. Nous devons travailler ensemble — ou mourir ensemble ! »

Les marins commencèrent à se disperser mais leurs visages reflétaient encore la crainte et le doute.

Ulrica sortit en titubant de la timonerie et s'avança avec difficulté le long du pont glissant pour prendre le bras d'Arflane. Le vent fouettait ses habits et la neige piquait son visage. « Etes-vous sûr que les hommes avaient tort ? Ne vaudrait-il pas mieux... ? »

Il sourit et haussa les épaules. « Cela n'a pas d'importance, Ulrica. Descendez vous reposer, si vous le pouvez. Je vous rejoindrai un peu plus tard. » De nouveau, le navire sursauta ; il glissa sur le pont, revint avec difficulté vers elle et l'aida à se diriger vers la passerelle.

Quand elle fut en sécurité dans ses appartements, il se dirigea vers l'avant du navire, luttant contre le vent et la neige qui lui griffaient le visage et l'aveuglaient à moitié. Il atteignit la proue et essaya de voir droit devant lui, ne réussissant à apercevoir que les falaises de part et d'autre ; pendant ce temps, le navire continuait de se balancer et de faire des embardées sur ses patins endommagés. Il alla jusqu'au beaupré et s'allongea dessus, se tenant d'une seule main à un cordage de la voile d'étai ; de l'autre, il caressait les énormes crânes de baleines, passant ses doigts sur les contours des orbites et des mâchoires grimaçantes, comme s'il pouvait y trouver la force qu'ils avaient jadis renfermée.

Comme la neige se calmait un peu devant le navire, il vit devant lui les lignes noires des falaises de glace. Elles semblaient se rapprocher, comme si elles glissaient sur leurs bases et se resserraient pour les faire prisonniers. Ce n'était qu'une illusion d'optique mais cela le préoccupait. C'est alors qu'il comprit ce qui était en train de se passer. La gorge se rétrécissait *vraiment* à cet endroit. Peut-être les falaises s'étaient-elles réellement rapprochées car l'ouverture était à peine plus grande qu'une crevasse.

L'*Esprit des Glaces* ne réussirait jamais à y passer.

Ils se balança désespérément le long du beaupré, uniquement conscient de la vitesse du navire, hoqueta, et traversa le pont avec difficulté jusqu'à ce qu'il eût atteint l'énorme couronne de la direction et saisi le lourd maillet qui était accroché à côté ; il se mit alors à frapper sur la fiche de secours. Urquart s'approchait de lui ; il tourna la tête et cria d'un bout à l'autre du pont : « Jetez les ancres ! Pour l'amour de la Glace-Mère, Urquart ! Jetez les ancres !... »

Urquart traversa le pont en courant, et ordonna aux hommes d'aller jusqu'aux épontilles pour faire sauter les chevilles qui maintenaient les lames jumelles des ancres principales éloignées du contact de la glace.

Arflane leva les yeux ; il sentit son cœur chavirer. Ils se trouvaient presque dans le goulet d'étranglement ; il n'y avait presque plus aucune chance de sauver le navire.

La fiche s'enfonçait. Jetant les bras en avant et en arrière, il frappait sans cesse de son maillet.

Tout à coup, la fiche céda. Il y eut un grincement

strident quand les patins se tournèrent l'un vers l'autre à la manière d'un soc de charrue ; le navire se mit à rouler et à vaciller.

Arflane traversa le pont en courant. Il avait fait tout ce qu'il pouvait ; sa seule préoccupation était maintenant la sécurité d'Ulrica.

Il atteignit sa cabine quand le navire sursauta, comme dans un orgasme monstrueux. Ulrica était là et son mari se trouvait à ses côtés.

— « Je l'ai libéré, » dit-elle.

Arflane grogna. « Allons — venez sur le pont. Il n'y a pas beaucoup de chances pour que l'on survive à cela. »

Il y eut un dernier choc très violent ; les tremblements du navire continuèrent mais cessèrent progressivement tandis que les ancres mordaient dans la glace et arrêtaient sa course.

Arflane se précipita sur le pont et vit avec surprise qu'ils étaient à moins de dix mètres du goulet où le navire se serait écrasé sur les parois des falaises.

Les mouvements de l'*Esprit des Glaces* n'avaient pourtant pas cessé.

La grande goélette s'effondra quand ses patins de bâbord se rompirent sous le choc avec des craquements secs. Elle tomba sur son flanc avec un fantastique gémissement, se retourna quand le vent s'engouffra dans la voilure et projeta les hommes d'équipage contre le bastingage de bâbord.

Arflane saisit Ulrica et s'agrippa de la main à une corde.

Pour l'heure, sa seule préoccupation était d'abandonner le navire et de se sauver avec Ulrica. Il se laissa glisser le long de la corde et sauta sur la glace dure, entraînant la femme avec lui loin du navire, malgré le vent debout.

Dans la tempête déchaînée, il était difficile de distinguer les falaises ou la masse de la goélette.

Il entendit un craquement sur le flanc de la gorge puis perçut un bruit nouveau au-dessus de lui quand des morceaux de glace qui s'étaient détachés se mirent à dévaler la pente.

Il chercha alors à s'abriter sous un surplomb de l'autre

falaise. Il s'arrêta, haletant, et jeta un regard vers le navire brisé. On ne pouvait absolument pas dire si les autres avaient réussi à sauter du navire pour s'échapper ; quand le rideau de neige s'écarta un instant en tourbillonnant, il aperçut une silhouette qui se tenait près du bastingage. Il entendit une voix par-dessus les gémissements du vent. On aurait dit celle d'Ulsenn.

— « *Il a voulu ce naufrage ! Il l'a voulu !...* »

Cela ressemblait au cri stupide d'un oiseau. Puis le vent mugit encore plus fort et couvrit la voix comme une avalanche de glace s'abattait sur le navire.

Toujours sous le surplomb, Ulrica et Arflane s'enlacèrent et regardèrent l'*Esprit des Glaces* écrasé sous les immenses blocs qui se détachaient ; le navire sursautait comme un animal agonisant, sa coque se brisait, ses mâts craquaient et volaient en éclats et tout se désintégrait beaucoup plus rapidement qu'Arflane ne l'aurait pensé possible. La goélette éclatait dans un nuage de débris de glace et de neige tourbillonnante, sous les immenses murailles déchiquetées des montagnes de glace.

Arflane pleura devant ce spectacle ; c'était comme si la destruction du navire signifiait la fin de tout espoir. Il attira Ulrica à lui et l'entoura de ses bras, plus pour se réconforter que par égard pour elle.

22

L'EXPÉDITION

Au matin, la neige avait cessé mais les cieux étaient toujours gris et chargés au-dessus des pics sombres des glaciers. La tempête s'était arrêtée presque aussitôt après que l'*Esprit des Glaces* eut été broyé, comme si la destruction du navire avait été son unique but.

Arflane et Ulrica, qui cheminaient dans les masses imprécises de neige et de glace, se dirigeant vers l'endroit où la gorge se rétrécissait et où la plus grande partie de l'épave était venue se coucher, furent rejoints par Rorsefne et par Ulsenn. Quelques marins se tenaient près des monceaux de fibre de verre brisée et de métal, comme s'ils espéraient que le navire allait magiquement pouvoir reprendre son ancienne forme. Urquart se promenait dans les débris, tel un charognard.

Le jour était froid et sinistre. Ils tremblaient et leur haleine blanchissait dans l'air. Ils regardèrent autour d'eux et virent partout des corps mutilés ; la plupart des marins avaient été tués et les sept survivants regardaient Arflane d'un air acerbe, lui reprochant en silence sa témérité qui les avait menés à ce désastre.

L'attitude d'Ulsenn envers Arflane et Ulrica était lointaine et neutre. Il fit un signe de tête dans leur direction quand il les vit se diriger ensemble vers l'épave. Rorsefne souriait et fredonnait une chanson, comme s'il s'amusait d'une plaisanterie comprise de lui seul.

Arflane se tourna vers lui et montra du doigt l'étroit

passage entre les falaises. « Il n'était pas indiqué sur la carte, n'est-ce pas ? » Il avait parlé fort, comme pour s'excuser, et pour que les marins puissent bien l'entendre.

— « Il n'était pas mentionné, » lui accorda Rorsefne qui souriait toujours. « Les falaises ont dû se rapprocher. J'ai déjà entendu parler d'un tel phénomène. Qu'allons-nous faire maintenant, capitaine ? Il n'y a plus aucune barque. Comment allons-nous rentrer ? »

Arflane lui lança un regard menaçant. « Rentrer ? »

— « Vous voulez dire que vous voulez continuer, n'est-ce pas ? » dit Ulsenn d'une voix neutre.

— « C'est la chose la plus raisonnable que nous puissions faire, » lui dit Arflane. « Nous ne sommes qu'à cinquante milles, ou à peu près, de New York, et à plusieurs milliers de milles de chez nous... »

Urquart ramassa plusieurs planches d'ivoire qui venaient des écoutilles brisées. « Des skis, » dit-il. « Nous pourrions atteindre New York en une semaine, ou peut-être moins. »

Rorsefne se mit à rire. « Infatigable ! Je suis avec vous, capitaine. »

Les autres ne dirent rien ; il n'y avait plus rien à dire.

En deux jours, le petit groupe eut franchi la passe et commencé la traversée de l'immense plaine de glace qui s'étendait au-delà de la chaîne des glaciers. Il faisait toujours mauvais temps, la neige tombait de temps en temps et le froid les avait pénétrés jusqu'à l'os. Ils avaient transformé des harpons et des planches d'ivoire en piquets et en skis et portaient sur le dos des sacs de provisions.

Ils étaient complètement épuisés et ne parlaient que rarement, même quand ils s'arrêtaient pour camper. Ils suivaient une route calculée sur un petit compas que Manfred Rorsefne avait trouvé parmi les débris de son coffre de voyage.

L'espace n'était devenu pour Arflane qu'une immense plaine blanche et le temps ne semblait plus avoir d'existence propre. Son visage, ses mains et ses pieds étaient en proie à la morsure du froid ; sa barbe était incrustée de particules de glace et ses yeux étaient rouges et gonflés. Il avançait mécaniquement sur ses skis, suivi par les autres qui, comme lui, se déplaçaient comme des automates. Penser ne signifiait plus que se souvenir de manger et se protéger contre le froid du mieux que l'on pouvait ; tout le langage se réduisait à des communications monosyllabiques quand l'un d'eux décidait de s'arrêter ou de changer de direction.

Arflane et Ulrica restaient ensemble par habitude mais ne ressentaient plus rien l'un pour l'autre.

Dans de telles conditions, il eût été possible que le petit groupe continuât d'avancer sans jamais trouver New York, jusqu'à ce que tous ses membres meurent les uns après les autres ; la mort même n'aurait été qu'un passage insensible car le froid était tellement vif que la douleur n'existait plus. Deux des marins moururent : les autres membres du groupe les laissèrent là où ils étaient tombés. Urquart était le seul qui ne semblait pas être atteint par la fatigue. Quand les marins moururent, il fit le signe de la Glace-Mère avant de poursuivre son chemin.

Aucun d'entre eux ne s'était aperçu que le compas était faussé et qu'ils effectuaient dans l'immensité blanche une large courbe qui les menait à l'opposé de l'endroit où New York était censé se trouver.

D'allure générale, les sauvages étaient semblables à ceux qui les avaient attaqués après le massacre des baleines. Ils étaient entièrement vêtus de fourrures blanches et chevauchaient des animaux blancs semblables à des ours. Ils levèrent leurs épées et leurs javelots quand ils ramenèrent au pas leurs montures pour bloquer la progression du petit groupe.

Arflane ne les vit qu'à ce moment-là. Il se balança sur ses skis et regarda, malgré ses yeux rougis, les visages aquilins des cavaliers. Il leva péniblement son harpon dans un geste de défense, mais soulever un tel poids lui fut presque pénible. Tout à coup, Urquart poussa un cri et jeta l'un après l'autre ses deux harpons, puis rejeta de son épaule son arme personnelle quand deux des sauvages descendirent de leurs montures.

Leur chef se mit à crier et fit un signe à ses hommes ; ils avancèrent au galop sur le petit groupe, les javelots dressés. Arflane lança son harpon pour défendre Ulrica mais tomba en arrière quand il reçut au visage un coup profond qui lui fit perdre l'équilibre. Puis une arme s'abattit sur sa tête et il perdit conscience.

23

LES RITES DE LA GLACE-MÈRE

ARFLANE avait mal à la tête et une douleur lancinante avait envahi son visage. Il avait les poignets liés dans le dos et il était étendu sur la glace d'une manière inconfortable. Il ouvrit les yeux et vit le camp des sauvages.

Des tentes de peaux avaient été montées sur des cadres d'os ; les ours qui servaient de montures étaient parqués dans un coin du camp et quelques femmes se promenaient parmi les tentes. Visiblement, ce n'était pas leur campement permanent ; Arflane savait que la plupart des sauvages étaient des nomades. Les hommes formaient un large cercle autour de leur chef, celui qu'Arflane avait vu peu auparavant. Il leur parlait et jetait des regards aux prisonniers qui avaient été liés par les poignets et jetés pêle-mêle sur la glace. Arflane tourna la tête et vit avec soulagement qu'Ulrica était saine et sauve ; elle lui sourit faiblement. Manfred Rorsefne se trouvait là, ainsi que Janek Ulsenn qui gardait les yeux fermés. Il y avait aussi trois marins qui contemplaient les sauvages d'un air misérable.

Il n'y avait aucune trace d'Urquart ; Arflane se demanda vaguement s'il avait été tué. Quelques instants plus tard, il le vit sortir d'une tente en compagnie d'un petit homme obèse et s'avancer à grands pas vers le principal groupe d'hommes. Il lui sembla alors qu'Urquart avait réussi à gagner leur confiance. Arflane fut soulagé ; avec un peu de chance, le harponneur trouverait bien un moyen de les faire relâcher.

Le chef, un beau jeune homme à la peau brune, au nez busqué et aux yeux vifs et arrogants, fit des gestes dans la direction d'Urquart qui se frayait un chemin parmi les sauvages, accompagné du petit homme obèse. Urquart se mit à parler. Arflane crut comprendre que le harponneur plaidait pour la vie de ses amis et il se demanda comment il avait bien pu gagner la faveur des nomades. Urquart était bien plus grand que n'importe lequel d'entre eux et c'était certainement son allure primitive qui les avait impressionnés, de même qu'elle avait impressionné tous ceux qui l'avaient rencontré. De plus, il avait été le seul à attaquer les sauvages ; peut-être l'admiraient-ils pour son courage. Quelle que fût la raison, il n'y avait aucun doute qu'ils écoutaient gravement parler le harponneur qui agitait son énorme lance dans la direction des prisonniers.

En fin de compte, trois d'entre eux — le chef, le gros homme et Urquart — s'éloignèrent des autres guerriers et s'approchèrent d'Arflane et des autres.

Le jeune chef était entièrement vêtu de belles fourrures blanches et sa capuche encadrait son visage ; il était rasé de près et marchait avec souplesse, tout en se redressant et en tenant la main sur la poignée de son épée d'os. Le gros homme portait des fourrures rougeâtres qu'Arflane ne pouvait identifier ; il tira sur ses longues moustaches graisseuses et fronça les sourcils d'un air pensif. Urquart était impassible.

Le chef s'arrêta devant Arflane et mit les mains sur les hanches. « Ha ! Vous allez vers le Nord, comme nous, hein ? Vous venez de tout là-bas ! » Il parlait avec un accent étrange et rythmé et agitait son pouce dans la direction du Sud.

— « Oui, » acquiesça Arflane qui, à cause de ses lèvres enflées, éprouvait de la difficulté à parler. « Nous avions un navire — il a fait nauvrage. » Il regarda le jeune homme avec circonspection et se demanda ce qu'Urquart avait bien pu lui dire.

— « Le grand traîneau aux mâts ornés de peaux. Nous l'avons vu — il y a plusieurs jours. Oui. » Le jeune homme sourit et lança à Arflane un regard vif et intelligent. « Il y en a beaucoup — au sommet d'une grande colline — à plusieurs mois d'ici, hein ? »

— « Vous connaissez le plateau des Huit Cités ? » Arflane fut surpris. Il jeta un coup d'œil à Urquart mais le visage du harponneur était de glace. Il était appuyé sur son harpon et son regard se perdait au loin.

— « Nous venons de beaucoup plus loin au Sud que vous, mon ami, » dit en souriant le chef des sauvages. « Là-bas, le pays devient beaucoup trop doux. La glace disparaît et il y a quelque chose de surnaturel derrière tout cela. Nous sommes venus dans le Nord, où les choses sont encore normales. Je suis Donal de Kamfor et voici ma tribu. »

— « Arflane de Brershill, » répondit-il d'une manière formelle bien que ne comprenant toujours pas ce qui se passait et se demandant ce qu'Urquart avait bien pu dire à la réunion des sauvages.

— « La glace est vraiment en train de fondre tout au Sud ? » Manfred Rorsefne prit la parole pour la première fois. « Elle disparaît partout ? »

— « C'est cela, » dit Donal de Kamfor en hochant la tête. « Personne ne peut y vivre. » Il fit un geste de la main. « Des choses — poussent — dans une matière molle. C'est mauvais. » Il secoua la tête et tordit son visage.

Arflane se sentit malade en y pensant. Donal se mit à rire, le montrant du doigt. « Ha ! Vous détestez cela vous aussi ! Où alliez-vous donc ? »

Arflane essaya une fois de plus d'attirer l'attention d'Urquart mais celui-ci refusa de répondre à son regard. Il n'avait rien à gagner à essayer de cacher leur destination et cela pourrait peut-être séduire l'imagination des sauvages. « Nous allions à New York, » dit-il.

Donal parut surpris. « Vous cherchez la cour de la Glace-Mère ? Personne n'y est autorisé... »

Urquart fit un geste en direction d'Arflane. « C'est lui. C'est l'Elu de la Mère. Je vous ai dit que l'un d'entre nous était destiné à La rencontrer et à plaider notre cause. Elle l'a aidé à venir à Elle. Quand il L'aura rencontrée, la fonte s'arrêtera. »

Arflane comprit alors comment Urquart avait

convaincu les sauvages. Ils étaient, de toute évidence, encore plus superstitieux que les baleiniers des Huit Cités. Cependant, Donal n'était visiblement pas le genre d'homme que l'on pouvait facilement tromper. Il donna un coup de coude dans l'épaule du gros homme.

— « Nous faisons ce que cet Urquart nous a dit de faire pour vérifier ses dires, hein ? » dit-il.

Le gros homme se mordit la lèvrc inférieure, tout en jetant un regard noir à Arflane. « Je suis le prêtre, » murmura-t-il à Donal. « Je décide de faire cela. »

Donal haussa les épaules et recula de quelques pas.

Le prêtre porta ses regards sur Arflane, puis sur Ulrica et sur Manfred Rorsefne. Il jeta un rapide coup d'œil aux marins et à Janek Ulsenn et recommença à tirer sur ses moustaches. Il s'approcha d'Urquart et posa un doigt sur son bras. « Ce sont donc ces deux-là ? » dit-il en désignant Ulrica et Rorsefne.

Urquart hocha la tête.

— « Bonne souche, » dit le prêtre. « Vous aviez raison. »

— « La lignée des plus grands chefs des Huit Cités, » dit Urquart. « Pas de meilleur sang — et ils sont de ma race. » Il parlait presque avec fierté. « Cela plairait à la Glace-Mère et nous ramènera la chance. Arflane nous conduira à New York et nous y serons les bienvenus. »

— « Que dites-vous, Urquart ? » demanda Arflane d'un air gêné. « Quelle sorte de marché avez-vous combiné sur notre compte ? ».

Urquart se mit à sourire. « Un marché qui résoudra tous nos problèmes. Maintenant, mon ambition va pouvoir se réaliser, la Glace-Mère sera apaisée, votre fardeau vous sera retiré et nous gagnerons l'aide et l'amitié de ces gens. Il va être enfin possible de faire ce que j'avais souhaité depuis plusieurs années. » Ses yeux fous brillaient d'une lueur étrange. « J'ai été fidèle à la Mère. Je L'ai servie et je L'ai implorée. Elle me rend maintenant mes droits. Et moi, je Lui rends les Siens. »

Arflane frissonna. La voix d'Urquart était douce, glacée et terrifiante.

— « Que voulez-vous dire ? » demanda-t-il. « En quoi vous ai-je aidé ? »

— « Vous avez sauvé la vie de tous les membres du clan Rorsefne — mon père, sa fille et son neveu. »

— « Je croyais que c'était pour cela que vous m'aviez pris en amitié... »

— « J'ai vu quel était votre destin. J'ai compris que vous étiez le serviteur de la Glace-Mère bien que, au début, vous ne l'ayez pas su vous-même. » Urquart rejeta son capuchon, découvrant son étrange chevelure et ses boucles d'oreilles en os qui se balançaient. « Vous leur avez sauvé la vie, Konrad Arflane, afin que je puisse la leur prendre selon mon propre désir. Le temps est venu de me venger de la lignée de mon père. Je ne regrette qu'une chose, c'est qu'il ne soit pas là, lui aussi. »

Arflane se souvint des funérailles à Friesgalt et de l'attitude étrange qu'Urquart qui avait jeté d'une manière si brutale le bloc de glace dans la tombe du vieux Pyotr Rorsefne.

— « Pourquoi le haïssez-vous ? » demanda-t-il.

— « Il a essayé de me tuer. » La voix d'Urquart était lointaine ; il détourna son regard d'Arflane. « Ma mère était la femme d'un aubergiste et la maîtresse de Rorsefne. Quand elle m'a mené à lui, lui demandant de me protéger comme le voulait la coutume, il commanda à ses serviteurs de m'emmener et de me laisser sur la glace. C'est plusieurs années après que j'ai appris cette histoire de la propre bouche de ma mère. Je fus recueilli par un brick baleinier dont je devins la mascotte. Cette histoire fut racontée dans toutes les tavernes des étages supérieurs et ma mère comprit alors ce qui s'était passé. Elle partit à ma recherche et, en fin de compte, me retrouva quand j'avais seize ans. A partir de ce moment, j'ai juré de prendre ma revanche sur toute la lignée des Rorsefne. C'était il y a vingt ans. Je suis un enfant de la glace — le favori dela Glace-Mère. Le fait que je vive aujourd'hui est la preuve de cela. » Les yeux d'Urquart se mirent à briller encore plus vivement.

— « C'est ce que vous avez dit à ces gens pour qu'ils vous écoutent ! » chuchota Arflane. Il éprouva la résistance des liens qui lui enserraient les poignets, mais ceux-ci étaient étroitement ligotés.

Urquart s'avança, ignorant Arflane. Il tira son long poignard de son fourreau et se pencha pour couper les cordes qui liaient Ulrica et Manfred aux autres. Ulrica resta étendue, le visage pâle et les yeux incrédules et terrifiés. Même le visage de Manfred Rorsefne s'était assombri. Ni l'un ni l'autre n'essayèrent de se relever.

Urquart tendit le bras et attira la femme tremblante pour la remettre debout. Il remit son couteau dans son fourreau et attrapa Rorsefne par le devant de sa veste déchirée. Manfred se releva avec quelque dignité. Un mouvement se produisit derrière Arflane. Il tourna la tête et vit qu'Ulsenn avait les mains libres. En coupant les liens, Urquart l'avait involontairement libéré. Donal montra du doigt Ulsenn sans prononcer une parole ; Urquart haussa les épaules d'un air dédaigneux. « Il ne fera rien. »

Arflane leva les yeux d'un air incrédule sur le harponneur à l'aspect redoutable. « Urquart, vous avez perdu l'esprit. Vous ne pouvez pas les tuer ! »

— « Je le peux, » dit calmement Urquart.

— « Il a le droit », ajouta le gros prêtre. « C'est là le marché qu'il a conclu avec nous. Nous n'avions plus de chance à la chasse et il nous fallait sacrifier à la Glace-Mère. Le sacrifice doit être du meilleur sang. » Il sourit d'un air légèrement ironique et montra Donal du pouce. « Nous avons besoin de lui — il est tout pour nous. Si Urquart accomplit le rituel, vous autres pourrez être libres ; ou bien nous venons avec vous, quoi que nous décidions. »

— « Il est fou ! » Arflane essaya désespérément de se remettre sur pied. « Sa haine lui a tourné l'esprit ! »

— « Je ne le crois pas, » dit calmement le prêtre. « Et quand cela serait, cela n'aurait aucune importance pour nous. Ceux-ci mourront et vous ne mourrez pas. Vous devriez en être reconnaissants. »

Arflane essayait désespérément de se relever sur la glace, se redressant à moitié puis retombant en arrière.

Donal se tourna vers lui en haussant les épaules et le prêtre le suivit, tout en poussant devant eux Ulrica et Manfred Rorsefne. Urquart venait en dernier. Ulrica se retourna pour regarder Arflane. La terreur avait disparu de ses yeux et elle était maintenant remplacée par un regard plein de résignation et d'impuissance.

— « Ulrica ! » cria Arflane.

Urquart cria à Arflane sans le regarder : « Je vais bientôt couper vos liens. Je vais acquitter mes dettes envers vous — je vais vous libérer ! »

Arflane regardait d'un air hébété les sauvages préparer leur cérémonie, dresser des cadres d'os et y attacher les captifs de sorte qu'ils aient les bras en croix et les pieds un peu au-dessus de la glace. Urquart s'avança et découpa adroitement les vêtements de Manfred — comme s'il était en train d'écorcher un phoque — jusqu'au moment où le jeune homme fut nu. C'était, vu sous un certain angle, un acte de clémence, car le froid engourdirait rapidement son corps. Arflane tressaillit quand il vit Urquart s'approcher d'Ulrica et commencer à découper ses fourrures jusqu'au moment où, elle aussi, fut nue.

Arflane s'épuisait à essayer de se relever. Et même s'il avait pu se relever, il n'aurait rien pu faire car les liens enserraient toujours ses poignets. Pour plus de précautions, deux gardes se tenaient maintenant près de lui.

Il regarda avec horreur Urquart approcher son couteau des parties génitales de Manfred Rorsefne ; il entendit Rorsefne hurler de douleur et le vit se tordre dans ses liens quand Urquart lui trancha le sexe. Le sang coula le long des cuisses du jeune homme et Rorsefne tomba en avant, la tête pendant pitoyablement. Urquart brandit son trophée, les mains rougies de sang, avant de le jeter au loin. Arflane se souvint des anciennes coutumes barbares de son propre peuple ; un tel rituel n'avait pas été exécuté depuis plusieurs siècles.

— « Urquart ! Non ! » cria Arflane quand le harponneur se tourna vers Ulrica. « Non ! »

Urquart ne semblait pas l'entendre. Son attention tout entière était dirigée vers Ulrica qui, les yeux remplis de terreur, essayait sans y parvenir de s'éloigner du couteau qui menaçait ses seins.

C'est alors qu'Arflane vit une silhouette bondir

devant lui, arracher le javelot de l'un des gardes et l'empaler.

La silhouette se déplaça avec agilité et revint couper les liens d'Arflane avec le bout pointu du javelot, tandis que l'autre garde se retournait d'un air hébété. Arflane se releva, ses doigts saisirent la gorge du garde et lui brisèrent le cou instantanément.

Ulsenn se trouvait, haletant, aux côtés d'Arflane et tenait le javelot rouge de sang d'une manière mal assurée. Arflane ramassa l'autre javelot et traversa la glace en courant en direction d'Urquart. Personne n'avait encore vu ce qui s'était passé.

Puis le prêtre poussa un cri depuis l'endroit où il était assis et montra du doigt Arflane. Plusieurs sauvages furent sur pied d'un bond mais Donal les arrêta. Urquart se retourna et regarda Arflane d'un air quelque peu surpris.

Arflane courut vers lui, le javelot à la main ; mais Urquart fit un bond de côté et Arflane ne manqua que de peu d'enfoncer son arme dans le corps d'Ulrica. Urquart haletait, le couteau levé ; puis il tourna lentement la tête vers l'endroit où son arme était posée, prête à achever les deux victimes quand la cérémonie serait terminée.

Arflane lança n'importe comment son javelot qui atteignit Urquart au bras. Urquart ne bougea pas mais ses lèvres semblèrent formuler une question.

Arflane courut alors vers l'endroit où était posé le harpon hérissé de pointes multiples et le ramassa.

Urquart le regarda et secoua la tête d'un air hébété. « Arflane ?... »

Arflane prit la lance à deux mains et la plongea dans la poitrine puissante du harponneur. Urquart hoqueta et empoigna le manche du harpon, essayant de rejeter l'arme de son corps. « Arflane, » dit-il dans un hoquet. « Arflane. Espèce d'imbécile ! Vous détruisez tout... » Le redoutable harponneur recula en titubant : ses yeux emplis de douleur étaient toujours fixés d'un air incrédule sur Arflane et il sembla à celui-ci que, en tuant Urquart, il avait tué tout ce qui avait eu quelque valeur pour lui.

Le harponneur poussa un gémissement, son corps robuste se mit à vaciller et ses ornements s'entrechoquèrent quand il fut secoué par les affres de son agonie. Puis il tomba sur le côté, essaya de se relever et s'écroula, mort.

Arflane se retourna pour faire face aux sauvages mais ceux-ci ne bougèrent pas. Le prêtre fronçait les sourcils d'un air indécis.

Ulsenn courut au-devant d'eux. « Deux ! » cria-t-il. « Deux de noble lignée. Urquart était le cousin de cet homme et le frère de cette femme ! »

Les sauvages murmurèrent entre eux et regardèrent le prêtre et le chef d'un air interrogateur. Donal se leva et frotta son menton rasé de près. « Oui, » dit-il. « Cela fait deux. C'est bien. De plus, c'était plus amusant comme ça. » Il rit doucement. « Relâchez la femme. Occupez-vous de l'homme s'il vit encore. Demain, nous irons à la cour de la Glace-Mère ! »

Ulrica pleurait comme une enfant tandis qu'on coupait les liens qui l'enserraient. Arflane la prit doucement dans ses bras et l'enroula dans ses fourrures déchirées. Il se sentit étrangement calme quand il passa devant le corps raidi d'Urquart et porta Ulrica dans la tente que le prêtre lui indiquait. Ulsenn le suivit, portant le corps inconscient de Manfred Rorsefne.

Quand Ulrica se fut endormie et que la blessure de Manfred Rorsefne fut grossièrement bandée, Arflane et Janek Ulsenn s'assirent l'un à côté de l'autre dans le fond de la tente. La nuit était tombée mais ils n'essayèrent même pas de se reposer. Tous deux mesuraient le lien qui s'était créé entre eux pendant les quelques heures précédentes mais, au plus profond d'eux-mêmes, tous deux savaient qu'il ne pourrait pas durer.

24

NEW YORK

IL leur fallut deux semaines pour trouver New York. Pendant ce temps, Manfred Rorsefne, dont le système nerveux n'avait pu supporter le choc qu'il avait reçu, mourut paisiblement et fut enseveli dans la glace. Konrad Arflane, Ulrica Ulsenn et Janek Ulsenn avançaient groupés. Donal et le gros prêtre se tenaient près d'eux. Ils n'avaient pas eu beaucoup de difficultés à apprendre à monter les ours. Ils se déplaçaient lentement car les sauvages avaient emmené avec eux leurs tentes et leurs femmes. Le temps était devenu étonnamment beau.

Quand ils aperçurent les tours élancées de New York, ils s'arrêtèrent, frappés d'étonnement. Arflane comprit que Pyotr Rorsefne avait été particulièrement peu éloquent pour les décrire. Elles étaient magnifiques. Elles étaient resplendissantes.

Le petit groupe s'arrêta dans la confusion et les ours grattèrent nerveusement la glace, comprenant peut-être les sensations mêlées de leurs cavaliers qui regardaient la cité de verre, de métal et de pierre qui se dressait jusqu'aux nuages. Les tours flamboyaient. Des immensités de glace miroitante reflétaient des couleurs changeantes et Arflane se souvint de la légende, se demandant quelle pouvait bien être la hauteur des tours, si elles s'enfonçaient dans la glace aussi profondément qu'elles s'élevaient au-dessus.

Malgré cela, son instinct était en alarme et il ne savait pas pourquoi. Peut-être, après tout, ne voulait-il pas connaître la vérité. Peut-être ne voulait-il pas rencontrer la Glace-Mère qu'il avait plusieurs fois offensée pendant le cours du voyage.

— « Eh bien, » dit vivement Donal, « continuons. »

Ils s'avancèrent lentement vers la cité aux multiples fenêtres qui s'élevait au-dessus de la glace de la plaine. Comme ils s'approchaient, Arflane comprit ce qui l'avait tant troublé. Une chaleur étrange émanait de cet endroit, une chaleur qui aurait pu faire fondre la glace. Et si ce n'était pas la cité de la Glace-Mère ? Chacun le pensait et regardait son compagnon d'un air sinistre. Ils s'arrêtèrent une nouvelle fois. Devant eux se dressait la cité qui symbolisait tous leurs rêves et tous leurs espoirs. Elle se révélait soudain comme une menace mystérieuse.

« Je n'aime pas du tout cela, » grogna Donal. « Cette chaleur — elle est encore plus néfaste que celle qui nous arrivait au Sud. »

Arflane hocha la tête. « Comment cela peut-il être aussi chaud ? Pourquoi la glace n'a-t-elle pas fondu ? »

« Faisons demi-tour, » dit Ulsenn. « Je savais bien que c'était stupide de venir ici. »

Arflane fut d'instinct de son avis ; mais il s'était embarqué pour atteindre New York. Il s'était dit qu'il accepterait tout ce que la cité pourrait lui offrir. Il devait continuer. Il avait fait tuer des hommes et détruit son navire pour arriver jusqu'ici et, maintenant qu'il était à moins d'un mille du but, il ne pouvait décemment faire demi-tour. Il secoua la tête et fit avancer sa monture. Un murmure s'éleva derrière lui.

Il leva la main et désigna du doigt les tours élancées. « Venez — allons saluer la Glace-Mère ! »

L'ours se mit à galoper. Les sauvages qui venaient derrière commencèrent à augmenter leur vitesse jusqu'au moment où chacun galopa d'une manière folle et à demi hystérique vers l'immense cité. Leurs rangs se brisaient et éclataient, et leurs cris résonnaient en écho dans les tours, tandis qu'ils cherchaient à s'enhardir. Le capuchon d'Ulrica fut rejeté par le vent ; ses cheveux défaits flottaient derrière elle tandis qu'elle se cramponnait à sa selle. Arflane lui lança un sourire, la barbe emmêlée par le vent. Le visage d'Ulsenn était calme et il était penché en avant sur sa selle comme s'il allait à la rencontre de la mort.

Les tours formaient des groupes compacts et il y avait à peine assez de place entre celles de l'extérieur pour leur permettre d'entrer dans la cité. Quand ils parvinrent à la grande forêt de verre et de métal, ils comprirent que cette cité renfermait quelque chose d'encore plus étrange que la chaleur qui y régnait.

Les pattes de la monture d'Arflane dérapèrent sur le sol et il cria dans sa surprise : « Ce n'est pas de la glace ! »

Cette matière avait été adroitement fabriquée pour imiter la glace presque dans les moindres détails mais, maintenant qu'ils se tenaient dessus, ils pouvaient dire que ce n'était pas de la glace ; il était possible de voir au travers et de distinguer les formes sombres des tours qui s'enfonçaient jusqu'au cœur des ténèbres.

Donal cria : « Vous nous avez trompés, Arflane ! »

Cette révélation soudaine avait frappé Arflane tout autant que les autres. Il secoua la tête sans dire un mot.

Ulsenn s'avança sur sa monture et brandit son poing devant le visage d'Arflane. « Vous nous avez conduits dans un piège ! Je le savais ! »

— « J'ai suivi les cartes de Pyotr Rorsefne, c'est tout ! »

— « Cet endroit est néfaste, » dit le prêtre d'une voix assurée. « Nous en sommes tous conscients. La manière dont on nous a trompés a peu d'importance. Nous devons partir pendant que nous le pouvons encore. »

Arflane partageait les sentiments du prêtre. Il détestait l'atmosphère de cette cité. Il s'était attendu à y trouver la Glace-Mère et n'y avait en fait rencontré que tout ce qui s'opposait à elle.

— « Très bien, » dit-il. « Nous faisons demi-tour. » Mais, à l'instant même où il disait cela, il s'aperçut que le sol au-dessous de lui était en train de s'enfoncer ; la plaine tout entière s'enfonçait lentement au-dessous du niveau de la glace environnante. Ceux qui étaient le plus près des bords réussirent à faire sauter leurs lourds animaux et à s'échapper mais la plupart des hommes restèrent, pris de panique, tandis que la cité continuait de s'enfoncer dans ce qui était apparemment un énorme puits creusé dans la glace. Les ombres des bords immenses du puits recouvrirent les membres du groupe qui s'affolaient.

Arflane vit comment Donal et Ulsenn le regardaient et il comprit qu'il allait être leur bouc émissaire.

« Ulrica ! » appela-t-il. Il fit faire demi-tour à sa monture et se dirigea vers le bloc des tours tandis que la femme le suivait de près. La lumière diminuait au fur et à mesure qu'ils s'enfonçaient dans le labyrinthe. Ils entendaient derrière eux les sauvages qui, conduits par Donal et Ulsenn, étaient à leur recherche. Quelque chose disait à Arflane que, dans l'état de panique où ils se trouvaient, ils le massacreraient et tueraient probablement Ulrica avec lui ; ils ne devaient pas se laisser rattraper. Il devait maintenant faire face à deux dangers qui tous deux semblaient insurmontables. Il ne pouvait espérer vaincre les sauvages et il ne pouvait empêcher la cité de s'enfoncer.

Il y avait une entrée dans l'une des tours ; une faible lueur s'en échappait. Il y poussa désespérément sa monture et Ulrica l'accompagna.

Il se retrouva dans une galerie où des rampes descendaient vers la base de la tour qui se trouvait au-dessous d'eux. Il vit que plusieurs silhouettes se tenaient un peu plus bas, sur les rampes ; des silhouettes vêtues de rouge de la tête aux pieds et qui portaient des vêtements serrés et des masques qui leur recouvraient complètement le visage. Elles levèrent la tête en entendant le bruit que faisaient les pattes des ours dans la galerie ; l'une d'elles rit et les montra du doigt.

D'un air maussade, Arflane fit descendre la rampe à sa monture qui glissait à moitié en marchant. Il jeta un regard en arrière et vit qu'Ulrica le suivait après avoir hésité un instant. L'inclinaison de la pente était dangereuse ; par deux fois, les ours manquèrent de tomber par-dessus le bord de la rampe et par trois fois Arflane fut désarçonné mais, quand ils atteignirent la base de la tour, les hommes masqués avaient disparu.

Quand Ulrica le rejoignit, regardant avec terreur les

étranges objets qui recouvraient les murs, il s'aperçut que la cité n'était plus en mouvement. Il regarda les objets qui étaient sur la paroi. Il y avait des instruments de toutes sortes ; certains ressemblaient à des chronomètres ou à des boussoles tandis que d'autres étaient animés de lettres vacillantes qui n'avaient pas de sens pour lui. Pour l'instant, son plus grand souci était de trouver une porte. Il ne semblait y en avoir aucune. Etait-ce, après tout, la cour de la Glace-Mère et les créatures en rouge étaient-elles des spectres ? Un rire léger s'éleva de nouveau auquel répondit, au-dessus d'eux, un cri que répétait l'écho. Il vit qu'Ulsenn descendait la rampe à toute vitesse et s'approchait de lui ; il agitait un coutelas à dépecer, tandis qu'Arflane n'avait qu'un javelot.

Arflane se tourna pour regarder le visage d'Ulrica. Elle lui rendit son regard, puis baissa les yeux en assentiment.

Arflane faisait avancer son ours vers Ulsenn quand celui-ci lui lança un coup de pointe avec son coutelas. Il bloqua le coup de son javelot mais la lame en fit sauter la tête et laissa Arflane virtuellement sans défense. Ulsenn lui sauta maladroitement à la gorge, rata son coup et perdit l'équilibre. Arflane lui planta la lance brisée dans la gorge.

Ulrica remonta la pente et regarda sans dire un mot Ulsenn étreindre sa blessure puis tomber lentement du dos de son ours.

— « C'est fini, maintenant, » dit-elle.

— « Il vous a sauvé la vie, » dit Arflane.

Elle hocha la tête. « Mais maintenant, c'est fini. » Elle se mit à pleurer. Arflane la regarda d'un air pitoyable et se demanda pourquoi il avait tué Ulsenn maintenant et non pas plus tôt, avant qu'il ait eu l'occasion de montrer qu'il était courageux. Peut-être était-ce la raison : il était devenu vers la fin son vrai rival.

— « Un beau carnage, étrangers. Bienvenue à New York. »

Ils se retournèrent. Une partie du mur avait disparu et laissait maintenant voir une forme mince. Son crâne trop long était recouvert d'un masque rouge. Deux yeux brillaient malicieusement au travers des fentes du masque. Arflane leva son javelot par réflexe. « Ce n'est pas New York — c'est quelque endroit maudit ! »

La silhouette rit doucement. « Mais si, c'est bien New York — bien que cela ne soit pas l'ancienne cité de vos légendes. Elle a été détruite par une seule bombe il y a près de deux mille ans. Pourtant, cette cité est toute proche du site de la véritable New York. Par bien des aspects, elle lui est de loin supérieure. Vous avez pu constater un de ces avantages. »

Arflane comprit qu'il était en sueur. Il défit les cordons de sa veste. « Qui êtes-vous ? »

— « Puisque vous êtes vraiment curieux, je vais vous le dire, » répondit l'homme masqué. « Suivez-moi. »

25

LA VÉRITÉ

ARFLANE avait désiré connaître la vérité ; c'était dans ce but qu'il avait tout d'abord suivi le plan de Rorsefne ; mais maintenant qu'il contemplait cette pièce lumineuse et que le bras d'Ulrica était posé sur le sien, il commençait à penser que la vérité était quelque chose de bien plus lourd que ce qu'il pouvait supporter. L'homme au masque rouge sortit de la pièce. Les murs projetaient une lumière aveuglante et un homme assis apparut à l'autre bout de la pièce. Il portait les mêmes vêtements que les autres mais avait presque la taille d'un nain ; de plus, une de ses épaules était plus haute que l'autre.

— « Je suis Peter Ballantine, » dit-il avec affabilité. Il prononçait soigneusement les mots comme s'il parlait une langue qu'il avait récemment apprise. « Asseyez-vous, je vous prie. »

Arflane et Ulrica prirent place avec précaution sur les sièges capitonnés et furent étonnés quand le fauteuil de l'homme glissa dans leur direction et ne s'arrêta que quand il se trouva tout près d'eux. « Je vais tout vous expliquer, » leur dit-il. « Je serai bref. Posez-moi des questions quand j'aurai terminé. »

Il y avait eu une guerre nucléaire à l'échelle mondiale. Quand elle fut terminée, la race humaine n'avait pas disparu et la majorité des survivants se trouvaient dans les zones qui n'avaient pas été affectées par des attaques directes — c'est-à-dire les bases polaires de la Zone Internationale du Sud Antarctique où vivaient des

Russes, des Américains, des membres du Commonwealth britannique, des Scandinaves et des hommes appartenant à d'autres unités de recherche ; et Camp Century, la cité que les Américains avaient construite sous la calotte glaciaire du Groenland. La Nature, déséquilibrée par la guerre, avait rapidement tiré une pellicule de glace protectrice sur la surface dévastée de la planète. La venue de l'âge glaciaire fut tout d'abord activée par les bombes, puis par les changements soudains qui intervinrent dans les divers rayonnements atmosphériques. Les hommes des deux camps polaires purent communiquer pendant quelque temps par radio mais les radiations étaient trop importantes pour qu'ils puissent se risquer à des contacts personnels. Pour quelque raison que ce fût, les deux groupes de survivants choisirent, dans des circonstances semblables, des manières différentes de s'adapter au changement. Les hommes de l'Antarctique apprirent à s'adapter à la glace, utilisant toutes leurs ressources pour construire des navires qui pourraient voyager en surface sans utiliser de carburant et des habitations où l'on pourrait vivre sans système de chauffage particulier. Au fur et à mesure que la glace recouvrait la planète, ils se dirigeaient vers l'Equateur jusqu'au moment où, en fin de compte, ils atteignirent le plateau du Matto Grosso et décidèrent que l'endroit était idéal pour un camp permanent. Mais, en s'adaptant aux nouvelles conditions, ils avaient oublié les sciences et, en quelques centaines d'années, le culte de la Glace-Mère remplaça la seconde loi de la thermodynamique qui avait démontré d'une manière logique ce que l'on croyait maintenant d'une manière instinctive, c'est-à-dire que la glace existerait pour l'éternité. Peut-être les moyens d'adaptation des hommes de l'Antarctique furent-ils plus sains que ceux des habitants de l'Arctique qui avaient tendance à s'enterrer de plus en plus profondément dans des cavernes situées au-dessous du niveau de la glace, cherchant des moyens scientifiques de subsistance qui conserveraient leur mode de vie traditionnel.

Parmi les derniers messages que ceux de l'Arctique envoyèrent à ceux de l'Antarctique, se trouvait une information disant que les nordistes étaient arrivés au stade où ils étaient capables de transporter leur complexe urbain vers le Sud et qu'ils désiraient le situer à New York. Ils offrirent leur assistance à ceux de l'Antarctique mais ceux-ci refusèrent et démontèrent leurs radios pour en faire un meilleur usage. Ils avaient réussi à s'adapter à leur nouveau mode de vie.

Alors, ceux de l'Arctique développèrent leurs sciences et leurs conditions de vie jusqu'au moment où la cité de New York fut créée. Après quoi, ils firent ce que l'humanité avait fait dans le passé : ils se demandèrent pourquoi ils devaient continuer de s'adapter à l'environnement puisqu'il était maintenant possible de transformer l'environnement selon leurs propres critères. Ils développèrent des techniques permettant de faire reculer la glace et de découvrir la surface d'une planète apaisée, telle qu'elle existait deux mille ans plus tôt. Le processus rapide de la formation de la glace put alors être inversé tout aussi rapidement ; ils s'y employèrent avec des instruments spéciaux, situés dans des endroits sélectionnés sur des blocs continentaux autres que celui sur lequel ils vivaient. Pendant la même période, ils firent des expériences biologiques cherchant à créer des animaux qui aideraient au développement de la nouvelle écologie ; les oiseaux verts en furent un exemple. Ils remplaceraient les animaux vivants sur la glace qui, pour la plupart d'entre eux, n'auraient pas le temps de s'adapter aux rapides changements climatiques.

« Il faudra encore au moins deux siècles avant qu'une grande surface de terrain soit déblayée, » expliqua Peter Ballantine. « Le continent africain est notre principal champ d'expérience. Les résultats obtenus nous rendent optimistes. L'Afrique n'a jamais été entièrement recouverte par la glace et il y existait une faune qui nous a considérablement aidés dans nos expériences biologiques. »

Arflane et Ulrica avaient reçu toutes ces informations d'une manière presque impassible. Arflane sentit qu'il se noyait ; son corps et son esprit étaient paralysés.

« Nous accueillons les visiteurs, et plus particulièrement ceux venus des Huit Cités, » continua Ballantine. « Les animaux ne seront jamais capables, pour la plupart d'entre eux, de s'adapter tandis que votre peuple pourra aisément survivre. » Il leur jeta un regard puis ajouta d'un air pensif : « Physiquement, en tout cas. »

Arflane leva alors les yeux vers lui. « Vous détruiriez tout notre mode de vie, » dit-il sans rancœur.

— « Votre mode de vie n'est pas plus naturel que le nôtre, enfermés que nous sommes dans cette matrice mécanique où nous développons nos esprits et oublions nos corps. Chacun d'entre nous est physiquement affaibli mais spirituellement puissant. Votre peuple est presque mieux équilibré car les esprits peuvent se développer plus facilement que les corps. »

Arflane hocha gravement la tête. « Pourtant, bon nombre d'entre nous ne veulent pas ce que vous nous offrez. Je suis l'un de ceux-là. »

— « Nous ne vous offrons que la connaissance. Qu'y a-t-il de mal à cela ? »

— « Je ne sais pas, » dit lentement Arflane. « Rien, sûrement. Je comprends très bien que les prochaines générations profiteront de cela. Pourtant, voyez-vous, quelque chose là-dedans (il se frappa la poitrine puis le front) me dit que je ne peux croire à l'existence des générations futures. Je crois à la glace éternelle, à la doctrine qui nous dit que tout doit un jour se refroidir et je crois que seule la grande pitié de la Glace-Mère nous autorise à rester en vie. »

— « Vous pouvez maintenant voir la fausseté de toutes ces conceptions, » dit doucement Ballantine. « Votre société a créé ces idées afin de pouvoir vivre comme elle le faisait. Elle en avait besoin, mais tout cela est maintenant terminé. »

— « Je comprends, » dit Arflane. Il lui était dur de surmonter le découragement qui l'envahissait ; il lui semblait que sa vie tout entière, depuis le moment où il avait sauvé Rorsefne, l'avait conduit à cet état. Il avait peu à peu rejeté ses vieux principes, s'était autorisé des sentiments de faiblesse, avait entraîné Ulrica dans l'adultère, s'était compromis avec d'autres personnes ;

c'était comme s'il avait créé cette cité de New York rien qu'en oubliant les commandements de la Glace-Mère. Cette idée était logiquement absurde, il le savait bien, mais il ne parvenait pas à la chasser de son esprit. S'il avait vécu selon son code moral, la Glace-Mère l'aurait réconforté et Peter Ballantine ne l'aurait pas dérangé ; s'il avait écouté Urquart, le dernier véritable fidèle de la Glace-Mère, et s'il était parti avec lui, ils auraient trouvé la cité qu'ils désiraient tant connaître. Mais il avait tué Urquart pour sauver la vie d'Ulrica. « Vous détruisez tout », lui avait dit Urquart en mourant. Arflane comprit alors ce que le harponneur avait voulu dire. Urquart avait essayé de changer la route en sa faveur, mais celle-ci l'avait inévitablement conduit jusqu'à Peter Ballantine, avec sa logique et sa vision d'une Terre où la Glace-Mère était mourante, sinon déjà morte. Si au moins il pouvait La trouver...

Ulrica Ulsenn lui toucha la main. « Il a raison, » dit-elle. « C'est pour cela que les peuples des Huit Cités sont en train de changer — ils sentent le changement qui se produit dans le monde. Ils s'adaptent de la manière dont les animaux s'adaptent, quoique la plupart de ces derniers — les baleines de terre et les autres animaux du même genre — ne s'adapteront pas à temps. »

— « L'adaptation des baleines de terre a été stimulée artificiellement, » dit Ballantine avec quelque fierté. « Ce fut une de nos expériences qui, soit dit en passant, vous a été bénéfique. »

Arflane soupira à nouveau ; il se sentait complètement abattu. Il essuya la sueur de son front et tira sur ses vêtements car il souffrait de la chaleur de la pièce. Il se retourna, regarda Ulrica Ulsenn en secouant lentement la tête et lui toucha doucement la main. « Vous acceptez tout cela, » dit-il. « Vous représentez la même chose qu'eux. Vous êtes l'avenir. »

Elle fronça les sourcils. « Je ne vous comprends pas, Konrad. Vous êtes trop mystérieux. »

— « Pardonnez-moi. » Il détourna son regard d'Ulrica et le porta sur Ballantine qui était assis dans son fauteuil roulant et attendait patiemment. « Moi, je suis le passé, » lui dit-il. « Vous me comprenez, je pense. »

— « Oui, » dit Ballantine par sympathie. « Je vous respecte, mais... »

— « Mais vous devez me détruire. »

— « Cela ne sert à rien de voir la situation d'une manière aussi dramatique, » précisa Ballantine, comme pour le raisonner.

— « Je dois la voir comme cela, pourtant, » dit Arflane en soupirant. « Je suis un homme simple, voyez-vous. J'appartiens à la vieille école. »

— « Vous avez besoin de temps pour réfléchir, » lui dit Ballantine. « En attendant, nous allons vous trouver un logement pour tous les deux. » Il eut un petit rire. « Vos amis les sauvages continuent de tourner en rond sur la surface de la cité comme des poux en folie. Nous allons voir ce que nous pouvons faire pour eux. Dans leur cas, nos hypnomates seront sans aucun doute bien plus utiles qu'une conversation. »

26

VERS LE NORD

Le jour suivant, Peter Ballantine se promena en compagnie d'Ulrica Ulsenn dans les jardins artificiels de la cité. Arflane avait jeté un coup d'œil aux jardins et refusé d'y entrer. Il était maintenant assis dans une galerie et contemplait les machines qui représentaient, lui avait dit Ballantine, le cœur de la cité.

— « De même que vos ancêtres se sont adaptés à la glace, » disait Ballantine à Ulrica, « de même vous devez vous réadapter à sa disparition. Vous êtes venue instinctivement vers le Nord parce que vous l'identifiiez avec votre terre d'origine. Tout cela est naturel. Mais vous devez maintenant retourner vers le Sud, pour votre propre bien et pour celui de vos enfants. Vous devez transmettre à votre peuple les connaissances que nous vous avons données ; et, même si cela prend beaucoup de temps, ils arriveront peu à peu à les accepter. S'ils ne changent pas, ils se détruiront tout seuls en revenant progressivement à un état sauvage. »

Ulrica hocha la tête. « Je vois... » Elle regardait avec une joie croissante les multitudes de fleurs aux couleurs vives qui poussaient autour d'elle, elle s'émerveillait à en sentir les parfums et son odorat s'affinait devant ces nouvelles senteurs. Elle sentit que la tête lui tournait et sourit doucement à Ballantine, les yeux brillants.

— « Je comprends pourquoi Arflane est ébranlé, » reprit Ballantine. « Son attitude est pleine de culpabilité ; pourtant, il n'a pas besoin de se sentir coupable. Littéralement — pas besoin. Il y avait un besoin pour toutes ces inhibitions mais il n'existe plus. C'est pourquoi vous devez retourner vers le Sud pour dire à tous ce que vous avez appris. »

Ulrica étendit les mains et montra les fleurs. « C'est cela qui va remplacer la glace ? » dit-elle.

— « Cela, et bien d'autres choses encore. Vos enfants et ceux d'Arflane pourraient connaître cela s'ils allaient beaucoup plus loin vers le Sud. Ils pourraient vivre dans un pays où toutes ces choses poussent naturellement. » Il sourit à la vue de l'amusement enfantin qu'elle manifestait devant le jardin. « Vous devez le convaincre. »

— « Il comprendra, » dit-elle d'un ton confiant. « Mais les sauvages ? Donal et les autres ? »

— « Nous avons dû utiliser sur eux des moyens moins subtils et peut-être moins durables. Nous avons des machines qui peuvent modeler l'esprit et lui apprendre à penser de façon différente. Nous nous en sommes servis sur les sauvages. Quelques-unes de ces nouvelles pensées seront rapidement oubliées mais, avec un peu de chance, la plupart d'entre elles subsisteront. Ils nous aideront à répandre ces idées. »

— « J'aurais aimé qu'Arflane ne refuse pas de venir ici, » dit Ulrica. « Je suis persuadée que tout cela lui aurait plu. »

— « Peut-être, » dit Peter Ballantine. « Irons-nous le rejoindre ? »

Arflane se leva quand il les vit revenir. « Quand vous serez prêts, » dit-il d'une voix lointaine, « j'aimerais que l'on me ramène à la surface. »

— « Je n'ai pas l'intention de vous retenir en ce lieu contre votre volonté, » dit Ballantine. « Maintenant, je vous laisse ensemble. »

Il sortit de la galerie. Arflane revint vers les appartements qui lui avaient été réservés. Il marchait lentement et Ulrica se tenait à ses côtés.

— « Konrad, quand nous reviendrons à Friesgalt, » dit Ulrica en lui prenant le bras, « nous pourrons nous marier. Vous deviendrez alors Grand Amiral et, grâce à ce titre, vous pourrez guider notre peuple vers l'avenir, comme Ballantine le désire. Vous deviendrez un héros, Konrad, une légende. »

— « Je ne fais pas confiance aux légendes, » dit-il. Il retira doucement la main de son bras.

— « Konrad ? »

Il secoua la tête. « Vous allez revenir à Friesgalt, » lui dit-il. « Vous allez y revenir. »

— « Et vous, qu'allez-vous faire ? Vous devez revenir avec moi. »

— « Non. »

La cité s'éleva jusqu'au niveau du sol et ils débarquèrent. Une tempête commençait à souffler sur les plaines de glace et le vent sifflait dans les hautes tours de la cité. Peter Ballantine aida Ulrica à monter dans la cabine de l'hélicoptère qui allait l'aider à effectuer la plus grande partie du voyage vers Friesgalt.

Il y eut un moment de confusion générale quand les sauvages montèrent en selle et tournèrent leurs montures vers le Sud. D'un signe de la main, Donal entraîna ses hommes vers les plaines.

Arflane les regarda partir. Il avait des skis aux pieds ; il tenait deux lances dans ses mains gantées et une visière était relevée sur son front ; un lourd paquet était accroché à son dos.

Ulrica regarda au-dehors de la cabine. « Konrad... »

Il lui sourit. « Au revoir, Ulrica. »

— « Où irez-vous ? » demanda-t-elle.

Il fit un geste en direction de l'horizon. « Vers le Nord, » dit-il. « A la recherche de la Glace-Mère. »

Les rotors de l'hélicoptère se mirent à tourner et il fit demi-tour sur ses skis, planta ses lances dans la glace et se propulsa en avant. Il prit de la vitesse et se pencha pour éviter le vent. La neige avait commencé à tomber.

L'hélicoptère cahota en s'élevant puis se dirigea vers le Sud. Ulrica regardait par la fenêtre et vit Arflane qui partait à toute allure dans la direction du Nord. Sa silhouette devint de plus en plus petite. Parfois, des rafales de neige la cachaient, parfois, elle l'apercevait qui enfonçait ses lances dans le sol pour gagner de la vitesse.

Il fut bientôt hors de vue.

BIBLIOGRAPHIE

The stealer of souls, Recueil de 5 nouvelles appartenant à la saga d'Elric et publiées au début des années 60 dans *Science Fantasy : The dreaming city — While the gods laugh — The stealer of souls — Kings in darkness — The flamebringers.*

Ces 5 nouvelles ont été publiées dans *Elric le Nécromancien,* Aventures Fantastiques n° 4, Editions OPTA, et traduites par Frank Straschitz (*La cité qui rêve — Tandis que rient les dieux — Le voleur d'âmes — Les rois oubliés — Les porteurs de flammes).* Edition originale : Neville Spearman, 1963. (Reliée). Lancer Books, 1967. Mayflower Books, 1968.

Stormbringer, Roman appartenant à la saga d'Elric et composé de quatre nouvelles parues dans *Science Fantasy* en 1964. Publié dans *Elric le Nécromancien* sous le titre *Stormbringer.* Edition originale : Herbert Jenkins, 1965. (Reliée). Lancer Books, 1967. Mayflower Books, 1968.

The sundered worlds, Roman publié en deux parties dans *Science Fiction Adventures* au début des années 60. Version révisée.

Edition originale : Compact Books, 1965. Paperback Library, 1966. Sphere Books, 1970. Sous le titre *The blood red game.*

The fireclown, Roman.

Edition originale : Compact Books, 1965. Paperback Library, 1966. Sphere Books, 1970. Sous le titre *The winds of limbo.* Paperback Library, 1970. *The winds of limbo.*

The wrecks of time, Roman tiré du feuilleton de James Colvin publié en 1965 par *New Worlds.*

Edition originale : Ace Books, 1966.

A nouveau publié sous le titre *Rituals of infinity.*

The twilight man, Roman. Version modifiée du feuilleton paru en 1964 dans *New Worlds : The shores of death.*

Edition originale : Compact Books, 1966. Berkley Books, 1970. Sphere Books, 1970. Sous le titre *The shores of death.*

The best SF new worlds, Anthologie de nouvelles parues dans *New Worlds* vers la fin des années 50 et le début des années 60. Comprend des textes de : Aldiss, Ballard, Bailey, Bayley, Baxter, Brunner, Colvin, Harrison, Jones, Kapp, Moorcock, Presslie, Sellings, Tubb, White.
Edition originale : Compact Books, 1965.
Warriors of mars, Ecrit sous le pseudonyme de Edgar P. Bradbury et republié sous le nom de M. Moorcock. Premier volume d'une trilogie de pastiches/satires d'Edgar R. Burroughs.
Edition originale : Compact Books, 1965. Lancer Books, 1966. Lancer Books, 1970. Sous le titre *City of the beast.* New English Library, 1971. *City of the beast.*
Blades of mars, Second volume de la trilogie.
Edition originale : Compact Books, 1965. Lancer Books, 1966. Lancer Books, 1970. Sous le titre *Lord of the spiders.* New English Library, 1971. *Lord of the spiders.*
Barbarians of mars, Dernier volume de la trilogie.
Edition originale : Compact Books, 1965. Lancer Books, 1966. Lancer Books, 1970. Sous le titre *Masters of the pit.* New English Library, 1971. *Masters of the pit.*
Best SF stories from new worlds, Anthologie comprenant des textes de Aldiss, Ballard, Brunner, Disch, Jones, Mason, Zelazny.
Edition originale : Panther Books, 1967. Berkley Books, 1968.
The final programme, Premier roman de la tétralogie de Jerry Cornelius. Certaines parties de ce roman ont été publiées dans *New Worlds* en 1966. (Inclus dans le présent volume sous le titre *Le programme final.*)
Edition originale : Avon Books, 1968. Allison & Busby, 1969. (Reliée). Mayflower Books, 1971.
The jewel in the skull, Premier roman de la tétralogie du Runestaff.
Edition originale : Lancer Books, 1968. Mayflower Books, 1969.
The mad god's amulet, Second roman du Runestaff.
Edition originale : Lancer Books, 1968. Sous le titre *The sorcerer's amulet.* Mayflower Books, 1969.
The sword of the dawn, Troisième roman du Runestaff.
Edition originale : Lancer Books, 1968. Mayflower Books, 1969.
The Runestaff, Dernier roman de la série du Runestaff.
Edition originale : Lancer Books, 1969. Sous le titre *The secret of the Runestaff.* Mayflower Books, 1969.

The traps of time, Anthologie de nouvelles portant sur la nature du temps. Originellement réunis en 1966 pour Penguin Books, ces textes sont d'abord parus en édition reliée. Les auteurs sont : Aldiss, Ballard, Borges, Jarry, Jones, Mason, Zelazny.

Edition originale : Rapp & Whiting, 1968. (Reliée). Penguin Books, 1970.

Best SF stories from new worlds 2, Anthologie. Nouvelles par : Aldiss, Ballard, Collyn, Colvin, Disch, Platt, Reed, Woods, Zelazny.

Edition originale : Panther Books, 1968. Berkley Books, 1969.

Best SF stories from new worlds 3, Anthologie. Nouvelles par : Aldiss, Collyn, Colvin, Jones, MacBeth, Platt, Roberts, Sallis, Tate, Woods, Zoline.

Edition originale : Panther Books, 1968. Berkley Books, 1969.

The ice schooner, Roman d'abord publié en feuilleton dans *Impulse* en 1966/67. (Inclus dans le présent volume sous le titre *Le navire des glaces.*)

Edition originale : Sphere Books, 1968. Berkley Books, 1969.

The time dweller, Recueil de nouvelles parues pour la plupart dans *New Worlds* : *The time dweller — Escape from evening — The deep fix — The golder barge — Wolf — Consuming passion — The ruins — The pleasure garden of Felipe Sagittarius — The mountain.*

Edition originale : Rupert Hart-Davis, 1969. (Reliée). Berkley Books, 1971. Mayflower Books, 1971.

Behold the man, Roman d'après la novella parue dans *New Worlds* en 1966.

Paru en français sous le titre *Par-delà l'homme,* Editions La Proue — La Tête de feuilles (Lausanne). Traduit par Pierre Versins et Martine Renaud.

Edition originale : Allison & Busby, 1969. (Reliée). Avon Books, 1970. Mayflower Books, 1970.

The inner landscape, Recueil de trois novellas de Brian Aldiss, J.G. Ballard et Mervyn Peake.

Edition originale : Allison & Busby, 1969. (Reliée). Corgi Books, 1970.

Best SF stories from new worlds 4, Anthologie. Nouvelles par : Aldiss, Bailey, Bayley, Disch, Jacobs, Jones, Keyes, Leiber, Sladek, Thomas, Zoss.

Edition originale : Panther Books, 1969. Berkley Books, 1971.

Best SF stories from new worlds 5, Anthologie. Nouvelles par : Aldiss, Ballard, Finch, Gordon, Hall, Jones, Platt, Spinrad, Tate, Thomas, Zelazny.
Edition originale : Panther Books, 1969. Berkley Books, 1971.

The black corridor, Roman.
Edition originale : Ace Books, 1970. Mayflower Books, 1970. SF Book Club, 1970. (Reliée).

Best SF stories from new worlds 6, Anthologie. Nouvelles par : Balley, Ballard, Clute, Emshwiller, Harrison, Jacobs, Jones, Moorcock, Mundis, Priest, Thomas.
Edition originale : Panther Books, 1970. Berkley Books, 1971.

The eternal champion, Premier volume des aventures de John Daker.
Edition originale : Dell Books, 1970. Mayflower Books, 1970.

Phoenix in obsidian, Second volume des aventures de John Daker.
Edition originale : Mayflower Books, 1970. Dell Books, 1971.

The chinese agent, Roman policier d'après un ouvrage publié sous pseudonyme.
Edition originale : Macmillan Books, 1970. (Reliée). Hutchinson, 1970. (Reliée).

The singing citadel, Recueil de 4 nouvelles appartenant à la saga d'Elric : *The greater conqueror — Master of chaos — The singing citadel — To rescue Tanelorn.*
Seules les deux dernières nouvelles ont été publiées en français dans *Elric le Nécromancien : La citadelle qui chante ; Sauver Tanelorn.*
Edition originale : Mayflower Books, 1970. Berkley Books, 1970.

The knight of the swords, Second volume de la trilogie de Corum.
Edition originale : Mayflower Books, 1970. Berkley Books, 1971.

The king of the swords, Second volume de la trilogie de Corum.
Edition originale : Mayflower Books, 1971. Berkley Books, 1971.

The king of the swords, Dernier volume de la trilogie de Corum.
Edition originale : Mayflower Books, 1971. Berkley Books, 1971.

The sleeping sorceress, Roman appartenant à la saga d'Elric.
Edition originale : New English Library, 1971. (Reliée). Lancer Books, 1971.
The nature of the catastrophe, Anthologie de nouvelles sur le personnage de Jerry Cornelius. Par : Aldiss, Harrison, Jakubowski, Krislov, Moorcock, Salliss, Spinrad.
Plus une bande dessinée par Moorcock, Harrison, M. Dean et R. Glyn Jones ; poème de Langdon Jones ; chronologie/roman historique par Moorcock.
Edition originale : Hutchinson, 1971. (Reliée).
A cure for cancer, Second roman de la tétralogie de Jerry Cornelius.
Edition originale : Allison & Busby, 1971. (Reliée). Holt, Reinhardt, Winston, 1971. (Reliée).
New worlds quarterly 202, Anthologie en format de poche prenant la succession du défunt *New Worlds.*
Nouvelles par : Aldiss, Ballard, Bayley, Disch, Harrison, Redd, Roberts, Sladek. Essai de Harrison.
Edition originale : Berkley Books, 1971. Sphere Books, 1971.
Best SF stories from new worlds 7, Dernière d'une série d'anthologies maintenant remplacées par les *New Worlds Quarterly*. Nouvelles par : Ballard, Bayley, Collyn, Delany, Harrison, Jones, Moorcock, Platt, Saxton.
Edition originale : Berkley Books, 1971. Sphere Books, 1972.
New worlds quarterly 203, Anthologie. Nouvelles par : Bayley, Pollack, Sellings, Woodrow, etc.
Edition originale : Berkley Books, 1971, Sphere Books, 1972.
The Warlord of the air, Roman.
Edition originale : New English Library, 1971. (Reliée). Ace Special, 1971.
New worlds quarterly 3, Sphere Books, 1971. Berkley Books, 1972.
Breakfast in the ruins, « Suite » de *Behold the man.*
Edition originale : New English Library, 1972. (Reliée).
The English assassin, Troisième roman de Jerry Cornelius.
Edition originale : Allison & Busby, 1972. (Reliée).
Biographie semi-romanesque, sous le pseudonyme de James Colvin :
The synthesis quest, publiée aux USA en édition limitée par Sutton-Walmsley en 65.
Elric of Melnibone, Anciennement prévu sous le titre : *Two black swords.*

Roman de la saga d'*Elric le Nécromancien.*
Le premier par ordre chronologique.
Edition originale : Lancer Books, 1972. New English Library, 1972. (Reliée).
The dying castles, Nouvelle parue dans *New Worlds* 200.
En collaboration avec James Sallis et Samuel Delany.

En préparation :
The fear syndrome (roman).
Two black swords (roman de la saga d'Elric).
The condition of muzak (quatrième et dernier roman de J. Cornelius).

Nouvelles diverses :
- *Peace on earth — The lovebeast — The real life of Mr. Newman.* Sous le pseudonyme de J. Colvin. *New Worlds.*
- *The Peking junction* — in *The new SF,* anthologie de L. Jones.

Edition originale : Hutchinson, 1969. Arrow Books, 1970.
- *The last vigil* in *Visions of tomorrow,* août 1970.
- *Voortrekker* in *Frendz,* été 1971.
- *The Dodgem division* in *Speculation* (fanzine).

Michael Moorcock est rédacteur en chef de la revue NEW WORLDS depuis 1963 ; il y a publié un nombre énorme de critiques, éditoriaux, articles divers, la plupart du temps sans signature.

Il a également énormément contribué à bon nombre de fanzines. Signalons un intéressant article paru en janvier 1964 dans LES SPINGE 12 et intitulé BY SPACESHIP TO THE PSYCHE. Egalement une présentation du personnage d'Elric le Nécromancien, THE SECRET LIFE OF ELRIC OF MELNIBONE, parue dans WEIRD FANTASY 1.

Bibliographie de JERRY CORNELIUS

Trois romans ont été écrits par M. Moorcock. Il s'agit de :

— *The final programme,* 1968, Avon Books (inclus dans le présent volume).

— *A cure for cancer,* 1971, Allison & Busby. Première parution en feuilleton dans *New Worlds* 188-191.

— *The English assassin,* 1972, Allison & Busby.

Une anthologie de nouvelles par divers auteurs :

— *The nature of the catastrophe,* 1971, Hutchinson. Editée par Langdon Jones et M. Moorcock.

Cette anthologie comprend :

— Introduction par James Colvin.

— *The nature of the catastrophe.* M. Moorcock. *New Worlds* 197.

— *The firmament theoren.* Brian Aldiss. *New Worlds* 191.

— *The Nash circuit.* M. John Harrisson. *New Worlds* 193.

— *Jeremiah.* James Sallis. *New Worlds* 187.

— *Sea wolves.* M. Moorcock.

— *The ash circus.* M. John Harrison. *New Worlds* 189.

— *The tank trapeze.* M. Moorcock. *New Worlds* 186.

— *The last hurrah of the golden horde.* Norman Spinrad. *New Worlds* 192.

— *The Delhi division.* M. Moorcock. *New Worlds* 185.

— *Marrow.* James Sallis.

— *A prayer to men.* Alex Krislov.

— *Lines of white on a sullen sea.* Maxim Jakubowski. *New Worlds* 194. Librement traduit du français *Traits d'argent sur une mer sombre* par l'auteur.

— *The sunset perspective.* M. Moorcock.

Cette anthologie comprend aussi :

— *The adventures of Jerry Cornelius.* Une bande dessinée de M. Moorcock et M. John Harrison. Dessins de Mal Dean et R. Glyn Jones. Parue dans *International Times.*

— *The end of the cycle.* Poésie de Langdon Jones. *New Worlds* 195.

— *Pride of the empire.* Chronologie de Jerry Cornelius. Roman historique de M. Moorcock. *Coccirdor n° 1.*

Deux autres nouvelles ont été publiées dans :

— *The new SF,* 1969, Hutchinson. Editée par Langdon Jones, cette anthologie comprend :

— *The Peking junction.* M. Moorcock.

— *The anxiety in the eyes of the cricket.* James Sallis.

Une autre nouvelle, originellement écrite par M. Moorcock pour un magazine d'université, est parue dans le fanzine *Speculation* :

— *The Dodgem division.*

Le magazine anglais *Frend* a publié dans l'été 71 une nouvelle de M. Moorcock : *Voortrekker.*

Les œuvres en projet comprennent un roman de M. Moorcock :

— *The condition of Muzak.*

Et un certain nombre de nouvelles parmi lesquelles :

— *Enclave.* J. Sallis.

— *Noumena and Mr. Cornelius.* J. Sallis, plus d'autres œuvres par d'autres écrivains intéressés par le personnage de Jerry Cornelius.

Bibliographies établies par Jacques Guiod

1er post-scriptum

Lorsque Mike Moorcock écrivait son roman LE NAVIRE DES GLACES pour IMPULSE, défunt compagnon de NEW WORLDS, Keith Roberts, rédacteur en chef de ce magazine, s'intéressait de près aux divers épisodes de ce roman. Il s'y intéressa tellement qu'il devint quasiment amoureux de ce monde glaciaire qui était le décor du NAVIRE DES GLACES. Ayant certaines idées précises sur la question, il décida même d'écrire une nouvelle qui se situerait dans le même univers. Le résultat fut CORANDA, écrit dans un style proche du meilleur Dunsany, et reproduit dans l'anthologie BEST SF STORIES FROM NEW WORLDS 3.

J. G.

2e post-scriptum

Les lecteurs de ELRIC LE NECROMANCIEN seuls apprécieront à sa juste valeur le premier tiers du PROGRAMME FINAL dans lequel Jerry Cornelius interprète le rôle d'Elric livrant Imrryr, la Cité qui Rêve, aux Seigneurs de la Mer, par haine de son cousin Yyrkoon et amour de sa cousine Cymoril...

M. D.

Achevé d'imprimer en août 1990
sur les presses de l'Imprimerie Bussière
à Saint-Amand (Cher)

PRESSES POCKET - 8, rue Garancière - 75285 Paris
Tél. : 46-34-12-80

— N° d'imp. 2517. —
Dépôt légal : mars 1988.

Imprimé en France